我們一家不炮灰 1

風 文創 1258

白梨 著

目錄

序文

白梨

作為現代人穿越到古代會如何？

是用超越時代的知識把生意做得風生水起成為王朝首富？還是用現代人獨有的氣質獲得無數美男的追捧喜愛？又或者嫁入皇家幫助夫君爭奪皇位，成為皇后母儀天下？

作為穿越者的王晴嵐表示她可能是穿越同仁中的墊底王，所求不過是小富即安，悠然見南山的愜意生活。然而，誰能告訴她，作為炮灰的古代家人為什麼都那麼聰明？讀書比不過，習武比不過，心機比不過……

剛穿越時的豪情萬丈，很快就被現實打擊，她真的有那麼笨嗎？

後來，當她體會到了有一群聰明家人，可以抱大腿躺贏的快樂時，才驚覺——原來這才是穿越者正確的打開方式。

第一章

夏雨霖再次睜開眼睛時，心裡的酸脹和不捨還沒有散去。

「夏姊姊，妳終於醒了。」

溫柔的聲音帶著喜悅在耳邊響起，她下意識地側頭看過去，已經老邁的腦子轉動得極其緩慢。在三位年紀不小卻依舊貌美、身著古裝的婦人好一番詢問下，終於發現情況不對勁。

當她想要緩緩地問出「妳們是誰」時，其中一位婦人的手覆蓋在她的額頭上，淡淡荷香入鼻，讓她有些沈悶的腦子舒適不少。

「大夫說得沒錯，雨霖無事，體溫已經恢復正常。」

另外兩名婦人跟著鬆了一口氣，然後笑看著夏雨霖。

「夏姊姊，我們姊妹相處這麼多年，都是什麼性子妳還能不明白，犯得著跟我們著急上火嗎？」

「好了，葉落，別說了。」

方才試體溫的婦人板著臉說完，對著夏雨霖的時候，聲音柔和不少。「雨霖，別多想，好好休息。荷月就在外間，有事妳吩咐她就是。」

夏雨霖有些發傻地點頭。隨後，婦人動作優雅地給她掖了掖被子，就和另外兩個一同走了出去。

剩下她一人的房間很安靜，夏雨霖甚至能夠聽見自己的呼吸，轉動著眼珠子，四周古色古香的家具清晰地映入眼簾。這怎麼可能？她的眼睛不是好些年前就看不清了嗎？

動作僵硬地抬起右手，雖然不能說白皙細嫩，但也保養得很好。她已經湊得如此近，瞪大眼睛，都沒有看到皺紋，更別說老人斑了……

夏雨霖思維非常緩慢地回憶著，若是沒記錯的話，她應該已經和兒女交代完後事，兒女、孫子、孫女甚至重孫子、重孫女都見過她最後一面了。九十九歲的年紀，醫生都說她的器官衰竭到無法醫治，這樣還能有奇蹟發生嗎？

正在疑惑中的她，腦子裡突然竄出另一個古代女人的記憶。

此女也叫夏雨霖，小時候因為家裡窮，被賣到富貴人家做奴婢，憑著長相、討喜的性子再加上聰明的腦子，順順利利地混到了當家夫人跟前，成為其喜愛的四大婢女之一。

二十歲時，夫人不忍再耽擱她們的青春，把賣身契給了她們，並給出一份不算輕的嫁妝，甚至親自為她們挑選夫婿。

見識過大戶人家的勾心鬥角，這個二十歲的姑娘提出了一個聰明的條件，那便是無論將來發生何事，夫婿都不能納妾。這樣的要求在其他人看來是非常無禮和出格的。

因此，另外三人都在主子給她們準備的人選中選了滿意的，也就她，因無人答應條件，被晾在一邊，成了笑話。

這樣的事情就算主人家吩咐，府裡的人不敢傳出去，但還有那些沒有被選中、忿忿不平的年輕人，於是流言是越傳越難聽。

眼看著另外三個姊妹的嫁衣都繡好了，她的終身大事依舊沒有著落。夏姑娘自然著急，不過就算是這樣，提出的條件，她也沒想過鬆口。

等到終於有人聽到這事，願意上門求親的時候，夏姑娘高興的同時又有些擔心，畢竟那條件非比尋常，能答應的會是正常人嗎？

直到從屏風後看見王大虎時，她就明白，這位正常人會來提親的原因。雖說心裡有那麼一點失望，但夏姑娘並沒有一口拒絕，而是等王大虎回去之後，求了主子，將他的底細查得一清二楚。

確認了人品、性格還有身體都沒有大問題時，思考了一晚上，就點頭應下這門親事。

當時的她想法是這樣的，她背後有夫人撐腰，之前夫人選的那些，不是有功名在身，就是家裡有些錢財的，若真是以後出了什麼事情，除非是要命的，她們怎麼能拿自家的糟心事去影響夫人的心情。

這王大虎不同，就是普普通通的農家子，他要真敢反悔或者對她不好的話，收拾起來再容易不過了，壓根兒用不著夫人出面，府裡有點地位的下人都能幫她解決。

府裡上上下下包括自家主子都不看好她，但二十來年過去了，已經四十多歲、如今的夏大嬸心裡很明白，她這一輩子做得最明智的事情，就是嫁給王大虎。

當然婚後的生活也不是一點不滿意都沒有的。

每年的七月初一，也就是當年她們出嫁的日子，姊妹四個約定這一日都要去給夫人請安。姊妹之間感情肯定是有的，但一年才見一次，少不得就要攀比一二。無論在王家村的生活過得多麼的順心，有一點她是如何都比不上另外三個的，那就是夫家的能力和條件。

這事她原本就是清楚的，只是這麼些年，王大虎真的是對她千依百順，寵得性子越來越嬌的她是越來越受不得氣了，腦子也沒有年輕時的冷靜。

這不，今日天還沒亮，她就從村子裡坐牛車到縣城，再轉馬車。到城裡的時間恰巧是一天中最熱的時候，再被三個姊妹你來我往地炫耀和刺激，有些中暑的她就直接暈了過去。

所有的記憶都到此為止，作為已經高齡九十九歲的老太太，她自然不知道穿越這回事。只是，回想著這個身體記憶裡面丈夫和兒女的長相，她躺在床上，露出第一個微笑。

至於這個身體裡的人去哪裡了？她為什麼會出現在這裡？甚至如此詭異的事情為什麼會發生在自己身上？這些問題她還沒有想到。雖然年輕了五十多歲，但她的精神還沒適應這個身體。

不過，即使是以後想起來了，經歷過戰火，體會過爭鬥，在動盪的歲月活過了大半個人生的老太太，也不會去深究這些，只以為這就是她的前世。不然為何她的家人會長得一模一樣，能再見到早逝的丈夫，見到年輕時候的兒女，她覺得再沒有比這更好的事情。

這或許就是命運的安排。

同一時間，王家村。

王大虎家的廚房內，王晴嵐清亮的眼睛出神地盯著灶洞裡的火苗，肉肉的小手撐著下巴，不符合年齡的愁容出現在稚嫩的臉上。

「唉！」

一時沒忍住，又一次嘆氣，王晴嵐毫不意外地聽到了她親娘趙氏溫柔中帶著些許擔憂的聲音。「嵐兒，小小年紀，可別再嘆氣了，不吉利。」

王晴嵐立刻點頭。「知道了，娘。」

她清楚娘擔心什麼，不就是怕養成習慣後，被她家的極品奶奶聽見了嗎？想到那人，眉頭再一次皺起。

怎麼也想不明白，明明是在好好地睡覺，穿越這樣的事情為什麼就輪到她身上？想到這本書中對他們三房悲慘生活的各種描寫，即使一整天了，她都鬱悶得想要找死穿回去。

可惜，這並不現實。

沒錯，王晴嵐穿書了——這本書的女主角不但是穿越者還是重生者，本身是醫生，還擁有包治百病的靈泉空間。

穿越那一世被古人耍得團團轉，死得很慘；重生後報仇雪恨，大殺四方的同時再收穫真愛的故事。

看的時候真爽，可王晴嵐所在的王家就是不值一提炮灰一般的存在，書中只是說王家奶奶受到曾經的主子，禮部尚書一家的牽連，王家一家子人全部被砍頭，而自己則是三房早夭的大女兒。

王晴嵐想著，就又在心裡重重地嘆了一口氣。

「王大叔，王大叔！」

就在這個時候，伴隨著響亮而焦急的叫喊，還有好一陣急促的腳步聲。

王晴嵐心頭一跳，有種不好的預感，然後起身跑了出去。

果然，只見今日和她爹一起去打獵的幾位大叔神色慌張，衣服上還沾著血。

王晴嵐此時真的想狠狠地搧自己一巴掌。那麼聰明的她，怎麼能因為穿越這點小事情，就忘記了書中親爹一出場可就是斷了雙腿——明明那麼清楚地寫著，親爹打獵遇上猛獸，被咬傷後滾下山坡才得以逃命，只是那一雙腿卻再也無法站立起來。

雖然這一大家子炮灰只出場一、兩章就領便當了，但現在的她還是這一家子中的一員。

原以為還有的是時間去改變，如今看來，是片刻也不得鬆懈。

振作心神之後，腦筋轉得很快的王晴嵐想到曾經看過的種田文。或許三房可以借著這件事情，擺脫這一家子極品。

看著已暈過去的趙氏，還有急忙跑出去的王家一夥人，王晴嵐深吸一口氣，低頭看著右手心的桃花痣。這是她無意間發現的，桃花痣中有一個空間，和女主角的靈泉空間不能比，作為炮灰農女，裡面只有幾塊地和一個倉庫。

嗯，很符合她現在的身分，也算得上是不錯的金手指。

想到空間，王晴嵐慌亂的心平靜下來後，才轉身去察看暈倒在院子裡的趙氏。

王英傑被抬了回來，血人一個，人事不知，表情很痛苦，額頭上的冷汗密布，被猛獸咬過的傷口猙獰恐怖，還有許多細小血痕，躺在那裡，一雙腿不正常地扭曲著。

看到這一幕，王晴嵐的心突然疼得很厲害，眼淚更是不受控制地往外流。原以為她只是個外來人，應該可以冷靜地面對這一切，沒承想會冒出如此洶湧的情感，差點讓她承受不住。抬起右手，用食指觸摸臉上滑下的淚水，然後看著指尖上晶瑩的淚珠出神。難道這就是血脈相連的感覺？

村子裡的大夫來得很快，二話不說就開始察看王英傑的傷勢。

「楊大哥，我兒子怎麼樣？」王大虎皺著眉頭問道。

楊瑞明對上一眾焦急擔憂的目光，嘆氣然後搖頭。「大虎，傷口並沒有大礙，好好養著就是，只是這雙腿，我怕是無能為力。」

「怎麼會？」醒過來的趙氏聽到這話，不敢相信地說完這三個字，又暈了過去。

王大虎的手也是一抖。王家的氣氛很低沈。

「大虎。」楊瑞明將王英傑的傷包好，又寫了藥方，讓人跟著他回去抓藥，離開前叮囑王大虎。「若是英傑有什麼不對勁，就讓人來找我。還有，他失血過多，這段日子要給他補補。」

「我知道，多謝楊大哥。」

王大虎點頭，笑容很勉強地讓大兒子送大夫出門並抓藥回來。

「老大媳婦，妳去院子裡殺隻雞給老三燉上。」王大虎看著床上的兒子，好一會兒才對著大兒媳婦宋氏說道。

宋氏漂亮的紅唇一撇。「爹，現在娘不在，我若是把雞給殺了，明日娘回來，恐怕會不高興。」

王大虎沈默了一下，也不再提殺雞的事情，而是改口。「那等老三醒來後，給他蒸上兩個雞蛋。」

對此，王家的人都不意外。低著頭的王晴嵐勾起一抹諷刺的笑容，原本想說將她爹送到縣城去看看的話，也吞了回去。

瞧瞧這一家子人，給為他們做牛做馬的兒子殺一隻雞都要顧及那位極品奶奶的心情，真是沒救了，活該後來被炮灰掉。

帶著這樣的心情，看見大伯娘在廚房偷偷地給兒子餵雞蛋羹時，不用想也知道，這肯定是從她爹的那份裡面摳出來的。

心頭雖然憤怒異常，但她還是忍住了。沒必要節外生枝，現在最重要的就是分家，離開這裡之後，她一定要想辦法給爹治腿。

第二章

在城裡努力適應年輕身體的夏雨霖並不知道家裡的事情。

好在這身體跟她年輕時並沒有差別，甚至連身上的痣都不多不少地長在同一個位置，所以除了行動和說話慢一些之外，一番調節後，她適應良好。

晚飯是和三位姊妹一起用的。可能是因為她的暈倒嚇到了她們，因此在飯桌上，她們並沒有像往常那樣炫耀這次去見夫人要送什麼禮物。

只是在結束時，年齡最長的春花香想著夏雨霖似乎沒什麼準備，詢問道：「雨霖，明日去見夫人，妳可想好要送什麼？」

夏雨霖笑著點頭。對於這件事情，她的想法和原身不一樣。就算離家之前，身上帶足了銀子，她也不打算花，不是捨不得，而是想著夫人什麼好東西沒見過，在城裡買的還不如親手做來得更有心意。

「一會兒我想出去買些做糕點的材料。」夏雨霖緩緩地說道。

這話倒是讓姊妹三人一愣。

「妳身體不舒服，就好好休息，我吩咐荷月去買。還是妹妹妳有心。」說到這裡，春花香有些感慨。「妳這樣費心思，夫人想必是高興的。我們都想差了，現在是來不及了，回去後，我定是要親手給夫人縫製一件衣裳。」

葉落和雪婷跟著點頭。放眼整個大康，為人奴婢能像她們現在這樣幸福的，那是少之又少，這一切都是夫人的恩賜。

當然她們也爭氣，不僅是容貌、氣質並不輸於那些大家閨秀，各自更有一門讓許多人都驚嘆的手藝，而夏雨霖最擅長廚藝。

「那就麻煩春姊姊了。」夏雨霖並沒有拒絕。

「自家姊妹，不必客氣。」

第二天，夏雨霖起了個大早，借用客棧的廚房做了幾樣她拿手，夫人又喜歡的糕點，精心地裝盤以後，就和三人一同去給夫人請安。

事情果然如她所料，看見她的糕點，夫人的笑容濃了許多，當場就吃了好幾塊。

離開的時候，四姊妹和往常一樣沒有空著手的，即使是家庭富貴的葉落所送的重禮，都趕不上夫人的回禮。

由此可見，夫人對她們的看重還有主子家的底蘊，都很不一般。

雖然因為夏雨霖的禮物得夫人之心，另外三人說了幾句酸溜溜的話，不過離別時，她們眼裡濃濃的不捨也讓她心裡感動不已。

「雨霖，以後家裡要是遇上什麼困難，妳可別當我們是外人，能幫忙的我們絕不會推脫的。」

「是啊，夏姊姊。」

不是遇到救命的大事，她絕不會去打擾她們，但對於她們的好意，夏雨霖還是點頭。

「好。」

回去的路上，她的心情一直很好，完全不知道家裡正有一齣大戲在等著。

到了縣城，沒見到丈夫，她有些奇怪又鬆了一口氣。當了這麼多年的寡婦，能以這樣的方式再見到他，她期待的同時，也是緊張的。

「英卓，你爹呢？」

明明昨日才和兒女死別，如今又看見年輕的兒子，夏雨霖真心感謝老天爺給了她這麼美妙的安排。

「娘，一路上可辛苦？」王英卓笑看著親娘。他太清楚娘去城裡時的心情，為了避免她難受，他從來不會問那裡的情況，哪怕娘的主家身分非常顯赫。

至於家裡的事情，他只收到村裡人傳信，讓他來接娘回家，實際上，他也覺得奇怪。

夏雨霖笑咪咪地看著兒子，青衿在身，頭戴巾帽，再加上相貌堂堂的長相，就是個風度翩翩的俊俏兒郎，說話也文謅謅的，聽在耳朵裡，更增添了幾分儒雅的氣質。

「不辛苦。」

見娘心情好，王英卓也跟著高興，回村的路上，娘兒倆的交談都十分愉悅。

「王家嬸子回來了！」

也不知道誰尖利的聲音來了這麼一嗓子，打斷了馬車內的交談。原本圍在王家院外的村民紛紛側頭看過去，看到第二輛馬車上的東西時，即使早知道，還是忍不住露出羨慕的神色。

「娘，慢點。」

王英卓先下車，看著這一眾村民，微微皺眉，然後伸手去攙扶夏雨霖，並囑咐她小心腳下。

此時王家院子裡，跪在地上的王晴嵐一臉嚴肅。

真正難纏的主子回來了，她得小心對待。不過，以她對這一家子極品的了解，應該很樂意甩開三房這一包袱的。

「都愣著幹什麼，快去端杯水，你娘趕了這麼遠的路，肯定渴了。」原本很沈重的氣氛，因為王大虎的這句話而消散乾淨。村長王成全看著這位遠房的姪兒，帶著幾分恨鐵不成鋼的味道。

四個兒媳婦還沒動，三個兒子、兩個女兒動作卻是俐落得很。

在夏雨霖和王英卓穿過人群、走進院子的時候，別說水了，椅子、瓜果點心都已經準備好，甚至還有人手裡拿著扇子，其用意再明顯不過了。

不要說村子裡的其他人，就是王晴嵐都有些震驚。雖然早知道這位奶奶在家裡處於絕對地位，可這也太誇張了點！

別人怎麼想，王家的人並不在意，因為在他們看來，這是再平常不過的。

夏雨霖不是傻子，自家院子外面圍著那麼多人，還有好些幸災樂禍的目光，便知道恐怕是家裡出事了。這麼想著，腳步便加快了幾分。

只是，她怎麼也沒想到會看到這樣的一幕。

她的英傑，怎麼會了無生息，沒個人樣地躺在那裡……那看向她死灰般的目光，刺得她的心疼得喘不過氣來。

「娘、娘，別嚇我。」

王英卓看著娘慘白的臉色，還有捂著心口疼得厲害的模樣，嚇得大叫起來。

「霖霖！」王大虎直接躥了過來。

王英武兄妹幾個更是用最快的速度跑到她面前，最小的女兒王詩韻已經是一臉淚水，哭著喊娘。

王晴嵐抬頭，想要看看她是不是裝的，結果就聽到「砰」的一聲，回頭看見原本在床板上躺著的爹，此時已經滾到了地上，鮮血瞬間就滲透衣裳。就這樣，他還用雙手撐著往那群人那邊爬。

「爹，你這是幹什麼！」王晴嵐衝過去，沒好氣地說完，就被楊瑞明給一把拉開。「英傑，你別亂動，好好待著。」

「楊大叔，我娘，你快看看我娘！」

這個時候，王英傑看見他娘眼睛都閉上了，嚇得不行，緊抓著楊大夫的袖子，像是抓住救命稻草一般，急切地喊道。

「行了！你別亂動，我現在就去看你娘。」楊瑞明對夏雨霖沒什麼好感，只是在這樣的情況下，他總不能眼睜睜地看著英傑這孩子如此折騰自己。

作為九十九歲的老太太，夏雨霖經歷的事情很多，蹚過屍山，殺過鬼子，那樣的年代，能在丈夫死後將七個兒女養大成人並教育成才，承受能力還能差嗎？

剛才的暈眩只是一時沒緩過勁來，閉上眼睛，她做了好幾個深呼吸之後，也就恢復過來。

「我沒事。」夏雨霖微笑地對著家人說完，看見王英傑此時的模樣，臉色微變。「英武，英文，你們快去把英傑扶到床上。」

說著這話的時候，她以現在最快的速度奔到王英傑面前。王大虎他們在身後小心翼翼地跟著，生怕她再出事。

一邊王家的長輩看見王大虎那不成器的模樣，咬牙切齒地想狠狠揍他一頓。這還是不是男人了，還有沒有威嚴了？

「英傑，別擔心，娘沒事，倒是你，受苦了。」蹲在王英傑面前，聲音很溫柔。

「娘……」王英傑叫她的聲音帶著哭意。

「別怕，天大的事情有娘給你頂著，塌不下來的，知道嗎？」不知道英傑的傷到底怎麼樣，夏雨霖心裡很焦急，但臉上並沒有表現出來，只是紅著眼眶安慰著兒子。抬手摸著他的腦袋，心裡難過不已。

她的前半生何嘗不是跟前世一樣？三胞胎中，唯有老三身強力壯，老大和老二卻瘦弱得肩不能挑擔、手不能提籃，變天的時候，稍微不注意就得生病。第一次當母親的她自然將心思放在老大、老二身上，習慣成自然。丈夫死後，如若不是老三任勞任怨，就她一個人哪裡撐得起那麼一大家子。

直到日子好了，她看著明明是同一日出生的三胞胎，老三卻比老大和老二老了好多，她才發現自己錯了，老三也是她兒子啊！

哪怕老三是一點埋怨都沒有，之後的幾十年裡，她還是竭盡全力地彌補，但之前對老三忽視的日子卻無法重來，如今又見到兒子這副模樣，她的心跟被刀子捅了一般，生疼得厲害。

「嗯。」王英傑用力地點頭，使勁地將眼淚往肚子裡憋。

在知道這雙腿不能用的時候，他心裡充滿了絕望，女兒說把他們這一房分出去，就不會成為爹娘的拖累，他雖然難過不已，卻也沒有反對。

家裡的情況他清楚，大哥和二哥身子弱，幹不了多少活；老五要讀書，兩個妹妹要存嫁妝，單靠爹娘和四弟肯定會很困難，若再加上他這麼一個廢人，他能想像爹娘以後的日子得有多苦。

那是他的親娘啊，無論在什麼樣的情況下，他都捨不得她受一丁點苦的親娘，所以咬牙點頭。

女兒哪裡懂，一句分家說得容易，真的做出來，比要命還讓他難受。這是他出生長大的地方，分了家之後，他就成了無家無根之人。

如若不是他成了廢人，會連累到家裡人，他是寧死也不會說出分家二字的。

王英傑的傷本來就很重，加上醒來後情緒起伏和剛才的一番折騰，整個人又昏了過去。

眾人忙把他扶到床上，再一次把傷口包好，看著他睡著後，夏雨霖才對著趙氏輕聲說道：「老三媳婦，妳在這裡守著英傑。」

「是，娘。」雖然這個婆婆說話一直是輕聲細語的，也完全不像村子裡的惡婆婆那般，對兒媳婦非打即罵，但趙氏心裡對她的畏懼是一點也不少，完全不敢反駁。

「村長大伯，楊大哥，我們去堂屋裡再說吧。小涵，小韻，去倒茶。」夏雨霖慢悠悠地說完這些，才起身，往外走。

「霖霖，妳慢點，小心門檻。」王大虎亦步亦趨地跟著。

王晴嵐暗自翻白眼。年紀一大把，也不害臊……這麼想著，她還是跟著村長他們一同前去。今天的事情還沒完呢！

夏雨霖聽到「霖霖」兩字後，有些恍惚。之前丈夫也是這麼叫她，還笑著說要叫到老，結果，第二天她就收到了他戰死的消息。

「怎麼了？」

時隔這麼多年，再一次看到擔心她時連表情都一模一樣的丈夫，夏雨霖本來就有些發紅的眼眶熱得厲害，用手絹擦拭了一下眼角，才搖頭道：「沒事。」

「老三的事情，總有法子的。妳別太難過，免得傷了身體。」王大虎以為她在為王英傑的事傷心，開口勸道。

「咳咳！」

這時，身後傳來王成全的乾咳聲，兩人才發覺他們站在門口，擋了其他人的路。

夏雨霖的老臉有些發紅，好尷尬。

堂屋內，知道英傑傷得最嚴重的是雙腿後，夏雨霖皺眉想了想才問道：「楊大哥，英傑的腿真的一點把握都沒有了嗎？」

楊瑞明搖頭。

「縣城裡的大夫呢？縣城要是不行，府城裡的也可以。」只要是有一絲希望，她都不願意放棄。

楊瑞明倒沒覺得不高興。他的醫術也就能治個頭疼腦熱，跌打損傷他沒有辦法，不代表其他的大夫也沒有。

「你們可以去試試。不過，我得提醒你們要有準備，以英傑的傷，肯定要花費不少的，最關鍵的是結果如何還不能確定。」這也是他昨日沒有建議將英傑送到縣城去的原因。

夏雨霖卻是鬆了一口氣，楊大夫沒把話說死就好。「多謝楊大哥。」

說完，她端起一邊的杯子，喝了一口水，放下時並沒有發出一絲聲響。

王晴嵐在一邊看著，心裡暗想，這奶奶的段數應該很高，瞧瞧兒子都那樣了，還能笑得這麼好看，還有心思秀優雅，她還知道她是一個娘嗎？

「英傑的事情，讓村長大伯、楊大哥你們費心了。」夏雨霖非常客氣地說道。

「這是我該做的。」楊瑞明搖頭，起身告辭。

王成全想了想，也跟著站起身來。臨走之前，對著王大虎說道：「大虎，你雖然父母早逝，但我知道你一向是個有主意的，如今孫子、孫女都有了，我也不多說，最後一句話，你若是敢在這個時候把英傑分出去，我這個做大伯的第一個不答應。」

王大虎點頭，卻沒有說話。

王晴嵐心裡發苦，這怎麼和小說裡寫的不一樣？請來村長做見證，他們三房在這樣的情況下被分出去，王家人以後就沒什麼臉再糾纏，就算不能徹底擺脫，也比現在這樣好啊！如今倒好，她自以為請來作幫手的村長，幫的全是倒忙。雖然知道村長是好心，但她可不可以不要啊？

「都散了吧，圍在這裡做什麼，地裡沒活了嗎？」村長一出院子，就對著看熱鬧的村民吼了一嗓子。

再說，眾人見村長和大夫都走了，也清楚沒什麼熱鬧好看的了，就一窩蜂地散了。

第三章

「小涵，去殺隻雞給妳哥燉上。小韻，去給妳姊打下手。」重新回到堂屋，夏雨霖對著兩個女兒說道。

「是，娘。」王詩涵姊妹乖巧地說完，轉身就走了出去。

「你們都坐下。英武，你來告訴我，誰提出把英傑分出去的。」夏雨霖待其他人都坐下後，問左手邊的王英武，臉上的笑容淡了許多。

「娘，是三弟自己提出來的。」王英武開口說道。

聽到這樣的回答，夏雨霖並不覺得奇怪。她家英傑就是個傻子，能做出這樣的事情來。「英傑現在心裡最苦，他提出分家，是不想連累我們，可我是他的親娘，你們都是他一奶同胞的親兄弟，能眼看著他被分出去自生自滅嗎？」

王英武兄弟四個齊齊地搖頭。

王晴嵐看著事情到了這個地步，就知道今天想分家是不可能了。第一次就出師不利，讓她的心情有些不好。

「奶奶，我爹的腿還去縣城看嗎？」

她心情不好，別人也甭想好過。

「當然要去。今天天色已晚，明日一大早我們就去。」對於這事，夏雨霖早就有主意了。

哪怕這個奶奶話說得再好聽，回想著這孩子原本的記憶，還有書中關於三房的悲慘生活，她就不相信這一屋子的人。

王晴嵐一臉狐疑，心裡想著，這奶奶不會把她爹帶到縣城以後就扔了吧？

「怎麼，嵐兒不信？」

王晴嵐看著奶奶的笑臉，明明已經是中年婦女了，卻依舊一副白蓮花的模樣，真是噁心。她歪著腦袋，天真地說道：「可是昨天爺爺讓大伯娘給爹燉隻雞，大伯娘都說奶奶回來會不高興的。我聽楊爺爺的話，去縣城要花很多銀子的，奶奶捨得？」

這孩子怎麼說話的，宋氏尷尬不已，卻又不敢在婆婆面前發脾氣。

「捨得，妳爹是奶奶的兒子，別說是銀子，就是要拿奶奶的命換，奶奶也捨得的。」

對於這話，王晴嵐表示懷疑。

「別亂說！」王大虎不愛聽她說這樣的話。「妳放心，老三不會有事的。」

「嗯。」夏雨霖點頭。

「奶奶，妳讓姑姑燉的雞湯，是只給我爹喝嗎？」王晴嵐繼續找碴。反正她年齡小，童言無忌嘛。

「怎麼？嵐兒也想喝雞湯，那得等妳爹喝了，若是還有剩下的就分給妳。當然還有偉業、偉義和偉榮。」

對於晚輩，只要不觸及原則問題，夏雨霖一向是很寬容的。

王晴嵐點頭。「我不喝，我知道那是給爹補身子的；只是奶奶，昨天晚上我還看見大伯娘把爺爺讓她蒸給我爹的兩個雞蛋偷偷地餵了一個給大堂哥呢。」

聽到王晴嵐這話，家裡所有人的目光都停在宋氏的臉上。

王英武是臊得一張臉通紅。丟人啊，早就說過她很多次了，怎麼就改不了？

另外幾個，特別是王英卓，眼裡全是鄙夷。這個大嫂是越來越上不得檯面了，偏偏還什麼都跟他娘學，東施效顰，實在是難看得很。

夏雨霖也是微微皺眉，掃了一眼宋氏後，就把目光停在大孫子王偉業身上。六歲的小男孩此時胖乎乎的臉紅得跟蘋果似的，想必他知道，這是件不好看的事情。

「偉業，到奶奶這裡來，還有偉義、偉榮、嵐兒。」

果然是重男輕女，叫她的名字都放在最後面。

不過，王晴嵐還是帶著天真跟著三個小孩一起走上前。就她今天的所見所聞，王家這一家子奇葩都是以這位極品奶奶為中心，就連她那個被長期忽視的親爹，似乎都像她奶奶的腦殘粉。是她錯估了情況，分家這事並不容易，但她是不會放棄的。

就現在的情況而言，勢單力薄的她不宜和處於絕對地位的奶奶鬧起來。

王晴嵐的腦子轉得很快。她可不覺得識時務有什麼不對勁，重整旗鼓，多方調查，暗自等待，尋找機會，再加上完美的策劃，她相信，總有一天會分家成功的。

看著面前四個白嫩、胖乎乎的孩子，夏雨霖甚是喜愛地一一摸過他們的腦袋，這才說道：「奶奶跟你們說，無論做人做事都要光明磊落，這樣才是好孩子，以後才能有出息，知道嗎？」

「知道了，奶奶。」四個孩子齊齊地說道。兩歲的王偉榮說話還不怎麼清楚，口水也兜不住，夏雨霖用手絹給他擦乾淨以後，才笑著說道：「真乖，奶奶帶了好吃的回來，等吃了晚飯，就分給你們。」

「謝謝奶奶。」四個小孩異口同聲。

懂禮貌，很不錯，夏雨霖笑容越發地柔和。「去玩吧。」

四個孩子點頭，王偉業牽著王偉榮，和王偉義、王晴嵐一同走了出去。

堂屋內，自四個孩子離開後，誰也沒開口說話。宋氏的尷尬卻比之前更甚，坐在那裡，手腳似乎都不知道該往哪裡放，心裡把王晴嵐罵了一遍又一遍，想著以後逮著機會一定要好好收拾那小妮子。

現在最要緊的是她要怎麼下臺。認錯是一定要的，只是她在思考怎麼開口才能不惹娘生氣。想了好幾個法子，挑出她認為最滿意的一個，正露出得體的笑容，結果話還沒有出口就被老五王英卓給打斷了。

「娘，妳趕了一天的路，回來也沒怎麼休息，肯定累了。回屋躺會兒，等到晚飯好了，我再去叫妳。」

「對，快回屋休息一會兒。」王大虎立刻點頭附和，其他三個兒子也是一副贊同的模樣。

「也好，我帶回來的東西，虎哥你帶著他們整理一下。」夏雨霖確實是有些累了。「還有，英武，挑兩疋細棉布，一會兒你親自送到村長和楊大夫家裡，就說是感謝他們一直以來對我們家的照顧。」

「好的，娘。」王英武笑著應道。

「妳去休息吧，我們會處理好的。」王大虎生怕她累著了，催促她去休息，她給了王大虎一個再等一下的眼神。

「英武、英文、英奇還有英卓，現在英傑處在人生的低谷，你們兄弟一定要多用些心，多多地勸他，陪他一起度過這個難關，知道嗎？」夏雨霖沒打算追究之前的事情，但類似今天這樣的事情，以後還是不要發生的好。

她知道，她的孩子都是好孩子，可現在一個個都還年輕，有時候會想岔了走錯路，她要做的就是提醒一二。重來一次，她必定竭盡全力當一個好母親。

「我的兒子是絕對不能在兄弟落難的時候袖手旁觀，甚至是落井下石的。」這一句話，直接表明了態度。

「娘，妳放心，我絕不會做出這樣的事情來；若是英文他們幾個敢，我這個做大哥的，第一個饒不了他們。」
王英武立刻表態，三個做弟弟的跟著點頭。
夏雨霖這才滿意地起身，回房間休息。
她一離開，屋內的和諧溫馨瞬間消失，所有人包括王大虎都把目光放在宋氏身上。
對上這麼多不滿的目光，宋氏知道，今日惹了婆婆不喜，就等於惹了眾怒，連忙露出討好的笑容，開口說道：「爹，我去準備晚飯。」
「去吧。」王大虎看在王英武的面子上，到底沒有多說。「妳們也去。」
然後，王英文和王英奇的媳婦張氏和陳氏也都跟著出去了。
「爹，大哥，你們到底是怎麼搞的？今天娘要回來，你們不知道嗎？你們想過沒有，要是娘剛才出了什麼事情，要怎麼辦？」
夏雨霖眼中的乖兒子王英卓是最先發難的，想到娘今天呼吸不過來的樣子，他到現在都心有餘悸。
其他人的臉色也不好看。
「算了，幸好娘沒事。」王英卓接著又說道：「不過，大哥，大嫂的性子你得管管，瞧瞧她做得是什麼事，家裡缺她吃、缺她喝了嗎？爹，你也糊塗，三哥是娘的親生兒子，就算平日裡再忽視，都傷成這樣了，你覺得她還會捨不得一隻雞嗎？」
王大虎和王英武被兒子訓得滿臉通紅，前者找不到話反駁，沈默不語。

王英武卻不甘心。「行了，老五，再怎麼說我也是你大哥，你書讀到狗肚子裡去了嗎？有這麼和大哥說話的嗎？」

他真覺得很沒面子。

王英卓嗤笑一聲。「那你也得拿出個大哥的樣子來。偉業是你和大嫂的兒子，就算你們沒教好，長大以後偷雞摸狗我都不關心，反正老了受罪的也不是我；但要是敢讓娘傷心，我絕對不會放過你們的。」說到最後，一向清高的目光中閃過一絲陰狠。

一提到娘，王英武所有的話都說不出口了。

「老大，你那媳婦，確實該好好管管了，實在是太不像話了。」一聽關係到霖霖，王大虎立刻對大兒子開口。

王英文和王英奇也一樣，紛紛表達著同樣意思。

直到王英武表示一定會認真地管教自己的媳婦後，才堵住眾人的嘴。

不過，他心裡的憋屈只有自己知道。

「今天會出現這樣的事情，都是因為爹，還有大哥你們沒真正地了解娘。」王英卓理所應當地總結。想著他明日就要去縣城，不擔心兄長們會讓娘不高興，可三個嫂子就不一定了。

「我一直知道，娘是這個世上最好的娘。今日的事情你們全看在眼裡，娘會因為不大的希望依舊堅持給三哥治腿，這就說明，今後我們兄妹七個無論遇到什麼事情，妻子可能會嫌棄我們，兒女也可能會不孝，但爹娘是永遠都不會拋棄我們的。」

考慮到爹的面子，王英卓還是把他加了進去。

「這還用你說。」除了王大虎有些羞愧之外，另外三個兄弟同時說道，王英奇甚至還白了他一眼。

王英卓用白癡一樣的目光看著他們，明白他們沒有理解意思，索性挑明。

「三哥去縣城治腿，甚至有可能去府城，花費肯定不少。還有，以三哥那雙腿受傷的程度，即使有可能治好，那也是需要很長一段時間的，我就擔心有些人眼皮子淺，覺得三哥花費的銀子有她的一份，更覺得養傷的三哥是個廢物，說出或做出一些讓娘難受的事情。」

在場的都不是笨人，知道王英卓這麼說，就是讓他們管好自己媳婦。原本想反駁的三人，一想到自己媳婦的性子，還真是很有可能，這樣的事情在村子裡就聽過了好些。

「行了，這事不用你操心，我們知道怎麼做，你管好自己的事情就行了。」王英武冷著臉說道。

第四章

晚飯擺在堂屋內，一大家子圍坐在一張暗紅色大圓桌子用飯。

夏雨霖休息過後，精神好了許多，看看相公，再看看兒女，滿足地拿起筷子，即使桌上的飯菜很普通，吃在嘴裡，她覺得珍饈美味也不過如此。

「霖霖，妳多吃點。」

王大虎知道她不喜肥肉，挾了一筷子肉絲放到她碗裡。

夏雨霖的老臉有些發熱，心裡羞澀得很，點頭輕聲道：「虎哥，你也吃。」

對此王家人並不奇怪，倒是王晴嵐有些驚訝。大桌子上擺著的不是之前幾盤沒什麼油的青菜，或者幾碟黑糊糊的鹹菜以及看不見米的水粥，粗糙得刮嗓子的窩窩頭。

今晚的菜有七、八盤，葷素都有，盤子很大，中間擺放著一大碗白菜豆腐湯，不僅是好看而已，味道還十分不錯。在她看來，稱得上是色香味俱全。

果然當家老太太回來了，待遇就是不一樣。瞧瞧，伙食一下就上來了，不過，她的三個嬸娘竟然有這樣的手藝，實在是不可思議。

吃飯的時候，也完全沒有了爭搶，除了兩歲的王偉榮要人餵飯之外，其他人的動作即使說不上優雅，但絕對可以說是斯文。

裝，一個個倒真是能裝。昨晚，三個嬸娘為了最後一個窩窩頭的歸屬，差點就打起來了，呵呵，真是虛偽，不用說也知道是演給誰看的。

夏雨霖完全不知道孫女心裡所想，慢吞吞地吃完飯，想著她現在耳聰目明，手腳索利，就要幫著收拾碗筷。

「娘，妳歇著，這些事情交給我們就行了。」宋氏笑容有些僵硬。相公盯著她的目光讓她有些背脊發涼。她清楚，今晚要是敢讓婆婆做這些，下場絕對會很慘。

張氏和陳氏同樣開口。

「是啊，娘，有我們在，再讓妳動手，那不是說我們懶嗎？」

「就是，這要是傳出去，我們會被笑話的。」

看著這一幕，王晴嵐不由得想起昨晚那堆在廚房的碗筷，最後還不是她娘洗的，她們可真是勤快。

兒媳婦都這麼說了，夏雨霖自然不會再去搶活。她清楚無論哪個時代，名聲對於女人都是很重要的，這個社會恐怕更是。同時也有些欣慰，雖然比不上之前的幾個兒媳婦，但也算是不錯的，至少勤快得很。

既然不做事，她就去看三兒子英傑。

「娘，爹。」趙氏有些侷促地站起身來。

「妳去吃些東西，英傑這裡有我們看著。小芳，妳要注意身體，英傑這樣子，以後還要多麻煩妳照顧。」

他們不會拋下兒子不管，只是英傑現在畢竟是大人了，許多事情還是由趙氏來方便一些。

小芳是趙氏的閨名，聽到婆婆這麼說，有些受寵若驚，話都不知道該怎麼回。

「快去吃飯吧。」夏雨霖笑著說道。

「是，娘。」趙氏離開房間後，就朝著廚房走去，還沒進去，就聽見女兒的聲音。

「大伯娘，二伯娘，還有四嬸，妳們怎麼可以偷吃我娘的飯菜？」

王晴嵐原本因為吃得太多，小肚子撐得有些難受，在院子裡蹓躂消食，經過廚房的時候，竟然看見這三直接用手將留給她娘的肉抓起來吃。

之前她因為分家的事情忍著，可現在實在是不能忍！她王晴嵐是誰，從來只有她欺負別人的分。

「嵐丫頭，妳胡說什麼？」宋氏惡狠狠地盯著王晴嵐。

「呵呵。」王晴嵐雙手扠著腰，仰起腦袋看著三人，笑得一臉燦爛。「大伯娘，妳說，我現在大叫一聲會發生什麼事情？」

聽到她這麼說，三人的臉色都變了。

「妳想怎麼樣？」陳氏開口問道。

果然，她想得沒錯，這三人都怕極了她奶奶；而她那個奶奶很虛偽，一定不會放著這樣的事情不管的。

「吃了的總歸要吐出來。」說著這話的時候，將小手攤在三人面前。「給錢吧！」

「嵐丫頭，妳瘋了吧？」三人瞪大眼睛看著王晴嵐。

「不給，我就去告訴奶奶。」威脅的意思一點也沒有掩飾。

三人無法，沈默了一下，見她就要往外走，一人掏出一個銅板。「給妳。」

雖然只有三個小小的銅板，但看著三人一臉肉痛的模樣，王晴嵐的心情暢快不少。看在她們愉悅了自己身心的分上，她好心地說了一句。「大伯娘、二伯娘、四嬸，這樣的事情還是少做，丟人。之前大堂哥那以有大伯娘這樣的母親為恥的表情，我還記得清清楚楚呢。」

最後的話，簡直就是直戳三人的心窩子。

王晴嵐如打了勝仗一般，昂首挺胸地走出去，並沒有看見躲進暗處的親娘。

夏雨霖等到趙氏回來了才離開。

回到堂屋，她將帶回來的零嘴平均分成五份，給四個小孩再加上才十三歲的王詩韻。

王晴嵐拿到手裡，甜甜地說了一句「謝謝奶奶」，想著有自己的，恐怕是因為怕小姑姑不好意思的原因。

明日就要去縣城給英傑看病，若是順利的話還好，不然若去府城，那麼短時間就不能回來，現在正是農忙的日子，家裡的事情得安排好。

思考了一會兒的夏雨霖才開口說道：「英武，這次去縣城給英傑看腿，家裡的事情就交給你——」

她的話還沒說完，宋氏就急急忙忙地打斷。「娘，英武的身體……」

只可惜，她的話也沒勇氣說完，屋子裡的人包括相公不悅的目光都集中在她身上，好在她已將意思表達清楚了。

「我知道。」夏雨霖也沒生氣。「田地裡的事情，我想著直接雇幾個短工幫忙。英武，你就負責監工，然後照顧好家裡的兩個妹妹和四個小孩子，可以嗎？」

對上親娘的目光，王英武有幾分激動地點頭。「娘，放心吧，我可以的。」

「因為不知道情況，我想著家裡多去幾個人，免得到時候手忙腳亂的。」之所以留下英武，她還有另外一層意思，夏雨霖相信以英武的腦子，一定能明白。

其他人跟著點頭。

「我、虎哥、英文、英奇，再加一個趙氏，五人明日去縣城。」對於她的話，其他人都沒有意見。

「奶奶，我也想去。」

對於去縣城，王晴嵐十分心動，畢竟這是一個了解這個時代的好機會，她實在是不想錯過。因此為達目的，對討厭的人賣賣萌也不算什麼。

「嵐兒，我們是去辦正事，下次奶奶有空再帶妳去好不好？」夏雨霖笑著捏了捏她胖乎乎的臉蛋。

王晴嵐繼續努力，抓著她的袖子。「奶奶，我想陪著爹，求求妳了。」

老太太對於這樣軟萌萌的小寶貝沒什麼抵抗力。「好吧，帶妳去；不過，妳得答應奶奶，要乖乖聽話，不能搗亂，更不能亂跑，知不知道？」

「嗯。」王晴嵐用力地點頭。「我一定聽話。」

事情就這麼決定了下來。休息之前，夏雨霖才突然想到，她是要和相公睡一張床的。

雖然在她心裡，已經認定了王大虎就是她的丈夫，但是獨守空房這麼多年，突然要做那些羞羞的事情，她真的很不好意思。

還有更重要的一點，她的相公現在才四十多歲，於她而言，實在是太嫩了，要她下口，得準備準備。

好在，王大虎想著她今天一路上的辛苦，明天說不定又有多忙，只是抱著她睡覺。

就算是這樣，夏雨霖直到睡著後，一張臉都羞得紅通通的。

這一晚，她作了一個夢，一個很美好的夢。

王家院子裡，等到爹娘都休息後，王英卓才將大哥叫到一邊，開口問道：「大哥，你知道娘為什麼留下你嗎？」

「當然是因為我是家裡的老大了。怎麼，五弟，你不服氣？」夜色下，王英武的得意王英卓看不見，不過，他的語氣彌補了這一點。

「看來大哥果然不明白。娘留下你，一是因為你是家裡的老大，但更重要的一點是在給你留面子。我們都走了，你才能好好地管教一下大嫂；要知道她是長嫂，有時候就代表著我們王家。不過，大哥你可真沒什麼眼光。」後面一句是王英卓毫無顧忌地嘲諷。

王英武一愣，這一點他還真是沒想到。

「娘的良苦用心，我希望大哥不要讓她失望，唉！」說到這裡，王英卓嘆了一口氣。「娘為我們這個家付出了很多，現在我們長大了，能做的就是讓娘能夠少操些心，多享福。」

就這麼一段話，讓王英武在院子裡站了許久，就連王英卓是什麼時候離開的都不知道。

王家村地屬富陽縣，因縣城東邊一條富陽河而得名，這個縣城也名副其實是美麗而富饒，雖然只是縣城，但其規模、人口、經濟以及文化，在大康的所有縣中都是名列前茅。

此時夜深人靜，整個縣城幾乎都陷入沈睡之中，聖人街最北端的沈家卻還亮著燈。

沈子青的背脊挺得筆直，跪在地上，俊秀的臉滿是痛苦。

他也不知道事情為什麼會變成現在這個樣子？

「爹、娘，我是絕不退親的。」這是他唯一堅持的事情。

他到現在都記得，當初在書院裡第一次見到王家六姑娘時，一顆心跳得有多快。那個時候，他才知道真的有一見鍾情這種事情，後面費了好多心思才定下的親事，他是真的非常喜歡詩涵。

上方坐著的沈文濤和朱氏將眉頭皺起，臉色很難看。

「子青，你誤會爹和娘的意思了。」朱氏遞給沈文濤一個少安勿躁的眼神，說話聲音很柔和。「退親只是個幌子，你可還記得當初提親時，王家的要求？」

沈子青的表情僵硬，有些頹廢地點頭。不能納妾。

這一點，別說在他提親之前就知道了，就是整個縣學的人也都清楚。

「秀秀是你嫡親的表妹，前兩日，大夫診出她已有一個半月的身子。」朱氏說到這裡，看著臉色越發慘白的兒子。「你說，我們沈家該不該給她一個交代？不然你讓秀秀怎麼辦？讓娘以後還有什麼臉面去面對你外祖他們？」

沈子青心裡的悔意從那日事情發生後就一直沒有斷過，他有時候想，要是那晚沒喝那麼多的酒就好了，那樣一切都不會發生。

「混帳，說話啊！啞巴了你，做出這樣丟人的事情的人可不是我！」見這個時候兒子還沈默不語，沈文濤氣得直接朝著他吼道。

接著就是朱氏的苦苦相勸。「子青，秀秀願意做妾，已經是很委屈她了。」

面對父母的軟硬兼施，沈子青抱頭。「我不退親。」

除了說這個，他真的不知道該怎麼辦才好。

「這事可由不得你。」沈文濤板著臉，十分強硬地說道。

「爹、娘，你們的意思我都明白，但你們想得太簡單了，王家人不是傻子，怎麼會按照你們的想法去做？」沈子青一想到結果，整個人都有些顫抖。

朱氏聽兒子這麼說，以為他鬆動了，笑著勸道：「子青，你整日在學堂，肯定不知道。王家老三打獵的時候不但摔斷了雙腿，還受了重傷，這是最好的時機，我們的要求也不高，想必他們會同意的。」

「娘！」沈子青看著朱氏的表情透著震驚，彷彿不認識她一般。

沈文濤一看到他那副表情，怒火中燒，一拍旁邊的茶几。「那你說，這事要怎麼辦？」

得到的是沈默的回答。

「子青，這是兩全其美的法子，不是嗎？」朱氏和沈文濤的想法一樣。看著兒子如此捨不得王家那丫頭，將所有的不滿都安在他們未來的兒媳婦身上，這帳等到王詩涵進門後再慢慢算。

這一次，沈子青沒再說什麼了。

此時正在夢中的夏雨霖並不知道，有人在算計自己的閨女。

這個夢是從前世的記憶結束後開始的。

她看見透明的「夏雨霖」從倒在春花香懷裡的身體飄出，越飄越遠，天色也越來越暗，直到四周變得陰風颯颯，四周飄著透明的，或許應該叫做靈魂的東西。

然後，她看著「夏雨霖」排隊喝了一碗湯就消失不見了。

場景轉變，歐式氣息濃郁的小洋樓喚起了她塵封已久的記憶，這不是她未出嫁時的家嗎？她心裡正帶著疑惑，就聽見令人面紅耳赤的聲音，想離開卻不由自己控制。

為了避免辣到眼睛，只得將眼睛看向窗外。正欣賞著外面皎潔月光的她，發現靈魂狀態的「夏雨霖」竟然慢慢地由模糊變得清晰，然後往床上而去。

幾乎是眨眼就過了一個月，床上的女子被診出懷孕，幸福地撫摸肚子，青年男子在一旁高興地來回打轉。

看著父母年輕時的傻樣，她有些想哭，卻沒有淚水。對於母親肚子裡的孩子，她已經有了猜測。

接下來，她見證了「夏雨霖」的出生、成長，戰亂起，父親遇害，母親帶著她去鄉下躲避，遇上她的虎哥；接著成親生子，虎哥戰死……一件接著一件，像是看電影一般，卻又與她記憶裡的一模一樣。

直到她九十九歲老死，所有的畫面都消失了。

夏雨霖睜開眼睛，看著青色床幔，眨了眨眼。哪裡還能不明白，看來前世今生的說法並不準確，她和「夏雨霖」原本就是一個人。

出生在大康，人到中年，去別的時代旅遊了一圈又回來了。

不過，旅遊時因為一碗「孟婆湯」的意外，她失去了之前的記憶而已。

當然，也有可能別的時代那九十九年只是她作了一場真實的夢而已。

夏雨霖微笑。算了，這樣離奇的事情誰又能說得清，現在這樣就已經非常好了。

此時天色大亮，身邊已經沒人。她起身看見床上已經放好的衣服，心情更好了幾分。穿好衣服，又走到銅鏡前，將頭髮俐落地梳好，出了房間。

院子裡，六歲的偉業和偉義正在你追我趕，看見她，停下腳步。「奶奶。」

「乖！」

只是想到英傑的傷，夏雨霖明媚的心情沈重了許多。

「老大，家裡的事情就交給你了。」

「放心吧，娘。」王英武目送一家子人離開，回頭看向宋氏時，臉上完全沒有了剛才的笑容。

「相公。」宋氏的聲音有些忐忑。

「妳跟我來。」王英武冷著臉說道。

於是，宋氏在兩位弟妹幸災樂禍的目光下，小心翼翼地跟上相公的腳步。

直到躺在牛車上，王英傑還有些不敢相信。昨晚小芳說的是真的，爹娘真的要帶他去治傷！

想著自懂事以來，他就是被家裡人忽視的那個，即使心裡沒有抱怨，但委屈還是有一些的；可現在，他覺得就算以後不能再站起來，也沒有之前那麼的絕望。對他來說，家人的在意就是療傷聖藥，唯一希望的是不會花費太多，把一家子人都拖得過不了日子。

王家村距離富陽縣並不遠，坐牛車小半個時辰就能到。因為車上有王英傑這個傷患，一路走得很慢，多花費了將近一倍的時間，到的時候已經快午時。幾人把牛車放在城門口，交了保管費後，由家裡的四個男丁抬著王英傑，直接往縣城裡最好的醫館回春堂而去。

王晴嵐有趙氏牽著，瞪大眼睛看著四周人來人往、熱鬧不已的街道，見行人遇上他們都自動地讓開道路，心裡高興。民風淳樸，說明她倒楣遇上意外或者壞人的可能大大地降低。

想到昨晚察看自己的空間，什麼都沒有，就六小塊土地和一個倉庫。她已經試驗過了，空間裡不能存放其他的東西，而且一點也不神奇，必須要她的人進去才可以察看。不過，再廢也比什麼都沒有要好，做人可不能太貪心。

也不知道她昨晚偷偷從廚房裡抓了一把玉米撒在地裡，現在怎麼樣了？晚上一定要記得進去看看，說不定會有驚喜呢！

第五章

「大夫，我兒子的傷怎麼樣？」終於等到回春堂的大夫給兒子診斷完，站在一邊的夏雨霖忙開口問道。

老大夫摸著鬍鬚，皺著一張臉。「要完全恢復，除非是有奇蹟發生。」

聽到這話，眾人的心一沈。王英傑心裡是最難過的，但看見家人的表情，露出一個十分勉強的笑容，止準備安慰他們，聲音卻被女兒打斷。

王晴嵐心裡也是萬分失望，特別是親爹一副笑得比哭還難看的樣子，心裡彷彿被大石頭壓著一般，難受得緊。

她是孤兒，從小到大只懂得一個道理，無論是孤兒院的一個饅頭還是公司的職位，就一個「爭」字，用盡各種手段去爭。小時候不爭就得挨餓，大了不爭就沒有好日子過，而對於自己的對手，就算有些事情爭不過，她也會讓對方難受一陣子。

所以，她不明白，明明爹是最難受的，為什麼還要考慮別人的感受，甚至有不醫治的想法。

他到底明不明白，身體是自己的，別看現在爺爺、奶奶很積極，話也說得十分好聽，什麼不管以後能不能站起來都不會不管他，她爹要真的就這麼癱了的話，一年、兩年可能不會嫌棄，那十年、二十年呢？

別說這些人的品行王晴嵐壓根兒信不過，就算是她自己，都不敢保證能做到多年如一日。與其相信那些虛無的承諾，倒不如盡現在最大的努力，醫治到最好的程度。

「大夫爺爺，那你能讓我爹再重新站起來嗎？」那些想法在王晴嵐腦海中如電光石火般閃過，然後，她歪著腦袋天真地問道。

老大夫抬起眼簾掃了一眼王晴嵐，轉頭對著王大虎，繼續之前未說完的話。「他傷得最嚴重的是一雙腿，尤其是右腿，想讓他重新站起來，老夫並無十成把握。」

王家眾人都被這老大夫給弄得緊張兮兮的，只有老大夫沒有感覺。

「我只有五成的把握，你們要治嗎？」

這一次，王家所有人都點頭。「治，我們治！」

「不過，」慢悠悠的兩個字，立刻讓他們的心再一次懸了起來。「你們別急著點頭，醜話都是要說在前面的，我剛剛也說了，他的右腿傷得尤其嚴重，就算以後治好能站起來，估計也有些瘸。」

但這個結果比起廢了，實在是好上太多。

「還有一點，既然將病患交給我醫治，以後就不得再讓其他的大夫插手，這是規矩。」

眾人點頭。

「所以，你們要有準備，傷者的腿是越快醫治效果越好，但他身上還有其他的傷口，再加上失血過多，老夫的意思是以最快的速度將他的傷醫好，同時把身體的血氣補回來，然後老夫再接著醫治他的一雙腿；不然，傷口沒有完好，醫腿的時候產生的疼痛很可能會再一次讓他身上的傷裂開。」

王家人包括王英卓對醫術都只懂皮毛，不過聽著老大夫的話，確實是很有道理。

「這就牽扯到用藥的問題，越好的療傷藥，費用就越高，補藥也是同樣如此。再加上後面給他治腿，老夫粗略地算了一下，即使是不收診費，不算治腿以後很長一段時間的調理藥費，你們至少要先準備一千兩銀子。」

原本滿含希望的趙氏一聽這個數字，兩眼一翻，直接暈了過去。

「不治了，爹，娘，我們不治了，我們回家。」王英傑直接開口說道。一千兩，把他賣了也不值這麼多錢。

對於兩個人的反應，老大夫是一點也不覺得奇怪。回來這段時間，他已經見過好多這樣因為銀錢問題而放棄醫治的病人，最初還會難受，現在一顆心早已經麻木了。

王英卓看了他娘一眼，立刻上前說道：「三哥，你別激動，不就是一千兩銀子嗎？還能比得上你的腿？」

王英文和王英奇也被這天大的數字嚇到了，聽到老五的話，看他的目光跟看瘋子一樣。五弟知道一千兩是多少嗎？能買好多的田地，夠他們一家子人安安穩穩地過一輩子了。

「英傑，你五弟說得對。你安心在這裡醫治你的傷，銀子的事情，不需要你擔心。」家裡肯定沒有那麼多現銀，不過將她這些年從主子那裡帶回來，如今還剩下的東西都賣掉，還有她的嫁妝，這些年一直就沒怎麼動，肯定能將銀子湊齊。

王英傑老實卻不傻，家裡最值錢的就是娘的嫁妝，一聽她這麼說，就已經想到了。「娘，妳不能賣的，那是妳的嫁妝，妳這樣讓我以後怎麼做人？再說，剛才大夫也說只有五成的把握，我們回家吧，娘，別花這冤枉錢。」

娘有那個心，他已經感動得無以復加，可他身為人子，怎能如此不孝。「爹，你勸勸娘。」

王大虎倒是沒有王英文和王英奇的肉疼。「你娘高興就好。」說出的話還是跟以前一樣。

王晴嵐看著她親爹的表情，心裡嘆氣，突然有種分家的路任重而道遠的感覺。就她爹現在的樣子，估計奶奶讓他去死，他連眉頭都不會皺一下。

「大夫，我們治。」出發前，夏雨霖留了家裡半年的生活用銀，其他的全都揣在身上，將一百兩的銀票拿出來。

老大夫點頭，讓回春堂的夥計將人往裡邊抬。

「老二、老四，你們去幫忙。」

王英文和王英奇若說心裡沒有一點想法是不可能的，那可是一千兩銀子。只是，這樣的想法一出現，昨晚老五的話也跟著出現在腦海裡，若是他們稍微表達一下不滿，恐怕就會惹得娘傷心難過。

算了，不就是銀子嗎？還能有親娘重要？

「大夫，你給我這兒媳婦看看。」見趙氏暈過去還沒有醒來，夏雨霖想著這裡是醫館，不如一起看看。

一旁的夥計聽了這話，建議道：「大嬸子，妳這兒媳婦讓我們這裡的其他大夫看吧，顧大夫單單診費就是二兩銀子，我看這位大嫂子沒什麼大事，用不著浪費。」

顧大夫點頭，順道提了一句。「放心，是喜事。」

知道顧大夫是好意，夏雨霖點頭接受。

王晴嵐在心裡撇嘴。這就是兒子和媳婦的差別。不過，她對於奶奶願意花一千兩銀子給兒子治傷這事，還是震驚不已。

果然是喜事，大夫診出趙氏懷孕兩個月。

「嵐兒，高不高興，明年妳就要多一個弟弟或妹妹了。」夏雨霖笑咪咪地說道。

剛才從夥計口中得知顧大夫竟然是宮裡的御醫，這裡是他的老家，告老以後回來開了這麼一家回春堂，得到這個消息，她便打消了再讓兒子去府城的心思。

「高興。」王晴嵐臉上笑著，心裡卻烏雲密布。她一直不知道王家究竟是什麼時候被炮灰的，原以為時間還有很多，誰知道竟然只有僅僅五年時間。

她清楚地記得，書中提到王家三房時，兩夫妻過著豬狗不如的生活，有個早夭的大女兒，長在身邊的五歲兒子是個傻子。

再一想女主角的身分、心機手段，還有幾個圍在她身邊權勢滔天的男人……就算有一個用處不大的空間，腦子裡有許多的想法，她還是覺得努力五年以後，王家也依舊是炮灰。

該怎麼辦呢？等死絕對不是她的風格，一定會有辦法的。不能再放鬆了，現在，她正式進入被炮灰的倒數計時。

夏雨霖不知道她心裡的想法，看著時間不早。「嵐兒，走，我們去吃飯。」

一家子的午飯就是一人一碗路邊的餛飩，走的時候，還帶了兩碗給王英傑和趙氏。

「娘，我先回學堂一趟，跟先生再請兩天假。」

「去吧。」夏雨霖從來不擔心這會影響到王英卓的課業。她家小兒子，說聰明絕頂都不過分，若是投身在富貴人家，現在哪裡還只是一個小小的秀才。

縣學在聖人街的最中間，王英卓到的時候正是課間休息。他人緣不錯，聽說他來是請假，一個個學子都問他情況。

「家裡出了點事情，不過，已經有解決的法子。」王英卓如此回答，走到自己的座位，拿起書桌上的一方硯臺就往外走。

「王兄，你拿著這個做甚？」其中一位學子問道。

「家中有些困難，我想去當了換些銀錢。」王英卓一點也沒覺得窘迫，一臉坦蕩地說道。

倒是讓其他的學子都瞪大了眼睛。

「王兄，你這方硯臺可是極難得的上品，你捨得？」

「是啊，當了實在是太可惜了。」

「王兄，不如這樣，你需要多少銀子，我先借給你。」

縣學裡有錢有勢的學子不少，但能說這話的並不多。他們都不是笨人，王英卓需要將硯臺當掉，估計所需的銀兩也不是一點。

王英卓看著說話的人是縣令家的大公子，秦懷仁。

「秦兄，不必如此。」雖然不知道一向眼高於頂的秦大公子為什麼會如此好心，但王英卓不想得罪，也沒有結交的心思，想了想說道：「不然這樣，五百兩銀子，我將這方硯臺賣給秦兄如何？」這硯臺是娘親以前的主家聽說他中了秀才，特意送的，雖然已經用了兩年，但還是值五百兩銀子的。

秦懷仁眼裡閃過一絲不悅，隨即想到父親的話，笑得一臉和煦。「王兄，你就是太客氣了。既然你堅持，那這樣，這硯臺就暫時放在我這裡，若王兄以後有錢了，隨時都可以再買回去。就這麼決定了，大家同窗一場，你若是再推辭，我可就要生氣了。」

見秦懷仁的話都說到這分上了，王英卓知道，他是不能再拒絕的。「如此，多謝秦兄。」

「娘，這些妳拿著先用，不夠的我們再想辦法。」回到醫館，王英卓就把身上揣著的五百兩銀票遞到他娘面前。

他很清楚，有了這五百兩再加上家裡的，就算不夠也差不了多少，至少不用再賣娘的嫁妝。

夏雨霖接過數了數，還沒說話，就聽到二兒子的問話。「五弟，你哪來這麼多銀子？」王英奇也很好奇，見二哥已經問出他心裡的話，就沒開口，等著五弟回答。

倒是王英傑感動得無以復加。他一直以為五弟看不起自己，現在想來都是他誤會五弟了，不管這錢是哪裡來的，這件事情他會一輩子都記在心裡的。

王大虎看了一眼小兒子，眼裡帶著滿意。

最震驚的是王晴嵐。見小叔掏出五百兩銀子的時候，眼睛都沒有眨一下，人設呢？說好的極品呢？奇葩呢？難道是因為她的原因，之前趁著爹傷重時提出分家，把這些傢伙刺激得腦子壞掉了？她完全不想看兄友弟恭、母慈子孝的場面好不好？

「你是把那方硯臺賣了吧？」夏雨霖笑著說道，語氣很肯定。

王英卓的笑容因為這句話而加深許多。「我就知道是瞞不了娘的。讀書靠得是腦子，硯臺這樣的外物，好的劣的都是用，沒什麼影響。」

「五弟……」王英傑躺在床上，感動得眼眶發紅，聲音哽咽。

看吧，這就是小叔的險惡用心，用五百兩銀子就收買了她爹的心，以後為這家人做牛做馬，肯定會更死心塌地。

王英卓笑看著他。「三哥，我們是親兄弟，不需要說那些客套話，見外了我可不高興，你安心養傷就成。」

「是啊，英傑，你現在最重要的事情就是養傷，配合大夫的醫治。」夏雨霖說完，看向王英卓。「英卓，這些娘就不跟你客氣了。」

「嗯。」對此，王英卓十分高興。

王英文看著專美於前的五弟，忍下心痛，也掏出一張銀票。「娘，我身上就只有這麼多。」

二哥和五弟都有表示了，王英奇覺得他也不能置身事外，怎麼說他也是這個家的一分子，也是爹娘的親兒子。「我和二哥一樣，原本帶著就是怕銀子不夠，這不就用上了嗎？」

看著兩張一百兩銀子的銀票，夏雨霖同樣沒說什麼就收下了。

王晴嵐有些傻眼了。這還是村裡人嗎？這還是面朝黃土背朝天的農家人嗎？瞧瞧這一個個出手就是一百兩。她知道奶奶是有些銀子，可這些叔伯又是怎麼回事？還沒分家，怎麼就有這麼多的私房錢？

她可清楚地記得，中午那麼大一碗肉餡餛飩才十個銅板，小叔是賣硯臺得來的錢，那好吃懶做的二伯和四叔，銀子又是從哪裡來的？

「英文、英奇，因為英傑媳婦懷孕，大夫說她需要好好休息，這些日子你們兄弟倆就多辛苦些。」夏雨霖對著兩個兒子說道。

「娘，妳放心交給我們吧。」兩人沒有絲毫不滿。

旁邊的趙氏摸著肚子沒有說話。她能夠感覺到這一胎是個兒子，再加上大夫說她不注意有可能會流產，這讓她不得不在意，因此也就默認了婆婆的安排。

因為三個兒子給的銀票，暫時不用擔心銀子的問題，英傑的腿也有了指望，夏雨霖心裡高興。「一會兒我去買些好菜，借這裡的廚房，晚上親自下廚。」

「謝謝娘。」

幾個兒子的話落下以後，緊接著是王大虎的聲音。「買菜的時候我跟妳去，幫妳拎。」

夏雨霖點頭。

「那我去旁邊的客棧給你們訂兩間客房。」王英卓也給自己安排事情。

王晴嵐覺得她還是在醫館裡冷靜一下，再說其他的吧！

「二哥、四弟，我有事想跟小芳說。」等夏雨霖三人離開後，王英傑沈默了一下才開口。

兄弟倆點頭，倒也識趣。「老三，不管怎麼樣，你可得好好養身體。」

「就是啊，四哥。」不然的話，不白費了他們那一百兩銀子嗎？攢了好久才有的。

「嗯。」王英傑沒有聽出來，王晴嵐卻感覺兩人說話的語氣和表情都有些變化，一副吝嗇鬼的模樣，果然還是心疼那些銀子的。

第六章

房間內就剩下他們一家三口，原本王晴嵐以為娘懷孕了，爹心裡頭高興，想說幾句甜言蜜語。

開頭是和她想的一樣，雖然沒有那麼甜，卻也算正常。

「身體怎麼樣？」

趙氏一聽，臉上帶著柔和的笑容。「還好。」

「孩子呢？」

「大夫說暫時沒事，不過要多注意，現在還不滿三個月。」

已經有一個女兒的王英傑明白這句話的意思。「那妳好好休息，這段時間也只能麻煩爹娘、二哥他們了。」說到這裡，眼裡閃過一絲無奈。「對了，小芳，妳把家裡的銀子也帶來了吧？拿出來。」

王晴嵐聽到這話，心裡更疑惑，原本以為二伯和四叔是擅自存下的私房錢，現在看來並不是這麼回事。

趙氏聽到這話，神色一僵，臉上笑容消失得一乾二淨，變得蒼白。

王英傑卻沒有看見，一邊想著、一邊把心裡話說了出來。「五弟還沒有成親，所以那五百兩可以先欠著，爹娘的也可以慢慢還；可二哥和四弟不一樣，他們都已經有妻兒了。我想著一會兒就先把那二百兩還了，免得二嫂和四弟妹心裡不高興，其他的全部交給娘來處理。」

她爹也不笨嘛，這樣的安排很合理；只是，娘是怎麼一回事？沈默是什麼意思？

王英傑將話說完，見媳婦一點動靜都沒有，開口問道：「怎麼了？」

趙氏搖頭，沈默不語。

「妳沒帶銀子？」這話別說他不相信，就是王晴嵐也覺得不可思議。哪有丈夫受傷看大夫，所有的人身上都帶著銀子，只有當妻子的將銀子放在家裡？

趙氏再次搖頭，就是不說話。

王晴嵐鬆了一口氣。爺爺、奶奶是極品，還可以想辦法分家，叔伯、嬸娘這些人也不是很要緊，可親娘要是個奇葩的話，分家似乎也解決不了問題。

這一次，不但親娘沈默，親爹也跟著沈默，看著親娘的表情越來越不好。「妳不會是把銀子給了妳娘吧？」

問出這話的語氣，是個傻子都知道說話的人怒氣有些高。

「傑哥。」趙氏小心翼翼地抬起頭，眼睛卻不敢看相公的臉。「你別著急，前天你出事的時候，我就請人幫忙讓他去趙家村了。」

「給了多少？」王英傑接著問。

王晴嵐覺得自己高興得太早，若是她娘沒說謊的話，前天出事到今天，外祖家一個人都沒有出現，說明什麼？人家壓根兒就不管她爹的死活，或者從來就沒想還銀子。

她還沒弄清楚王家的人，又來一個趙家，老天爺難道是要考驗她的腦子到底有多聰明嗎？才會讓她來到這裡，成為這個早夭的小丫頭。

「妳給我說啊！到底給了多少？」王英傑紅著眼衝著趙氏吼道。

王晴嵐看著她爹這麼一吼，胸前的傷口再一次裂了，鮮血都流了出來，也顧不得其他。「爹，你先別生氣，注意著自己的身體。」

這話沒有用，傷口裂開得越來越大，鮮血也流得越來越多，那紅色刺得她的眼睛生疼。「爹，你趕緊想想爺爺、奶奶，他們若是知道你這麼糟蹋自己的身體，心裡有多難受。」

她知道，這個應該是最有用的，雖然她很不想承認這一點。

果然，王英傑一聽這話，盡力平穩心情，看著滿臉淚水的女兒。「嵐兒，別害怕，爹沒事。」

說著還想給她露出一個安撫的笑容，只是讓王晴嵐的眼淚流得更厲害。

「爹，你別生氣也別亂動，我去叫大夫來。」王晴嵐見他點頭，用袖子一抹眼淚，就往外跑。

外面的兄弟兩人聽到動靜，立刻躥了進來，看見裡面的情況，臉色就變了。「老三，你是怎麼回事？忘了之前怎麼答應娘的，答應我們的了嗎？」

「二哥，算了，現在最重要的是三哥的身體。」王英奇的臉色同樣不好。不過，他還是拉著二哥的袖子，阻止了他埋怨的話。

他心裡也是有氣，可就現在三哥的模樣，他們能如何？只能等到三哥身體好了以後，再狠狠地收拾他。如今最重要的是處理三哥身上的傷，不然等娘回來看到了，肯定很傷心。

顧大夫被王晴嵐找來，看著王英傑的模樣，整個人怒火中燒，發白的眉毛直接豎起，雙手卻很俐落地給他重新上藥，包紮傷口。

等他處理好後，直接吼道：「你要想死，老夫現在就讓人把你扔到富陽河裡！要是不想治就早說，別這麼瞎折騰！」

當大夫的最厭惡這種不遵守醫囑的病患。

見王英傑一臉愧疚，不像是不懂事的任性之人，他才略微放緩語氣。「你也好好想想，這樣重複治傷，花的可不是老夫的銀子。看到沒有，就這麼一小瓶傷藥要五十兩銀子，你再不配合，腿還沒給你治，你們家就傾家蕩產了。」

「大夫，你別生氣，我知道錯了。」想到剛才那一下就花了很多銀子，王英傑心疼得很。

「知道就好。你們也好好看著。」前面一句是對著王英傑說的，後面的話就是說給王英文兩兄弟聽的。

三人齊齊地點頭，王英文恭敬地將顧大夫送出門，回來後才問道：「說吧，老三，到底怎麼回事？」

王英傑冷眼看著趙氏。「妳說，妳手裡還有多少銀子？」這是他目前最關心的事情。

王英文兄弟倆一聽這話，就不開口了。

趙氏一直低著腦袋。

「娘，妳倒是說啊，別把爹惹急了，傷口又裂開了。」沈默有什麼用，既然已經這樣了，還不如坦白。

趙氏也被嚇到了，動作緩慢地從荷包裡掏出一個銀角子外加幾個銅板。「都在這裡了。」

這一句話說得很輕。王英傑看著那熟悉的銀角子，這不是他打獵那天出去時揣在身上的嗎？

見爹的臉色黑得跟鍋底沒什麼差別，王晴嵐趕緊說道：「爹，你可不能再生氣了，注意身體，一會兒奶奶就回來了。」

「是啊，嵐丫頭說得沒錯。」王英文兩兄弟也一臉緊張地開口。

王英傑真的是用了生平最大的力氣才忍住沒發火。「趙氏，妳現在去外面找個地方待著，好好想想銀子的事情，我不想看到妳。」

這話說得很無情，趙氏被打擊得眼淚直流。「傑哥，不是……你知道我爹娘身體不好，娘家弟弟要上學……」

趙氏的話還沒有說完，別說王英傑，就是王晴嵐都聽不下去。這個時候，說這些不是更刺激爹嗎？

「妳要哭回妳娘家哭，我還沒死。」王英傑看著她這個樣子，心裡格外煩躁。

「三弟妹，妳先出去吧，我們會看著老三的。」王英文也是一臉冰冷，攆她出去的意思一點也沒有掩飾。

趙氏依舊沒有動，含著淚，看著王英傑還想解釋。

「三嫂。」知道罪魁禍首是三嫂，王英奇就不客氣了。他清楚三嫂想說什麼，無非就是娘家怎麼困難了。「難不成妳是想讓我三哥再上一次藥？要是讓娘看見三哥渾身是血的模樣，會發生什麼事情？」

王晴嵐側頭看著王英奇。此時哪裡還有在奶奶面前一副乖寶寶、孝順兒子的模樣，她這個四叔的笑容完完全全地詮釋了「陰險狡詐」這四個字。

「別以為妳懷有身孕，我們就不敢做什麼。我們家最不缺的就是子嗣，讓我娘傷心的，別說我們兄弟幾個會怎麼做，我爹第一個就不會放過妳。」

聽了這些話，趙氏整個人都在發抖。

「怎麼，妳還要待在這裡？」這次，王英奇的聲音剛剛落下，趙氏就乾脆地起身離開。

「行了，老三，多大點事情，能有你身體重要？」王英文說這話倒是符合他當二哥的身分。

「二哥，你不知道。」王英傑也明白這個道理，只是有些事情，不是說不生氣就能做到的。沈默了半晌，他依舊覺得憋屈難受得很。「我和趙氏成親已經七年了，這七年裡，除了孝敬爹娘和平日裡的花費，我其他的銀子都給她保管著，哪裡能想到她全部都保管到她娘家去了，裡面還有我給兩個妹妹準備的嫁銀；連老五考舉人，以後考狀元，我都準備了一份。」

聽到這話，王晴嵐也不知道該怎麼說她這個親娘了。有沒有腦子啊？

王英文兄弟倆的臉色也很不好。妹妹的嫁銀，老五考試用銀，這些爹娘沒說，他們卻想得一樣，都備了一份。

「三哥，這些年存了多少銀子，你心裡有沒有數？」趙家村和他們村近得很，王英奇不相信，趙家到現在還沒有得到三哥出事的消息。

王英傑想了想，說道：「具體數字我不清楚，但就我這些年打獵存下來的銀子，五、六百兩肯定是有的。」

「行了，我們心裡有數，就你那比爹還好的打獵手段，這個數都算低估了，我們就按六百兩算。」王英文的笑容有些冷。「你放心，趙家人吞不了你這些銀子，這事就交給我們，你好好養傷吧。」

「嗯。」對於趙氏的行為，此時的王英傑有些心灰意冷，聽到二哥的話也沒有反駁；何況他只要一想到自己辛辛苦苦存了這麼多年的銀子，就這麼不聲不響地便宜了趙家人，不甘心得很。

雖然王晴嵐依舊覺得二伯和四叔的人品值得推敲，可這件事情，就該按他們所說的做。打獵可是件危險的事情，那些銀子其實說是親爹用命換來的也不過分。最關鍵的是外祖一家到現在都不出現的行徑，讓她心裡也很不爽。

夏雨霖回來時，見王英傑已經睡著，微笑著沒有打擾，看著天色，開始著手做晚飯。六歲的王晴嵐被派去幫忙燒火。

她瞪大眼睛看著奶奶，無論是洗菜切菜，還是燒菜，動作依舊柔美優雅，在熱氣瀰漫中，整個人似乎帶上了一圈聖潔的光芒。

王晴嵐揉了揉眼。好吧，她承認，這個奶奶還真是個美人。

「好香啊！」鼻尖傳來的香氣讓她吞了吞口水，忍不住深吸一口氣，然後不由自主地感嘆道。

「嵐兒想學嗎？」夏雨霖看著孫女那可愛的模樣，笑著問道。「奶奶也就這門手藝拿得出手。」

「奶奶，我想學。」她很清楚，奶奶不是經常做飯的，為了以後能經常吃到好吃的，必須得學；再者，能多一門手藝也沒有壞處。

直到將奶奶做的菜吃進嘴裡的時候，王晴嵐不由得感嘆，這哪裡是拿得出手，太謙虛了，簡直就是人間美味了。

之前還覺得大伯娘她們的飯菜很可口，可與奶奶比起來，那是有天壤之別的。

也許二伯他們也覺得奶奶做飯不易，所以沒有在飯桌上說下午發生的事情，等到飯後，才將事情說了出來。

夏雨霖皺眉。她認同兩個兒子的話，就算是英傑治傷的銀子已經湊齊，但那些銀錢還是要拿回來。

「小芳，明日妳就回娘家一趟。這次英傑是遭了大罪，若是有了這一筆銀子，手頭上寬裕，一來我能放手給他補身子，二來顧大夫那裡說不定還有更好的藥。妳明白我的意思嗎？」

趙氏點頭。對於婆婆的話，她可不敢再用沈默來對待，小聲地說道：「娘，我知道了。」

「當然，妳懷有身孕，也要顧著自己的身體。」

「是，娘。」

王晴嵐想了想，還是不放心地開口。「奶奶，我陪著娘去吧。」

「嗯。」夏雨霖點頭。「嵐兒真乖，妳現在帶著妳娘去院子裡坐坐，那裡涼快。」

王晴嵐心裡明白，奶奶這一招叫做先禮後兵，若是她娘能把銀子拿回來，自然是最好不過──雖然這樣的可能性非常小。

支開她娘，主要就是商量用其他的法子拿回銀子。

「唉，英傑性子老實，你們作為他的兄弟，以後多提點著他，知道嗎？」夏雨霖這麼感嘆一句後，就甩給三個兒子一句話。「我想趙氏多半會空手而歸，這銀子是無論如何都要拿回來的，英文、英奇還有英卓，這件事情就交給你們了。娘不管你們用什麼樣的法子，六百兩銀子，一文都不能少。」

夏老太太大多數時候都非常好說話，唯獨在關係到兒女的事情上，容不得半點沙子。欺負她兒子，年輕的時候她能跟人拚命；年紀大一些，身子拚不動了，就開始拚腦子，四個字：加倍償還。

晚上，三兄弟留在醫館守夜，順便商量怎麼對付趙家人。王大虎夫妻和王晴嵐母子四人就歇在距離醫館不遠，同在一條街上的清心客棧。

房間不錯，乾淨整齊，也許是因為靠著縣學，布置得十分清雅。

只是躺在床上的王晴嵐無語地看著身邊的親娘不停地翻動身體。

睏極了的她沒辦法，只得開口提醒道：「娘，天色不早了，早些睡吧。」

「娘睡不著。」趙氏小聲地說著。

「可是我睏了。」不是她不體諒娘，而是今天一大早就起床，直到現在才休息，雖然沒做多少事情，可六歲的身體早就疲憊不堪。

「嵐兒，妳說，妳爹現在治腿都有銀子了，我們家又不缺銀子，妳奶奶為什麼還讓我回娘家拿銀子？」

聽到這明顯帶著不滿語氣的問話，王晴嵐眼皮頓時就不打架了，頭腦也清醒過來。她瞪大眼睛看著趙氏的臉。「娘，那本來就是我爹的銀子，拿回來有什麼不對的嗎？」

說著這話的時候，王晴嵐在心裡不斷地祈禱：老天爺，千萬不能是她想像的那樣，親娘老實一點、軟弱一點都沒有關係，沒有心機、愚蠢一點也不要緊，她現在真的只求她娘腦子是正常的就行。

只可惜，趙氏沒有發現女兒那雙眼睛裡透露出來的緊張。

「嵐兒，妳想想，妳奶奶家住著青磚大瓦房，我娘家卻是破舊土牆屋子；妳奶奶家的人每天吃著大魚大肉，我娘家天天吃糠嚥菜；妳奶奶家……」

王晴嵐覺得她的心跌入一個無底黑洞，隨著親娘的話，越跌越深。「停，娘，妳告訴我，妳是哪一家的？」

趙氏卻一點也不覺得有什麼問題，更沒有回答女兒的話。她並不覺得六歲的女兒懂得什麼，之所以說這些，只是想發發牢騷。

「既然傑哥治腿的錢已經湊齊，那為什麼還要為難我，為難我娘家人？六百兩銀子，我娘家人怎麼能拿得出來……」

王晴嵐閉上眼。她娘不滿卻又理所當然的聲音不斷地響起。

親娘這個樣子，她該怎麼辦？

第七章

第二天到了趙家村，自己的外祖家，王晴嵐才真正明白許多種田文裡的女主角是什麼樣的心情。

實在是太讓她抓狂了。

外祖父一大家子最初看到她們母女，臉上的笑容熱情得讓她都有些承受不住，直到她娘小心翼翼地提出過來的目的，那變臉的速度真叫一個快，堪稱絕活，一個個都開始哭窮。

最令人無語的是她娘，見到這樣的陣仗，直接說了一句。「要不，爹，娘，你們就當我沒來過，沒說過這話？」

六百兩銀子，一個銅板都沒有要到，就這樣妥協了。

「小芳，妳聽娘跟妳說，這些日子妳就待在我們家，不要回去，我倒是要看看王家人能如何？有幾個臭錢了不起啊！」外祖母一臉不屑。

是啊，她們家的錢臭，別拿啊，王晴嵐吐槽。

「可是傑哥……」

「別可是，小芳，妳怎麼就不懂呢？妳娘這是為了妳好。妳現在懷的可是他們王家的種，若是這個時候不強硬一些，以後妳就等著夾著尾巴做人吧！」外祖父語重心長，一看就是唱紅臉的。「妳想想，爹娘怎麼會害妳。」

這樣煽風點火，完全不嫌事大嗎？

趙氏卻有些心動，摸著小腹。「那我聽爹娘的。」

王晴嵐瞪大眼睛，將整個過程看完，想到這是自己親娘，還是提醒了一句。「娘，妳要想清楚，爹現在可還躺在床上。」

她能夠想像，若是她娘真的這麼做，不說王家其他人會如何，換成她是她爹，心裡肯定也會有意見的。

「一邊去，小孩子家家的，這裡有妳什麼事情！」外祖母瞪了她一眼，轉過頭看向親娘時卻是一臉慈母樣。「小芳，妳都懷孕了，他們還讓妳照顧王老三，壓根兒就沒有把妳當人看。聽娘的，妳就在這裡好好待著，瞧瞧這瘦的，讓娘給妳好好補補。」

效果很明顯，她親娘淪陷了，感動得無以復加。

王晴嵐卻不是真正的小孩子，她得回去。就這幾日的相處，她能感覺到親爹對她很不錯，她可不能像親娘這麼沒有腦子。

臨走之前，還不死心地問了一句。「娘，妳真不跟我回去？」

「妳快走吧，妳娘不回去。」

趙氏低著腦袋沈默不語。

王晴嵐皺眉。說實在的，她真的很討厭這個樣子的娘，見她和外祖母親密地站在一起，得，人家是親母女，她是個外人，行了吧？

趙家村距離王家村很近，離縣城也不遠，但她的身體只有六歲而已，別說走到縣城有多累，就是她能吃苦，也不安全。

所以，王晴嵐在趙家村找了一輛牛車送她去縣城。雖然身上沒有錢，但她有一個秀才小叔，在淳樸的村民眼裡可是很了不起的娃，自然不會賴他這麼一點錢的。

坐上牛車，她想著趙家的情況。房子是沒有他們家的大，也沒有他們家的好，可也還過得去。想著外祖母頭上的金簪，手上的金鐲子，她想不明白，趙家哭窮的時候不覺得這些東西刺眼嗎？一點都不專業好不好？

極品啊，她算是真的見識到了，比想像中的還要鬧心。

「爺爺，奶奶。」回到醫館的時候，她爹可能是吃了藥，還在睡覺，房間裡只有王大虎和夏雨霖。

兩人沒有看見趙氏的身影，皺著眉頭走出房間。

「嵐兒，妳娘呢？」夏雨霖笑著問道。

對於這事，王晴嵐只能老實回答。「爺爺，奶奶，我坐趙大叔的牛車回來，還沒給錢。」

「嵐兒真聰明。」夏雨霖微笑著誇獎王晴嵐，替她給錢的時候，還說了好些感謝的話。

王晴嵐一直覺得她娘做出這樣的事情，爺爺、奶奶肯定會發火，可瞧著兩人好似一點不高興的樣子也沒有。爺爺在房間裡看著她爹，奶奶帶著她去集市買菜，一邊挑選還一邊傳授她心得，彷彿她娘的事情一點影響都沒有。

直到吃過午飯，王晴嵐才知道他們心裡也是憋著火的。

當然，她是被大人支出去的，不過，她自己又偷偷地跑回來。

坐在門口，醫館後面的院子很安靜，她能將裡面不大不小的話聽得清清楚楚。

「你們這次別留情，我想著，也該給趙氏還有趙家人一個深刻的教訓。」奶奶的聲音依舊溫柔，只是，溫柔中透著嚴厲。「嵐兒才六歲，他們竟放心讓她一個人從趙家村離開？我現在想想都覺得後怕，還好嵐兒聰明，不然萬一途中出了點什麼事情，那得多可怕。」

聽到奶奶的話，王晴嵐翻白眼。原來她家奶奶計較的重點是這個啊！心裡有一點酸酸的，但她是絕對不會承認她是有那麼一丁點感動的。

趙氏的事情並沒有人對王英傑提起。

不過，王晴嵐想著，她爹一個下午沒有見到娘，心裡多少有些猜測，好幾次叫她，卻什麼話都沒有問，只是鬱悶地嘆了一聲。

而王晴嵐自己對此也是無能為力。

「二伯，四叔，小叔，我也想去。」第二天早上，用過早飯，王晴嵐見三人往外走，從椅子上跳下來，跑到三人跟前說道。

夏雨霖和王大虎坐在一邊看著。

「嵐丫頭，這兩個銅板妳拿著，一會兒去買串糖葫蘆吃啊！」王英文笑著開口。

王晴嵐無語地看著手心的兩個銅板。二伯，以為這就能把她打發了嗎？太看不起人了。

「二伯。」軟萌萌地叫了一句，順便還討好地衝著他眨眼。

「再給妳兩個。嵐丫頭，做人可不能太貪心哦，小孩子也是一樣。」王英文倒是挺喜歡姪女這討喜的模樣，只是他完全沒能理解她的意思。

王晴嵐噘嘴，鼓起腮幫子。

「二伯，你想想，爺爺和奶奶要照顧我爹，我這麼小，留下來只會給他們添麻煩的。」王晴嵐自己也清楚，這個理由並不充分，和她跟著來縣城時所說的話相矛盾。

只是，經過這幾天的觀察，她明白奶奶在他們心裡很重要。

「三哥，帶著她一起。」王英卓說完這話，回頭笑看著夏雨霖和王大虎。「爹，娘，我們什麼時候回來還說不準，今天就不做午飯了，要是晚了，你們別等我們，直接去外面吃。」

「去吧，我知道了。」王大虎點頭。一向老實的他在這個時候，瞬間就能理解兒子的意思。

霖霖又不是廚娘，怎麼能頓頓給他們做飯。

夏雨霖也明白，是兒子心疼她，擔心她累著，只開口說了四個字。「早去早回。」

王晴嵐達到目的，心情很好地跟著三人出了醫館。

幾人直走到一條沒有人的小巷子才停下來，她有些不明所以，一抬頭，就對上小叔冷冰冰的目光。

好恐怖……王晴嵐暗自吞了吞口水，心裡想著，她是做了什麼才會讓小叔用這樣的目光看著她。「小叔，你怎麼了？」

王晴嵐臉上的害怕並不完全是裝出來的，手心的冷汗足以證明。

王英卓依舊沒說話，停留在她身上的視線更陰冷，彷彿她並不是他的姪女，而是等待消滅的敵人一般。

就在王晴嵐考慮自己要不要直接哭出來時，四叔的聲音響起。「好了，老五，差不多就行了。」

她感激地看過去，內心已然崩潰。四叔的笑容比小叔的目光好不到哪裡去，一樣的磣人。

「知道錯在哪裡了嗎？」

面對四叔的問題，王晴嵐猛地搖頭。她確實是一點都不知道啊，半點預兆都沒有就這樣對她，饒是絕頂聰明的她，此時也是一頭霧水。

「我們王家的孩子，很少有笨的。」王英奇伸手捏了捏小姪女的臉蛋，看著她因為疼痛而冒出淚水，滿意地收回手。「但是小嵐兒，自作聰明的小孩，往往是令人討厭的，是該被教訓的，知道嗎？」

救命啊！依舊不知道自己錯在哪裡的王晴嵐只得委屈地點頭。什麼叫自作聰明？她本來就很聰明好不好？

「下次再用爺爺和奶奶當藉口，我就揍妳。」

王晴嵐立刻就明白過來，他們是為了剛才她想跟著出門說出的理由，牽扯到爺爺、奶奶，這些人果然就不正常了。

孝子是不能惹的，識時務者為俊傑，她雖是小女子，此時卻是將王英卓這句話刻在心裡了。她可不認為小叔是開玩笑。

「四叔，小叔，我知道錯了。」王晴嵐一本正經地認錯。「我保證以後絕對不會再犯，真的。」

「嵐丫頭，要耍小心眼的話，也要等妳把本事練到家以後再說。」王英文的表情是三人中最正常的，帶著長輩為晚輩著想的笑容。「做錯了事情就要受到懲罰，這樣才能記住，下次才不會再犯，妳明白嗎？」

王晴嵐點頭。王英文滿意地笑了。

於是，小半個時辰後，王晴嵐一臉悲憤地看著她的三位叔伯坐在牛車上，而她，一個短腿的六歲小姑娘，竟然在下面走著。

最可惡的是，他們寧願多出些錢讓趕車的人慢悠悠地駛著，也不願讓她上車坐。

更可惡的是，這主意還是她以為很好的二伯當著她的面提出來的，而她的好二伯此時竟然在上面嗑瓜子。她好淒慘！

「二伯，不是外祖父他們欠我們家銀子嗎？怎麼我們還要給他們買這麼多好東西？」見識了三位叔伯的惡劣，王晴嵐可不認為他們有這麼好心。走得兩條腿有些累的她，決定用分散心思的法子來解決剩下不多的道路。

只可惜，三人完全不配合。「嵐丫頭，妳那麼聰明，好好想想這其中的原因，若是想出來了，二伯就讓妳上牛車。」

「呵呵。」接著是四叔嘲諷的聲音。

若是普通的小孩子，此時恐怕早就哭了；若是成年的姑娘，聽到這個，多半也會惱羞，實在是太瞧不起人了。但王晴嵐不一樣，這點程度還不足以讓她臉紅。

「二伯，能不能給我點提示？」她帶著討好的笑容，順便賣賣萌，希望能得到點線索。

「不能。」

王英文毫不猶豫地拒絕，繼續嗑瓜子。

王晴嵐氣悶，一路說了許多的答案，直到牛車都到了趙家村，依舊沒回答正確，這讓她鬱悶不已。一向在智商上處於優越地位的她，竟然還猜不到幾個比她實際年齡小的古人心思，讓她備受打擊。

「上來吧。」

都到趙家村了。王晴嵐撇嘴，卻還是手腳俐落地爬了上去，能休息一下也不錯。

然後，她看著牛車從趙家的院子前駛過，半點都沒有停留。「二伯，到了啊。」

「先去村長家。」

王晴嵐瞪大眼睛，覺得被耍了，卻也明白他們的用意。「這些東西是送給村長的。」

「嵐丫頭，我可從沒說過這是要送給趙家的，完全是妳在自以為是。還有，二伯再送妳一句話，太有好奇心也不是件好事。」王英文笑咪咪地說著，完全不顧慮小姪女的幼小心靈。

從出了醫館發生的一連串事情，再加上二伯這對心一擊，王晴嵐一臉憋屈地看著三位叔伯。

因為直到此時，她才明白四叔那「呵呵」是什麼意思。三人就這麼冷眼看著她絞盡腦汁想答案，卻連問題是什麼都沒搞清楚。

趙家村的村長是一位高大強壯的中年漢子，見到他們登門，臉上的意外一閃而過；倒是村長媳婦一臉笑容，非常熱情地接過他們手裡的東西。

王晴嵐老實地坐在小叔的下首，看著村長媳婦忙進忙出地端茶倒水。她面前還放著一小盤零嘴，走了一路的她端起水就想豪飲一大口，結果小叔眼角的冷光一掃過，沒骨氣的她只得忍住口渴，小口地喝著。

堂屋內，趙村長和王英文寒暄幾句，就進入正題。

「村長大叔，事情是這樣的。」王英文簡單地將事情經過說了一遍。

當然，圍繞著這些話的宗旨只有一個：趙家人欠著他們家六百兩銀子。

「想必您也知道我家三弟的事情，如今正在縣城的醫館裡治傷，那銀子花得就跟流水一般。」

震驚的趙村長跟著點頭。

「只要能治好我家三弟的腿，其實花再多的銀子也是值得的。」

「對，你家三弟還年輕，若真就這麼廢了，那才叫可惜。」能當上村長，多少是有點見識的，對於這話，他也是贊同的。

「原本是不想用這樣的糟心事打擾趙大叔的，只是……」王英文又將趙氏所做的事情說了一遍。「若是平時，看在親戚關係上，什麼都好慢慢商量。可現在情況不一樣，我家三弟正等著銀子買藥，我們才逼不得已，想請趙大叔替我們說說。」

趙村長有些為難，趙家那一群人是出了名的難纏，倒不是他怕得罪人，只是以那些人的性子，恐怕去了也是白跑一趟。

「唉，也是我和大哥身體不爭氣，否則老三哪裡用得著一有空就去打獵。」王英文一臉地難過。

王晴嵐有些傻了。這演技，拿奧斯卡小金人都沒有問題。

「這樣吧，我跟你們走一趟，不過，你們得有準備。」趙村長想著他們拎來的禮物，再看著坐在一邊、氣質超然的秀才公子，點點頭。

就這樣，一行四人再加上趙村長來到趙家。

趙村長才一開口，趙家的女人就開始撒潑。「什麼銀子，我們家沒有用他們王家的銀子！」

「就是，有證據沒有?!」

「你們說六百兩就六百兩啊，要不要臉？」

「閉嘴，村長在這裡，你們瞎嚷嚷什麼！」趙家的男人也跟著作戲。

王晴嵐撇嘴，比起她的叔伯們，外祖一家人實在是太浮誇了。

「不過，村長，我們真的沒有見到過那麼多的銀子。」

趙村長看向王家三兄弟，無奈地對他們搖頭。

王晴嵐看得明白，趙家人恐怕早就想到他們家不會放棄這六百兩銀子，商量好一起耍賴。

當然，最大的可能是在他們一點點地拿到銀子的時候，就是這麼打算的。

「三弟妹，妳來說。」王英文氣得渾身都有些顫抖。

趙氏低頭，再一次沈默不語。

「小芳，妳來說，我們家有沒有借王家的銀子？」趙大娘對著女兒說道。

這一次，趙氏倒是搖頭，意思很明顯。

「三嫂，妳、妳……」王英卓直接站起身來，一張俊臉氣得通紅。「妳這麼做，對得起我三哥嗎？」

趙氏不說話。

「老天爺，祢開開眼吧，這是要冤枉死人了！」趙大娘開始呼天搶地。

趙大嫂看著王英卓。「秀才郎了不起啊，我們沒用你們家銀子就是沒用，別人都怕你，我可不怕你！」

看著耍賴都如此強悍的趙大嫂，站在一邊的王晴嵐直接給她投去了同情的目光。

「趙大伯，趙大娘，做人可要講良心。我們也不要求你們把銀子全都還回來，但三哥治腿真的需要銀子，算我求你們了，有多少、拿多少好不好？」王英奇一臉痛苦地說道。

趙村長在一邊點頭。「就是，有財啊，那畢竟是你女婿，親戚一場，不要把事情做絕了。」

「我們家沒用他們家的銀子。還有，我們家現在也沒有銀子，一文錢都沒有！」趙有財把話說得是一點情面都沒留。

趙村長的臉色也難看得很。

「就是，我們家沒錢。」趙家所有人都擺出同一副樣子。

「你們別後悔。」王家三兄弟留下這句話，帶著王晴嵐直接離開趙家。

趙村長瞪著這一屋子的人，嘆了一口氣，快速地跟了出去。

「趙大叔，今天麻煩您了。」王英文擠出一個難看的笑容，開口說道。

「慚愧，一點忙也沒幫上。」趙村長連連搖頭。

「趙大叔，我在這裡跟您賠罪。」王英文突然彎腰，給趙村長行禮，嚇了趙村長一跳。

「英文，你這是做什麼？」

「趙大叔，本來看在親戚一場，我們不想將事情做絕的，但為了三弟，這一門親戚我們也只好放棄了，我先在這裡給您賠不是。接下來我們要做的事情，可能會影響到趙家村的聲譽，但是我們家三弟的傷是真的等不了。」說完這話，王英文直起身體，也沒等趙村長詢問，抱著王晴嵐就離開。

王英奇和王英卓兄弟兩人也跟著離開。

趙村長看著他們的背影，突然有種不祥的預感……有財家估計是要出大事了。

當然，他不關心這個，他擔心的是趙家村的聲譽。

出了趙家村，王晴嵐果然看見三位叔伯難看的臉色消失，一個個都帶著風輕雲淡的笑容。

「二伯。」她真的很好奇，接下來他們會做什麼。「你們要做什麼？」

「嵐丫頭。」王英文捏了捏她的臉，笑著說道：「做一件讓趙家再也翻不了身的事情。不要多問，好好看著就是。」

既然娘都叫他們給趙家人和趙氏一個深刻的教訓，他們自然不會讓娘失望。

「哦。」王晴嵐點頭。

「二哥，偉業、偉義也六歲了，以後這些事情都不必再背著他們了。」王英卓看著一臉受教的王晴嵐，突然開口說道。

王英文點頭。

雖說二伯已經跟她說了好奇心太重不是好事，可對於這件事情的後續，她真的很想知道。

「忍住別問，妳就算問，我們也不會告訴妳的。」

四叔的話一如既往地讓人難受。

第八章

「回來了，你們歇一下，我去下麵條。」夏雨霖笑著說道。

她和虎哥雖然都當爺爺、奶奶了，可也才四十歲出頭，一上午的時間只有照顧受傷的兒子和買點菜做飯，本來就很清閒，又怎麼會累。

王英文兄弟三人嘆氣。就知道會這樣。

「菜是虎哥切的，麵也是他揉的，在外面吃沒有自己家裡做得乾淨，你們等等，很快就好。」夏雨霖說完，轉身就走了出去，動作依舊慢悠悠的。

不過，比最初來的時候要好得多。

王晴嵐看著她面前的一碗麵，聞著香氣，肚子就咕嚕直叫，見爺奶都動了筷子，直接挾起一大筷子麵條，呼呼地吹了幾下，就往嘴巴裡塞。

「嵐兒，慢點吃，小心燙著，還有別吃得太急，這樣對胃也不好。」夏雨霖笑著說道。

難道她吃相很難看？王晴嵐的厚臉皮都有些發熱。前世能活到九十九歲，在養生方面還是有一定心得的。

「嵐丫頭，妳是一個姑娘家。」王英文加重最後的三個字，再加上他的表情，粗魯二字就差說出口了。

或許是上午被虐慘了，王晴嵐總覺得二伯這話還有別的意思，又怕是自己多心，只得點頭。「知道了，奶奶，二伯。」

只是說完這句，突然間覺得萬分委屈，她也想做一個優雅的美少女，可從來沒人教過她。

這麼一想，眼眶都有些發熱，趕緊深吸一口氣憋住。明明是前世的事情，以前都不難過，現在又怎麼會想哭呢？

「嵐兒乖，不哭啊，想怎麼吃就怎麼吃。」夏雨霖看見孫女的小肩膀都在抖動，把手絹遞了過去。

王英文倒是有些意外。這丫頭遇到今天上午那麼大的事情都沒有掉眼淚，剛剛那句話很重嗎？「嵐丫頭，別哭了，一會兒二伯給妳買糖葫蘆。」

哼，二伯就知道糖葫蘆，哄小孩子都不會，再說她又不是真的小孩子。

王晴嵐也不知道她的眼淚是怎麼回事，不想哭的，可剛才就是沒忍住。

拿過手帕將眼淚擦了，她也不說話，開始小口地吃麵條，感覺到眾人的目光沒有再看著自己才抬起頭。她發現，這裡的五個大人吃東西的樣子都特別好看，像一幅畫似的。

哼，得意什麼，以她這麼聰明的腦子，用不了多久就能夠趕上甚至超越這些人。

別說夏雨霖，就是王大虎父子四個都是第一次發現這丫頭有幾分可愛，剛剛還在委屈，現在又一副鬥志滿滿的模樣。

飯後，碗筷竟然是二伯收拾的，這讓她覺得有些不可思議。

跟在爺爺、奶奶身後，幾人在院子裡散步消食。王晴嵐以為爺奶會問今天去趙家村的事情，結果兩人一個字都沒有提。

難道他們就不好奇？也不關心銀子拿到了沒有嗎？

「爹，娘，你們帶著嵐丫頭去客棧休息一會兒，我們在這裡看著三哥就行。」王英奇覺得時間差不多了，笑著說道。

夏雨霖正要點頭，就看見一個小丫頭扶著一位姑娘走進來。那位姑娘低著頭，蒙著面，兩人的目光時不時地往四周察看。

見到他們，那小丫頭的臉色有些發白，那位蒙面姑娘眼裡全是驚慌，回神過來後，又努力鎮定下來。

她們這模樣，王晴嵐賭上下午二伯給她買的糖葫蘆，這兩個姑娘絕對有問題。

「爹，娘，走吧，我送你們過去。」聽到王英卓這句聲音並不算小的話，對方似乎更慌張了。

「小姐，怎麼辦？」小丫頭緊張地問道。

那位被扶著的姑娘眼裡閃過一絲決然，徑直走到他們面前，「撲通」一聲跪下。「大伯，大娘，求你們救救我吧！」

夏雨霖第一反應是拉著王大虎和王晴嵐閃到一邊，而王英文兄弟也在第一時間做出同樣的事情。

「姑娘，妳起來，有什麼話好好說。」此時，夏雨霖臉上的笑容裡隱藏著的是疏離和敷衍。

對方似乎就等著她的這一句話，然後哭哭啼啼地將事情說了一遍。這個時候，所有人包括夏雨霖的臉色，都是面無表情的冰冷。

「若我沒記錯，妳就是朱姑娘吧？想必沈子青和我女兒是什麼關係，妳也一清二楚，妳告訴我，妳哪裡來的臉求我救妳？」夏雨霖平靜地看著跪在地上的女子哭得上氣不接下氣，彷彿隨時能暈過去一般。

只是，她生不出半點同情，反而是濃濃的厭惡。

「妳膽子倒是大得很，未婚懷孕這樣的事情也敢告訴我們。妳說，我要是將此事散播出去，妳會是什麼下場？」

朱秀秀哭不下去了。事情怎麼沒有如她想像的那般發展，她明明說了是表哥強要了她，他們不應該生氣憤怒表哥的行為，然後堅決退婚嗎？

一抬頭，她淚眼矇矓地看著面前的中年婦人，比想像中的還要好看；更讓她害怕的是，自己心裡的那些打算彷彿全都被看穿了一般。

「朱姑娘，男女私通、懷有孽種，如此骯髒齷齪之事，我若是妳，現在最該做的，就是以最快的速度消失在我們面前。」王英卓的聲音都開始掉冰渣子。

「滾！」王英奇只說了這麼一個字。

王晴嵐瞪大眼睛，看著一場小三懷著孩子上門的狗血戲碼就這麼結束，再一次對王家的戰鬥力有了深刻的認知。

不過，氣氛並沒有因為朱秀秀主僕兩人的離開而好轉。

「娘，對不起，我沒想到沈子青竟然會做出這樣的事情。」王英卓一臉鐵青，正要下跪，被夏雨霖給攔住了。

沈子青是他的同窗，當初是他看走了眼，以為沈子青是值得託付的人，也是自己看在他那麼有誠意，各方面條件又非常不錯，才點頭同意這門親事。

誰能想到會發生這樣的事情，害了自家妹妹。

「人心隔肚皮，當初這門親事，也是我和你爹都點頭的，我們何嘗不是認為那孩子不錯？」夏雨霖笑著說道：「這事不怪你，英卓，做錯事情的不是你，你不必覺得難受。」

「娘……」

「爹、娘、五弟，我們先回客棧商量，至於三弟，先請醫館裡的夥計幫忙看一下。」王英文皺著眉頭說道。

「就這麼定了。」王大虎直接點頭。

客棧裡，王家人圍坐在四方桌邊。

「爹、娘，我看剛才上門的那位，目的恐怕就是想要我們退親。」王英文提到朱秀秀，是一臉噁心。

「這個我知道，她只是個無關緊要的外人。若此事是真的，這門親就一定要退。」夏雨霖冷靜下來後，皺著眉頭開口。「你們先出去打聽一下，到底是怎麼一回事情。」

「是，娘。」

兄弟三人點頭，臉色不算好地離開。

「霖霖。」王大虎擔心地看著夏雨霖。

「我擔心小涵……若是真的，也不知道她能不能承受得住。」夏雨霖想著這個時代，無論是誰對誰錯，女子被退親，對名聲都有著非常大的打擊。

「小涵是妳一手教出來的，很堅強，就算難受，過段時間也會想開的。」

「希望如此。」

原以為王英文他們很快就能回來，沒想到再回來的時候，天都快黑了。看著三張冰冷的臉，王晴嵐不由自主地抖了一下，就連一直笑著的二伯都可怕得很，看來他們打聽到的絕對不是什麼好消息。

「如何？」夏雨霖問三個兒子。

「娘，沈家人簡直就是無恥至極。」王英文拿起杯子剛喝一口，一想到打聽到的事情，一用力，杯子一下子就碎了，手上被瓷片劃出的傷口流出一道道鮮血，他卻因為憤怒，一點也感覺不到疼。

「英文，你做什麼？就算是再生氣，也不能傷害自己。」夏雨霖忙拿出手絹給他收拾，吩咐另外兩個兒子去端水、拿傷藥。親生的兒子流血，哪怕只是小傷口，她都心疼得很。

王英文感覺到來自爹和兩個弟弟的眼刀，看著娘小心地給自己包紮，笑呵呵地說道：「娘，太生氣了，沒注意，不疼的，真的一點也不疼。」

王晴嵐卻是震驚地看著這一幕，拿起另外一個杯子，是有些厚度的瓷杯，她兩隻手用力，杯子依舊紋絲不動。

接下來聽到三位叔伯打聽到的事情，她心裡也是冒火得很，無恥兩字都不足以形容沈家人。

「所以，明天上午他們就要去我們家？」夏雨霖問著三個兒子，見他們點頭。「很好。」

奶奶面無表情地說出這兩個字的時候，王晴嵐不自覺地抖了抖，總覺得這樣的奶奶也有些可怕。

果然，聽到五個大人商量出來的對策，她除了豎起大拇指表示痛快之外，半點也不同情沈家人。

因為時間不早，城門已關，王家人只得等到明日一早再回去。

第二天，沈文濤夫妻在開城門的第一時間就坐著馬車奔往王家村。王家這邊，同樣是起了個大早。

「英傑，有什麼事情就叫這裡的夥計。娘已經打過招呼了，還另外給了銀子，你不要覺得不好意思，知道嗎？」夏雨霖對著王英傑說道：「我們回去拿幾件換洗的衣物，天黑前就回來。」

王英傑點頭。「知道了，娘，我沒問題的，妳就放心吧。」

出了醫館的門，王英卓獨自離開，去了縣學。

「五哥。」沈子青喊他的時候，不敢看他的眼睛。

「跟我走。」

沈子青甚至連問去哪裡的勇氣都沒有，跟上了王英卓的腳步。

另一邊，王家的牛車到家時，裡面已經吵開了，聲音最大的是大兒媳婦宋氏。

「你們也不怕被雷劈，這樣背信棄義的事情也能做得出來！我詛咒你們生了兒子沒屁眼！呸，黑心肝的東西，就該斷子絕孫，下十八層地獄，永世不得超生！」

沈文濤和朱氏被罵得渾身顫抖。

「怎麼？你們還想動手啊！來啊，有種你們就來打我啊，呸，喪良心的東西，不要臉的老賤貨，穿著人皮的狗東西！啊，你還真敢動手，老娘跟你們拚了！」

王晴嵐聽著大伯娘這些話，有些傻眼。戰力如何她沒有瞧見，但這氣勢絕對是頂尖，或許之前大伯娘對她嘴下留情了。

「虎哥，沈文濤交給你，先揍一頓再說。」夏雨霖下了馬車後，面色冷漠地對身邊的男人說道：「至少要掉兩顆牙。」

「霖霖，妳站遠點，交給我就是了。」然後，王大虎幾個大步就走了進去。

王英文和王英奇兩兄弟一臉的蠢蠢欲動。

「沈文濤和朱氏到底是你們的長輩，你爹就不一樣了，明白嗎？你們扶著我進去，在一邊看著就行。」夏雨霖伸出手，兄弟倆立刻點頭，也不惦記揍人的事情，一人一邊扶著她。

「嵐兒，跟在奶奶後面。」

「是，奶奶。」

看著奶奶一副老佛爺準備戰鬥的姿態，王晴嵐熱血沸騰地跟在後面，心想著，一會兒進去幹架，她就算人小，也要乘機撓上幾爪子。

「啊！相公、相公！」

夏雨霖一行人剛走進院門，伴隨著女人恐懼刺耳的尖叫聲，就看見穿著一身紫藍色絲綢長袍的男人飛出好幾尺後，重重地倒在地上，然後哇的一聲，吐出一口鮮血，血中三顆白森森的牙齒格外顯眼。

「相公！」朱氏的叫聲無比淒厲，想要奔向自家男人，卻被三個女人圍著。

她的情況實際上並不比沈文濤好多少，打理得整齊的頭髮已經散亂，還有一縷頭髮在宋氏的手裡，臉上更有不少被指甲撓出的血痕。

沈家帶來的幾個下人此時都倒在王英武腳下，他的手裡正拎著黑漆漆的掏火棒，完全看不出平日裡體弱多病的樣子。

至於她家爺爺，很淡定地收回拳頭，臉不紅、氣不喘。

「娘。」一見夏雨霖走進來，剽悍的宋氏立刻鬆開朱氏，甩掉手裡的頭髮，像見了貓的小老鼠一般，帶著討好的笑容，小心翼翼地叫道。

夏雨霖也不管撲向沈文濤的朱氏，看著乖乖站成一排的三個兒媳婦，露出表揚的笑容。「妳們做得不錯。」

「娘。」

宋氏等人都覺得有些不可思議，娘不應該罵她們粗俗不堪，無藥可救嗎？

「我們王家的人，就應該像妳們這樣，不是有幾個臭錢的人就可以隨便欺負的。」夏雨霖笑著對三個兒媳婦的行為加以鼓勵。

宋氏等人一聽這話，三雙驚訝的眼睛立刻閃出喜悅的光芒，激動得快不知道東南西北了。

他們這邊婆媳相處融洽，沈家夫妻兩個進門時是風光無限，現如今處境卻是淒慘無比。

朱氏跑過去哭著叫相公，淚水流過臉上的血痕，刺痛感讓她的淚水流得更厲害。

沈文濤更慘，肚子上的疼痛到現在還沒有緩過來，嘴巴裡全是血腥的味道，原本就有些暈的腦袋在看見面前的三顆白牙時，暈得更厲害。

嘴巴漏風，不想說話，只能拿眼睛瞪著朱氏，讓她別哭了，煩得很。

「相公，怎麼了？你別嚇我，嗚嗚……」可惜相處這麼多年的夫妻，並沒有讓她默契到能看清對方眼神的地步。

他們的交流障礙，王家人可沒有興趣幫忙。

「英武，去把村長請過來。」夏雨霖說完這話，就往堂屋走去。

她一走，除了去請村長的王英武，其他人都跟著進去。

「小涵，這事交給娘，妳什麼都不用想，我們會幫妳解決的。」進去的時候，王晴嵐正好看見奶奶拉著姑姑的手說話。

「娘……」

王詩涵第一次遇上這樣的事情，心裡很慌亂，卻努力做出平靜的樣子，紅紅的眼睛說明她剛剛哭過。「娘，我沒事的。」

看著她這樣，夏雨霖的心疼得很厲害。

「小韻，妳陪著妳姊，去房間裡待會兒。」撇過頭，不去看女兒故作堅強的脆弱模樣，夏雨霖對著小女兒說道。

「知道了，娘。」

王詩涵什麼都沒說，任由小妹牽著離開。她是很傷心難過，也很驚慌失措，但有一點她很清楚，那就是娘是絕對不會害她的。

「虎哥，再去揍沈文濤一頓，我要他全身上下都疼，沒有一個月下不來床的那種。」夏雨霖面無表情地開口。

女兒傷心，她心疼難受；她不好過，罪魁禍首也別想好過。

王大虎很贊同，幾個大步就走了出去，很快的，外面就傳來朱氏的尖叫還有沈文濤求饒的聲音。

「大虎，你快住手！」王成全跟著王英武趕來的時候，王大虎已經揍得差不多了。

看著鼻青臉腫在地上打滾的沈文濤，如果不是朱氏在一邊叫著相公，他絕對無法將這人與向來矜貴的沈文濤聯繫在一起。

王大虎聽話地停手。「大伯，進去吧，這裡曬。」

「那他們……」王成全有些無語地看著這個大姪子。

「死不了。」

王成全突然間覺得自己有些老了，跟不上年輕人的步伐。

不過，他雖然阻止了王大虎動手，卻沒有再管沈家人。城裡人怎麼了？有錢又怎麼樣？先不管有理沒理，作為王家村的村長，他絕對是站在自家人這邊的。

所以，他跟著王大虎進了堂屋。

沈文濤和朱氏從來都沒有想到自己會落到現在這樣的境地，按照他們的想法，一提出退親，王家人或許會生氣，但至少也會問問原因。

女子一旦被退親，對於一個姑娘來說等同於天塌地陷，不僅是這個被退親的姑娘名聲被毀，就是這家其他的姑娘以後也不好找人家。

按照常理，如此大事，王家人肯定會緊張不已，然後依他們的想法，點頭同意兒子納妾的。

他們怎麼也沒有想到，王家人竟然會一言不合就動手，而且下手還這麼重，難道他們不想做親家了嗎？

「爹，娘。」兒子的聲音響起。沈文濤和朱氏看見自家俊俏的兒子，剛才的懷疑立刻拋到腦後。

他們就不信，王家人真的捨得這麼優秀的女婿。

只是夫妻兩個不知道，王家人的動手僅僅只是開胃小菜而已，真正的大餐現在才開始。

第九章

「兒啊，你可算來了！你看看你爹，再看看我，都被欺負成什麼樣子了！他們簡直是無法無天，這樣的兒媳婦娘可不敢要，這樣的親家我是想想都害怕啊！」

見到兒子，朱氏也不管地上的沈文濤，直接撲了過去，對著兒子一陣號哭。那聲音並不小，至少堂屋內的王家人都能夠聽得一清二楚。

「娘，我求妳別說了。」沈子青的臉色非常難看。

他怎麼也沒想到王家會做得如此不留餘地，更沒想到事情都這樣了，他娘還在耍小心思。

這一路上，他想了許多，覺得總歸是他們家不占理，王家想要怎麼罰他，他都不會有怨言，有任何要求他都能答應，只有一點，他不想退親。

可現在看來，是他癡心妄想了。

「爹，我們先去看大夫。」

沈子青直接撇開朱氏，走到沈文濤面前，把他攙扶起來。這麼做一是真擔心他爹的傷，二來也想拖延一些時間，等到王家的怒火平息後，或者還能轉圜一二。

只是，特意請他來的王英卓又怎麼會讓他如願。「沈公子，我爹娘都在屋裡等著。」直接擋住了他的去路。

沈子青傷心難過的模樣，王英卓無動於衷，依舊面無表情地開口。「請。」

「我爹……」

看著王英卓眼裡泛起的嘲諷，接下來的話，沈子青說不出口。

「放心，令尊最多也就躺上一段日子而已。」

「你怎麼說話的?!」朱氏尖利的聲音響起。「我告訴你，這事沒完！」

王英卓掃了一眼朱氏，沒有說話。

沈子青不敢直視王英卓，更不知道該用什麼樣的表情去面對王家眾人，一是因為他心虛，二還是因為他不想退親。但看著王英卓態度堅決，他知道，自那件事情發生以後，已經到了不得不面對的時候。

他們距離堂屋並不遠，可這短短的一段路，沈子青是越走越慢，腳步也越來越沈重。

「沈公子，總算是來了。」

沈子青聽得出這是夏大嬸的聲音，裡面並沒有往日裡的熱情和慈愛。

「怎麼，我們還入不了沈大公子的眼嗎？」

低著頭的沈子青一抬頭，就看見面無表情、全無笑意的王大叔和夏大嬸，其他的王家人也是一樣的面孔。

沒有看見詩涵，他鬆了一口氣，又覺得失落不已。

「王叔，夏嬸。」

「行了，別行禮了，我們受不起。」夏雨霖仔細地看著沈子青。果然是長得人模狗樣，可想到他做的事情，怎麼看都覺得面目可憎。

「沈公子，知道我為什麼請你來嗎？」

沈子青點頭。

「腦子倒是不笨，既然如此，那我也不多說，就一件事情，退親。」夏雨霖直接開門見山。

「大虎媳婦。」一直不知道發生什麼事情的王成全連忙阻止，這事可不是開玩笑的。

「大伯，這是我們一家子商量過的。」王大虎開口。

「可是……」王成全的話還沒說完，站在堂屋裡的沈子青直接跪了下來。「王叔，夏嬸，我不退親。」

不了解情況的王英武等人都鬆了一口氣。

「沈公子，你和你表妹那點齷齪事，非要我說得一清二楚嗎？還有，你真覺得我不清楚你爹娘來我們家的目的嗎？你們想納妾，可以，但還想要娶我女兒，享齊人之福，簡直就是作夢。」

夏雨霖看著沈子青聽到她這話時，臉色白得嚇人，心裡一陣暢快。

讓她閨女難受，誰都別想好過。

「娘說的是真的？」王英武直接站起來，瞪著沈子青。他只是這麼一問，心裡卻是很相信親娘的。

難怪爹會下重手，王八蛋，敢辜負他妹妹，不想活了吧！

這麼想著，他捋起袖子就想揍人。宋氏見相公這樣，也把凶狠的目光掃到朱氏身上，夫唱婦隨不是嗎？

「行了，大哥，坐下吧。」王英文開口阻止道。

就是村長王成全，看著沈家人的目光也變了。

「夏孀，這件事情都是我的錯。」沈子青知道反駁不了。「我真的不知道是怎麼發生的，當時我喝醉了……」

他知道解釋的意義並不大，可他怕這次不說，以後再也沒有機會。

其實從他看見五哥的時候，就應該明白王家的態度，只是他一直不想承認罷了。

「本來就是你的錯。」夏雨霖開口說道：「其實你心裡也是想著，我們家可能會妥協，才選擇在英傑受傷的時候來假意退親，覺得我們會顧慮到詩涵的名聲，忍下你和你表妹苟且之事。」

「夏孀。」沈子青叫她的聲音都弱了幾分。

雖然每次爹娘提起這件事的時候，他都反駁，但不可否認，他的心裡存著那麼一絲僥倖。畢竟他和表妹的事情已經發生，無論如何不可能不管，所以，只能委屈詩涵了，只是……

「我求您了，這次的事情真的是意外，我一定會對詩涵很好的！夏嬸，真的，我可以發誓，您相信我！」

只是，他更不想放棄詩涵，不然當初也不會一而再、再而三地請人來提親。

聽到他這話，夏雨霖的目光變冷。果然不是一家人，不進一家門。「沈子青，話不用多說，若不想你和你家表妹的事情鬧得整個富陽縣人盡皆知，就趕緊退親。」

「夏嬸！」

「子青，你起來，別求她，退親就退親。」最開始，朱氏被王家的態度弄得有些反應不過來，如今回神過來，見寶貝兒子如此低聲下氣的模樣，她氣得理智全無地大聲叫道：「妳以為妳是什麼東西，不過是個下賤的奴婢，能乾淨到哪裡去？誰知道被多少公子、少爺玩過，妳女兒……啊！」

朱氏的話還沒說完，整個人就被踢出堂屋，重重地落到院子裡。

沒有人看見王英卓是怎麼出腿的，此時的他陰沈著一張臉，走向沈子青。

看著這樣的王英卓，沈子青恐懼得渾身都在顫抖。

娘開始說話的時候，他就感覺不妙，卻沒想到他娘真的會將那些話說出口。

他和詩涵訂親一年，又怎麼會不了解，王家的夏嬸是絕對不能得罪的人。如今娘竟然說出那樣侮辱人的話，今天他們一家三口能不能活著回家，都是個問題。

「娘，退親。」

這個時候，王詩涵走了進來，冷著一張漂亮的小臉，看也不看在地上跪著的沈子青。

「這樣骯髒的人，我看著都想吐。」

王詩涵姊妹的容貌完全承襲了父母的優點，美麗清雅柔弱，性格卻堅強，獨立聰慧。

「你敢再看，我就挖了你的眼睛。」王英卓的聲音響起。沈子青渾身打了個冷戰，不敢再看，想著詩涵跟自己沒有半點關係了，心裡就難受得緊。

他到現在都還記得，第一次見到詩涵時，她只是個十一、二歲的小丫頭，拿著食盒在縣學門口等著給哥哥送飯。

她見到哥哥時露出的笑容，他記得一清二楚，那麼甜美，那麼燦爛……

經過多番努力，他終於如願以償，誰能想到會因為一頓酒，就變成現在這樣。

王詩涵之前聽話地回到自己的房間，後來因為沈夫人的叫聲，得知沈子青也跟著來了，她其實想出來問問他，為什麼突然想到要納妾這件事情？

要做他們家女婿就不能納妾的事情，在訂親之前都說得一清二楚。這樣突然反悔，不講信義的事情，是一個讀書人該做的事情嗎？

哪裡想到，竟然是他和他表妹之間已發生夫妻之實，這是她絕對容忍不了的；更沒有想到，原本看起來還不錯的沈夫人竟然會說出那樣侮辱娘親的話，身為子女，如何能忍得住。

所以，看到她被踢了出去，王詩涵並不意外，心裡也是痛快極了。

「小涵。」沈子青的聲音帶著無限的深情。

王詩涵並沒有看他，而是對上沈文濤。「沈大叔，退親吧，以後你家兒子就是娶上十個、八個，都和我沒有關係。」

「小涵，求妳了，再給我一次機會！」

沈子青伸手想去拉她的衣裙，這時，王英卓一腳踩過去。

「再敢亂伸手，我就廢了它。」

王英卓的話讓沈子青一抖，手背上的疼痛令他知道對方並不是在開玩笑。身為讀書人，若是右手被廢，哪裡還有什麼前程可言。

這樣子就退縮的沈子青，讓王家所有人的眼裡都帶著鄙夷。

「爹，不要答應，我不想退親！」沒辦法的沈子青只得求自己的爹。

沈文濤此時心裡的火氣並不比剛才罵人的朱氏少，只是他到底有些見識，身上的疼痛也提醒著他現在的處境，若是再惹了王家人不高興，得到的可能又是一頓毒打。

看王家人的架勢，今天若是不退親，估計也不能善了。「既然是你們王家提出的退親，聘禮你們總得還給我們吧？」

當初他們家的聘禮可不少，這也是他們敢這麼做的底氣所在。第一是退親對王詩涵的名聲很不好，第二就是王家現在正是用錢之際，只要拿不出這筆錢，親事和納妾都不是什麼事。

「爹，娘。」王詩涵回頭看著王大虎和夏雨霖。她知道他們會明白自己的意思，這件事情若真的理論起來，他們能退親的同時，還可以不歸還聘禮。

只是沈家的錢，她嫌髒。

王大虎點頭。「霖霖。」

「我去拿。」夏雨霖起身。

沈子青直直地看著夏嬸離開的背影。他知道，等到夏嬸將銀子拿出來，兩方再歸還各自的婚書，在村長的見證下，他和小涵，就真的是一點關係也沒有了。

這麼一想，沈子青不知道哪裡冒出來的勇氣，在王家幾個兄弟的虎視眈眈下，看著王詩涵。「小涵，妳相信我，我對妳的心，日月可鑑，表妹的事情真的是個意外，我發誓，就算是納了她，以後也不會碰她的！」

王晴嵐坐在椅子上，聽到他說的話，都有把手中的杯子扔到沈子青頭上的衝動。她敢打賭，這話要是能讓涵姑姑回心轉意，她以後就改吃素。

果然，王詩涵非但沒有半點感動，目光裡的厭惡和噁心反而更濃了許多。

「小涵，妳聽我說，我會對妳好的，以後妳讓我做什麼我就做什麼，好不好？我們能不能不要退親？」

沈子青此時眼淚都流了出來，亂七八糟地說了一大堆，王詩涵只回了他兩個字。「不能。」

「夠了，子青，退親就退親，別再丟人現眼了。」沈文濤倒是想說幾句話來扭轉局面，只是想著王大虎的拳頭，硬生生地忍下來。

君子報仇，十年不晚。

夏雨霖拿出兩張一百兩的銀票。這樣的聘禮對於王家村的人來說，天價二字也不為過，但對於沈家來說，卻不算重。

王家人一直沒動，原本是打算等到閨女出嫁的時候，父母和兄弟一人添一些，給她買個莊子做嫁妝，誰能想到出現這樣的意外。

「村長大伯。」夏雨霖把銀兩和婚書都遞給王大虎，由他交給王成全。

王成全拿到手裡，覺得分外沈重。這門親事，當時他也是挺看好的，訂親的時候，他甚至是見證人，如今這樣，他真擔心涵丫頭以後的親事。

他抬頭看向沈文濤，目光沒有之前的溫和了。城裡人果然不一樣，兒子做出這樣的醜事，還能理直氣壯地來算計別人，要是換成他們村的人，哪裡還有臉見人？

「婚書。」

沈文濤把手裡的婚書遞了過去，在沈子青絕望的目光中，完成退親。

「走了。」這個時候，沈文濤是渾身都疼，一刻也不想多待。

「小涵。」沈子青有些呆呆地叫著，一副失魂落魄的模樣，倒是有幾分可憐。不過，王家人沒一個同情他的。

「沈公子，你娘還躺在院子裡。」夏雨霖好心地提醒道。當然，她是怕朱氏被曬死了，怪在他們頭上。

就這麼一句話，再配合王家人毫不掩飾嘲諷的笑容，足以令沈子青無地自容。不孝可是大罪。

沈家人終於在醒過來的下人幫助下灰溜溜地離開了，但堂屋內，王家眾人卻一點也沒有打了勝仗的喜悅。

「村長爺爺，小涵的事情勞您費心，是小涵的不是。」

最先說話的是王詩涵，乖巧地給王成全行禮。

這樣的她更讓王成全心裡難受。這麼好的姑娘，為什麼會碰上這樣的事情？特別是這聲「村長爺爺」，叫得他眼眶都有些發熱。

「妳這孩子，說什麼傻話？妳放心，有村長爺爺在呢，至少在王家村，誰要敢胡言亂語欺負妳，我一定不會輕饒。」

「多謝村長爺爺。」王詩涵的笑容比起往常多了幾分苦澀。

「村長大伯。」王大虎和夏雨霖同時叫道。有村長這句話，至少女兒受到的傷害能減少許多。

「一家人不說兩家話。對了，英傑怎麼樣？」王成全對上姪兒、姪媳感動不已的目光，連忙轉移話題。

「能治是能治，只是好了以後，右腿可能會有些瘸。」

「這已經很好了。」王成全點頭。「大虎啊，若是有什麼困難，你可不要憋著，知道嗎？都是一個村子的，能幫忙的一定不會推辭。」

「嗯。」王大虎點頭。

王成全又問了一些，看著快到午時，才起身離開。

「爹，娘，我去做午飯了。」送走村長以後，宋氏就坐不住了，開口說道。

「大嫂，今天妳們休息，午飯我來做吧。」夏雨霖還沒點頭，王詩涵就搶先說道：「今天的事情，多謝大嫂、二嫂、四嫂的維護。」

被這麼鄭重地道謝，宋氏等人都齊齊地擺手。

「應當的。」夏雨霖點頭。「今天妳們是功臣，讓小涵做一頓飯表示感謝，這是她這個做妹妹的該做的。」

這話宋氏三人雖然聽得很舒心，卻也不敢作主，紛紛看向自家男人，見他們點頭，才沒再說話。

「娘，小涵沒事吧？」等到兩個妹妹都進入廚房後，王英武再也忍不住開口問道。

「發生這麼大的事情，怎麼可能會沒事。」夏雨霖如何看不出來女兒的平靜是強裝出來的，就是因為這樣，她才更心疼。「小涵是不想讓我們擔心。」

「都是沈家人惹出來的，王八羔子，就不該讓他們這麼便宜地離開！」

王英武兄弟幾個的團結或許是有水分的，但對兩個妹妹，那是全心全意地疼著的，從小到大都沒讓她們受過什麼委屈，誰能想到第一個委屈，竟然會這麼沈重。

他那麼柔弱的妹妹，怎麼承受得住？這麼一想，心裡堵得難受的他又生出幾分慌張來。

「爹，娘，小涵她會不會想不開？」

不怪王英武會這麼想，因為退婚而尋死的姑娘他就聽說了幾個，比起算帳，他更擔心妹妹的性命。

這話剛剛落下，堂屋內的氣氛瞬間就沈重許多。

「英武，娘知道你很擔心小涵，不過，你也要相信，小涵雖然會傷心難過，但總會過去的。」夏雨霖開口說道：「不會想不開的。」

「那就好。」王英武聽到親娘這麼說，長長地鬆了一口氣，只是想想還是有些不甘心。

「娘，我們就這麼放過沈家的那些人嗎？那也太便宜他們了。」

夏雨霖微笑。「他們如此算計小涵，我這個當娘的自然不會善罷甘休。」說到這裡，眼裡的冷光乍現，只是很快又恢復平常慈祥的樣子。

「英卓，這件事情就交給你去辦了。不管怎麼樣，小涵的名聲肯定會因為這件事情而被影響到，沒道理身為讀書人的沈子青卻還能心安理得地待在縣學裡，他才是罪魁禍首，你說是不是？」

她最後問話的聲音很輕柔，可透出的意思讓王晴嵐的心肝都跟著在顫抖。這一招真毒。

「娘，我也是這麼想的。」王英卓笑著點頭。

「你辦事，我一直都很放心。」夏雨霖這句話讓王英卓很高興，也令他的另外三個兄長有些發酸。

「娘，妳這麼說，是覺得兒子不可靠嗎？」王英奇一臉「我很傷心，需要安慰」的模樣，看得王晴嵐一臉惡寒。

夏雨霖心裡卻明白，英奇如此賣乖也是擔心她心裡難受。「行了，沈家的事情，以後在家裡我們就不要再提及了；至於小涵的親事，等小涵恢復過來，再慢慢看。」

「就是，我們家小涵那麼好，以後一定能找個比沈子青更好的。」王英武一副「天下最好的姑娘就是他家小涵」的驕傲模樣。

沈英文笑著提醒。「大哥，娘剛才說了，不要提起沈家人的。」

王英武一愣，傻笑兩聲。「娘，你們去縣城這兩日，我、老二還有老四的丈人家都有人來過，送了些銀錢，讓我們給老三多買些好吃的補補，說是等到地裡這段時間忙過了，就去縣城看他。」

「嗯，他們有心了。」夏雨霖笑著點頭。

「還有，村子裡的人都來了，有送錢的，也有送東西的。」王英武接著開口。

「英武，哪些人送了什麼，你記好了嗎？能在這個時候伸手的，都讓人感動，無論多少，我們家都記住這個情。」

「娘，放心吧。」王英武保證。

「把那些東西歸置一下。下午，英文你們兄弟三人帶著去縣城，既然是給英傑的，也該讓他知道，王家村還有許多的人都惦記著他。」好不容易出現一件暖人心的事情，得讓英傑知道。

王英文點頭。「娘，妳和爹就放心地待在家裡吧，老三那裡，我們會照顧好的。」

「嗯。」夏雨霖點頭。小涵這樣，她也不放心離家。

王詩涵姊妹的手藝，和夏雨霖相比差不了多少，不一會兒，一頓香味十足的佳餚就擺在飯桌上了。

菜色是最普通的，味道卻好極了，只是一家子人都沒什麼胃口。

「小涵，先喝點湯。」王英武給妹妹盛了一小碗菜湯，遞到她面前。

「謝謝大哥。」王詩涵接過，小口地喝了起來。

比起王英武沒有掩飾的擔心、宋氏三個嫂嫂時不時擔憂的目光，王家其他人的面色倒是和平常沒有兩樣，慢慢吃飯，說著一些家常話。

「夠了，小涵，吃不下就不要勉強。」夏雨霖看著女兒努力吞飯的模樣，終於忍不住，放下碗筷阻止道。

王家人都停下動作，別說其他感情很深的親人，就是王晴嵐看著這個樣子的王詩涵都有些心疼。

「娘，女兒沒用。」王詩涵低著頭，聲音如蚊蚋，大顆的眼淚啪啪啪地落到捧著的飯碗裡。

「小涵。」夏雨霖的心如刀割，疼得厲害，眼眶也有些發紅，可她得忍住。「妳回自己房間，休息一會兒吧。妳這孩子，在爹娘面前，不必強撐的。」

「嗯。」王詩涵點頭。剛才一直在做飯，還沒有那麼難受，如今想來，心裡真的是難過不已，再聽到娘這麼說，她是真的忍不住了，將碗筷放下就跑了出去。

很快的，王家的人就聽見王詩涵壓抑著痛苦的哭聲。

「哭出來就好了，她一直憋著，我反而更擔心。」夏雨霖這個時候哪裡還有胃口。「只希望那傻丫頭能夠早些想明白。」

「霖霖，妳別擔心，小涵那麼聰明，肯定會想通的。」少話的王大虎安慰媳婦。

這頓午飯草草地散了，等到王詩涵的哭聲漸漸小了，一個時辰已經過去了。

夏雨霖悄悄地推門進去，就見女兒眼睛紅腫得厲害，即使趴在床上睡著了，肩膀也是一抽一抽的，眉頭皺得很緊。

「娘，小涵怎麼樣？」一出房間，王英武立刻問道。

「睡著了。」這三個字讓王家提著心的人都鬆了一口氣。「你們去做事吧，我和小韻陪著小涵。」

第十章

「嵐丫頭，跟我來。」

眾人散場，各做各的事情去了。王晴嵐正準備趁著這個機會回自己的房間，進去空間看看。

只是，剛轉身就被四叔給叫住了。

「四叔，有事？」

王晴嵐臉上帶著討好的笑容，心裡卻是警惕不已。四叔現在的心情肯定不好，還能笑得這麼燦爛，沒問題才怪。

「嵐丫頭，記得之前我跟妳說的嗎？」

王晴嵐連忙點頭，她不敢不記得。

「偉業，偉義，你們也過來。」

王英奇想到之前五弟所說的話，又叫上了兩個姪兒。

帶著姪兒、姪女來到家裡唯一的書房，王英奇整個人窩進椅子裡，懶散得跟沒骨頭一樣。「都說說吧，對於今天的事情，你們有什麼看法。嵐丫頭，妳先說。」

王晴嵐也知道逃不過，不過想著身邊還有兩個真正的小屁孩，她就不信自己智商比不上三位叔伯，還不能碾壓這兩個孩子。

「渣男就該千刀萬剮。」這是她第一個想到的，也直接開口說出來。

「還有呢？」

「沈家人實在是太無恥了。」

「繼續。」

王晴嵐眨眼。「四叔，能不能給點提示？」

「嵐丫頭，妳若只有這兩句話想說的話，四叔真的很失望。」

王晴嵐臉色一變，看來同仇敵愾並不能讓四叔滿意。

「對於沈家的三人，沈老爺和沈夫人會被打，是因為跟他們講道理沒有什麼用，肉疼更有效果；至於沈子青，讀書人都自詡知書達禮，讓他無地自容比揍他會更讓他難受。」

王英奇眼裡閃過一絲滿意。「接著說。」

「四叔，這只是我的猜測，或許沈子青和他表妹之間發生的事情是被人算計的，只是沈子青那個渣男不知道而已，很有可能他的父母都參與其中。」

說到這裡，王晴嵐語氣有些幸災樂禍。她才不信什麼酒後亂性的話，好好的壽辰，那麼多人，若不是有心人成全，哪有那麼容易就滾床單了。

「沒了？」王英奇再一次反問。

王晴嵐從他那一張笑臉裡看不出到底是滿意還是不滿意，遲疑一下，回答也沒什麼底氣。「沒有了吧?!」

「呵呵。」

四叔又來了。作為一個自詡聰明的人，她完全不能理解這兩個字搭配上四叔的語氣和表情所要表達的意思。

「偉業，你呢？」王英奇問著大姪子。

「四叔，我覺得你們實在是太沒有用了，一個小小的奸商都敢這麼明目張膽地算計涵姑姑，明擺著就是沒有把你們放在眼裡啊。」王偉業搖頭晃腦又一本正經地指責王英奇。

王晴嵐看著她從來沒有放在眼裡過的大堂哥，一臉驚悚。這是一個六歲孩子能有的深刻體會嗎？不會也被穿越了吧？

王英奇倒是不覺得有什麼，點點頭。「你繼續說。」

「這還有什麼好說的？四叔，你只要稍微想想就明白，若我們家有一個當官的，沈家那些人看到我們絕對點頭哈腰，巴結得不得了，更不敢生出半點委屈涵姑姑的想法。」

王偉業這話說得非常理所當然。

王英奇看著大姪子，覺得順眼至極。

「四叔，你也別難過，就算你和我爹他們再沒有用，我們也不會嫌棄你們的。」見四叔沈默，以為他傷心了，王偉義安慰道：「你們再忍忍，等過幾年我長大了，當了大官，肯定會為你們報仇的，也不會讓人欺負涵姑姑她們。」

王晴嵐震驚地眨了眨眼。已經見識過古人智商的她，也猜到兩位堂哥可能有些早熟，可剛才她所聽到的那些話，是兩個六歲小孩能說出來的嗎？

「對，等我當了大將軍，誰欺負我們家人，我就派兵去打他。」彷彿已經當上了大將軍的王偉業，小小的人兒倒頗有幾分殺伐決斷的架勢。

「很不錯的志向。」王英奇笑容燦爛地誇獎道。

王偉業兄弟兩人一聽，眼睛都亮了許多，還努力做出一本正經的模樣，只是咧開的嘴怎麼都合不攏，比起剛才小大人的模樣，現在倒像是兩隻開心的小老鼠。

「四叔過獎了。」兩隻小老鼠很有模樣地行書生禮。

「嵐妹妹，妳也別難過。」兩人起身後，看著有些呆傻的堂妹，王偉業好心勸道：「妳已經很聰明了，能想到這麼多真的很了不起。」

呵呵，王晴嵐在心裡學著四叔如此自嘲，完全不覺得有被安慰到。

「是啊，嵐妹妹真的很厲害。」王偉義接著堂哥的話。「這是眼界的問題，妳是個姑娘家，想不到那麼深也是很正常的，見識的問題，妳還小，等妳長大了就明白了。」

王晴嵐緊握著小拳頭，看著面前兩張帶著笑容可愛無比的小臉，用了十分強大的自制力才忍住沒有揍面前的兩人一頓。

當然，以她現在的小身子，以一對二有可能會吃大虧。

「還有，嵐妹妹，做哥哥的不得不說妳一句，姑娘家，好奇心不要太重。那沈子青和他表妹的事情，到底怎麼樣跟我們也沒什麼關係，我不希望妳以後變得像村子裡的三姑六婆那樣。」

聽聽這話，果然是王家的人。

王偉義一臉贊同。「大哥說得不錯。嵐妹妹，奶奶、涵姑姑還有韻姑姑都是妳的榜樣，妳好好跟著她們學，長大後一定會成為很出色的姑娘的，知道嗎？」

被兩個小孩教訓的王晴嵐一臉木然，竟然找不到話來反駁。

「四叔，若是沒有其他的事情，我們就去溫書了。」

兩兄弟現在住在一個比較大的房間裡，讀書習字、做功課什麼的，都在王英傑特地為他們做出的隔間裡，並不是很大，卻也夠兩個孩子用了。

「去吧，等會兒跟著我一起進城，也讓你們見識一下我們的手段。」王英奇笑著說道。

兄弟兩人點頭後就離開了。

王英奇被三個孩子一鬧，心情倒是好上許多。「受打擊了？」

「嗯。」王晴嵐直接點頭。現在終於知道為什麼三位叔伯那麼恐怖，她甚至可以想像，他們小的時候可能就和兩位妖孽堂哥一樣厲害。

「還去縣城嗎？」王英奇笑著問道。

「去。」

王晴嵐咬牙切齒地開口。她就不信天天跟著這些人精混，有著將近三十年人生經歷的她還比不上這些臭小子。

「走著去。」

王英奇已經不是第一次覺得這個小姪女性子堅韌，受得住打擊，人雖然笨了一點，不過還小，慢慢教總會好的。

「走就走。」王晴嵐很硬氣地說道：「四叔，我先去休息一下，保存體力。」說完掉頭就走。

不行，她必須一個人靜靜。

回到房間，王晴嵐盤腿坐在床上，冷靜下來以後，新的問題又出來了。以這家人的腦子，照理說不該落到那樣的地步，對於這中間被炮灰的各種細節，書中並沒有提到，這讓她很煩躁。

還有一個她不想承認的事實——王家人這麼厲害都是炮灰，那女主角和她的男人，以及那些男配們又得有多可怕？

不想了，越想下去，就只是把自己嚇到，先走一步、看一步吧！反正還有五年時間。

對了，她還有空間，現在先進空間看看。

快速下床，將房間的門拴上，然後整個人就換了個地方。看著面前的場景，饒是有準備的王晴嵐也忍不住傻眼，一顆心怦怦直跳，回神之後恨不得仰天長嘯。

老天爺總算是開了一次眼，給了她這麼大一個驚喜！只見六塊地上，她撒下的玉米種子，現在已經結實纍纍，大豐收啊。

高興的她直接動手，等到將一株玉米扒完，神奇的一幕發生了——那株玉米稈直接消失在她眼前。

她眨眼再眨眼，確定不是幻覺後，又開心起來，這樣至少省了處理玉米稈的活。

然後，蜜蜂般勤勞的她忘記了下午還要步行到縣城這件事情，等到收完又重新撒下種子後，整個人都累癱了。

「四叔，我走不動了。」

於是，被懲罰走路去縣城的王晴嵐，還沒出村子，就哭喪著臉對著王英奇說道。

「上來吧。」王英奇這次倒是很好說話。「記著啊，下次要補上的。」

王晴嵐連忙點頭，手腳麻利地爬上牛車。下次再說下次的吧！

「娘，小韻。」

睜開眼睛，王詩涵就看見娘和小妹靜靜地坐在床邊的小凳子上繡花。陽光從窗格子中斜照進來，在兩人身上染上了一層光暈，溫暖的場面讓她勾起一抹笑容。

「醒了？」夏雨霖放下繡品，起身倒了一杯水，遞了過去。

王詩涵坐起來，接過慢慢地喝了好幾口，感覺喉嚨舒服了許多。

「姊姊，妳要不要吃點東西，我去給妳做。」這時，王詩韻已經將母女兩人的繡筐收拾好，開口問道。

「嗯。」見她點頭，兩人都鬆了一口氣。想吃東西就好，剛才她們還擔心她會不吃不喝。

另外一邊，王英奇一行人來到醫館，略過退親的事情，挑挑揀揀地把家裡這幾天的情況說了一遍。

「爹和娘在家裡休息也好。」對於爹娘沒來，王英傑沒什麼想法，倒是有幾分不好意思地看著三個兄弟。「二哥、四弟、五弟，這些日子就麻煩你們了。」

「老三，你好好養著，我問過大夫，若是不出意外，二十天左右，就可以治你的腿了；最多一個月的時間，你就能回家慢慢地養著了。」王英文笑著說道。

「嗯。」雖然他覺得一個月的時間很長，不過和一輩子都躺在床上比起來，已經是不幸中的萬幸了。

離開家雖沒有多長時間，可現在挺想念的。

晚飯是在路邊吃麵，給王英傑帶的多加了兩顆蛋。同時間，村子裡的王大虎一家人也在吃飯。

「不知道二哥他們今天晚上吃的什麼？」少了四位兄長、三個孩子，飯桌上一下子冷清了不少。王詩韻吃著飯，心裡卻惦記著在縣城裡的親人，吞下飯菜之後，有幾分擔憂地說道：「三哥如今在養傷，要是吃得不好，也不知道對他的身體會不會有什麼不好的影響？」

「老三的身體好著呢，沒那麼嬌貴。」王大虎和王英武都是一樣的想法。

「就是啊，小妹，他們出門帶著銀子呢，縣城那麼大，什麼好吃的買不到啊？」

夏雨霖原本就有些不贊同兩人的話，看到大女兒也露出和小女兒同樣的憂心神色時，開口說道：「你們懂什麼？外面賣的吃食，哪有自己家裡做的乾淨？英傑現在受傷，正是虛弱，需要多補補的時候，吃不乾淨的東西可不好；還有你們別忘了，偉業他們也跟著去了，孩子的胃最嬌弱，一個不注意就很容易拉肚子的。」

對於她的話，王大虎和王英武是不會反對的。至於原本還不覺得怎麼樣的宋氏和張氏，臉色都變了。

「娘，那怎麼辦？」

夏雨霖想了想，看著兩個女兒，開口說道：「小涵、小韻，要不妳們姊妹每天給他們送飯去，我讓妳爹套牛車送妳們。」

王英武有些疑惑。他不明白娘為什麼要那麼麻煩，直接讓爹送去不是更方便嗎？不過，他就算是有問題，也會等到私下裡獨自詢問。

王大虎在其他方面都糊塗得很，但對於夏雨霖的話，他總是能夠在第一時間領會她的意思，點頭。「那就這麼定了。」

王詩涵的心裡明白，娘是想給她找些事情做，免得她沒事容易胡思亂想；再者，她也確實擔心城裡的哥哥和姪兒、姪女們。
「娘，妳就放心交給我們吧。」王詩韻笑著保證。
王詩涵也跟著點頭。

第十一章

「爹，你是說真的？」富陽縣衙後院書房內，秦懷仁瞪大眼睛看著坐在椅子上的中年男人，眼裡全是震驚。

「我一直說的都是真的，只是你不相信而已。」縣令大人秦正豐的表情有些不滿，為了兒子的不穩重。大驚小怪，這才多大點事。

「爹，你到底知不知道，王家有規矩，要做他家的女婿，就不能納妾。」雖然縣令公子放在京城連個屁都不是，但在富陽縣，他的身分還是十分尊貴的，就算並不看重女色，可納妾在他眼裡也是理所當然的事情。

再說，他的妻子條件可以比他們家差一點，但出身農家也太差了吧？

王詩涵長得再好看，這一點卻怎麼也改變不了，納妾他勉強能接受，但娶她為妻？秦公子深深覺得這太侮辱他的身分了。

「爹，別以為我不知道，王詩涵才被退了親，你讓我娶一個被商人之子退了貨的姑娘當妻子，你是不是我親爹啊！」

說到最後，秦懷仁幾乎是吼出來的，一臉生氣的模樣完全看不出他在縣學裡的清高和矜貴。

「混帳！我要不是你親爹，會想盡辦法為你安排這麼一門好親事嗎？」秦正豐大手一拍桌子，身體都在抖，顯然是被兒子的話給氣到了。

「父親，這門親事好在哪裡？」秦懷仁兩手抱胸，一臉嘲諷。他就不信，爹還能吹出一朵花來。

「哼，你以為王家是普通的農家人嗎？」

「不然呢？」

秦正豐看著兒子一副不以為然的表情，覺得總有一天他會被氣死。「你應該聽說過，前不久因為打了大勝仗，被封為鎮國大將軍的南宮晟大將軍吧？」

秦懷仁點頭，問道：「爹，你不會要告訴我，王家和他有關係吧？」

聽到這話，秦正豐露出一個得意的笑容。「你爹要不是富陽縣的縣令，都不可能查到。當年，南宮將軍還是個小將時，王大虎就是他手下的兵，並且不只一次救過大將軍的性命。」

「不能吧，王大虎一個泥腿子，能有那樣的本事？」

「泥腿子？你恐怕不知道，當年在王家村一共徵兵五十六人，五年過後，你猜猜，回來了多少人？」如若不是他仔細地核對了消息，秦正豐自己都不敢相信。

「這個我怎麼能猜到。」

「五十六人，一個都不少，甚至連缺胳膊、斷腿的都沒有，最嚴重的傷就是手臂上留下了一條疤。懷仁，你覺得若換成你，能做到嗎？」秦正豐開口問道。

秦懷仁沈默不語。他雖自信，可戰場上刀鎗無眼，對於父親所說的事，他也沒有絕對的把握。

「你也不要覺得，可能是他們那五年沒有遇上什麼殘酷的戰事。我告訴你，我們縣裡同一批被帶走的兵，一個村子回來最多的都沒有超過十個，有的甚至是全軍覆沒。」秦正豐一臉感嘆地說道。

因為秦正豐的話，書房內，好一陣沈默。

「爹，我並不懷疑你說的，但那些事情應該都已經過了二十多年了吧？現如今的南宮將軍說不定早就不記得王大虎是誰了。」雖然心裡震驚，秦懷仁依舊不想用自己的婚事去換取一個不確定的機會。「還有，當兵的事情先不說，若那王大虎真的是個有出息、有見識的，也不會五個兒子只有最小的一個在讀書。」

聽到這話，秦正豐倒是沒有生氣，反而點頭贊同。「你說得有道理，其實有些地方我也想不明白。」

「那爹還——」

秦正豐抬手，打斷了秦懷仁接下來的話。「別著急，你先聽我把話說完。王大虎只是一個方面，你應該知道，王大虎的媳婦曾經是丫鬟出身。」見他點頭，繼續說道：「那你知不知道，她伺候的主子有個今年剛升為吏部尚書的兒子？」

聽到吏部尚書四個字，秦懷仁心裡一動，不過，很快又露出不以為然的表情。「爹，你不會以為吏部尚書會因為一個奴婢而提拔誰吧？」

「你還是太年輕了。」秦正豐搖頭。「根據我的調查，這位吏部尚書極其孝順，而他母親，可以說把親自嫁出去的四個婢女當女兒看都不過分。」

秦懷仁撇嘴，顯然不相信這一說法。有幾個主子會把下人當親人看待？

「我知道你不信，最初我也是懷疑的，只是每年這位王夫人都要去拜訪她主子，這麼多年從未間斷，回來的時候帶的東西，好些都是我這個縣令都沒有的。」想到他堂堂一個縣令所用的東西，還不如人家賞賜給下人的，心裡也不好受，這就是有背景和沒有背景的差別。

「比如，你手裡的那塊硯臺。」

「那又如何？」

「懷仁，你還看不出來嗎？」秦正豐有些頭疼，覺得這個兒子實在是有些遲鈍。「那方硯臺是王大虎媳婦主子家得知王英卓考中秀才時，特意讓人送來的禮物之一。你和王英卓是同窗，他的才華如何，你心裡定是有數。明年的鄉試，他中舉的可能非常大，以後還會進京參加會試；不出意外，他是注定要進官場的。他考中一個小小秀才，那邊的人都不忘記送禮，你覺得當王英卓走得更遠的時候，他們還會不提攜他嗎？你想想，只要王英卓自己夠爭氣，再加上吏部尚書家的提拔，以後必定是前途無量。」

秦懷仁皺著眉頭沈思了許久，恍然大悟。「爹，這就是你讓我和王英卓交好的原因。」

「不然呢？我這輩子最多也就這樣了。懷仁，趁著現在王英卓還沒有發達之前交好，對於你來說是百利而無一害，希望你能夠好好把握，不要讓我失望。」

「爹。」看著對面的父親，不知何時，已經有了白髮，他清楚父親從一個孤兒做到現在的一縣之首，有多麼不容易。

在富陽縣的人看起來，父親是風光無限，只有他明白父親心裡的不甘心，只因為一次不經意間得罪了人，導致這些年一直在縣令的位置上得不到晉升。

於是，父親便將更多的希望放在自己身上。

「懷仁，相信爹，我總是不會害你的。其他的事情都交給爹來做，你只管交好王英卓就可以。」

秦懷仁覺得他這句話頗有深意。「父親的意思是？」

「若我料得不錯，沈文濤夫妻被打，這事一定還有後續；而王詩涵因為這樣的事情被毀了名聲，作為同胞哥哥的王英卓恐怕也不會善罷甘休。我猜想，他一定會在縣學裡針對沈子青。」秦正豐想著兒子的年紀，又有幾分心高氣傲，接著說道：「懷仁，你不是不服氣嗎？正好趁此機會見識一下，王英卓到底是個什麼樣的人，撇去我之前所說的那些，值不值得你結交。」

「要是不值得呢？」

「我自然是不會勉強你。反過來，要是值得呢？」秦正豐反問。

「我就聽爹的安排。」

第二天，陽光明媚，王晴嵐深吸一口氣，剛準備伸個懶腰，腦袋就被拍了一下。

「快點去漱洗，一會兒吃了早飯，你們三個都去醫館。」

「知道了，二伯。」王晴嵐點頭。

等兄妹三人跟著四叔到醫館去看王英傑的時候，王英卓已經回到縣學，笑著和同窗打招呼。

「王兄，你來了，家裡的事情怎麼樣？」

「對呀，處理好了嗎？如果有需要的地方儘管開口，能幫忙的我們一定不會推辭。」

「就是，王兄，你千萬別客氣。」

王英卓很有耐心地一一回答。

坐在一邊的秦懷仁一直知道他人緣好，可如今靜下心來仔細觀察才發現，王英卓的人緣好得不是一點點；最重要的是，和他同窗這麼多年，竟然一直都沒有發覺，可見王英卓做得有多成功。

先生下課後，還特意找了王英卓，囑咐功課上有什麼不懂的地方儘管去問他。

然後，秦懷仁驚訝地發現，不僅是縣學裡的先生、學子，就連其他打雜的人，看到他，也會關心地問上一、兩句。

當然，僅僅是這些還是不夠，秦懷仁等著王英卓出手。

可是，一個上午都過去了，他也沒有看見王英卓出手，反而認真上學，空閒時和身邊的同窗閒談，彷彿沒受到家裡兄長重傷、妹妹退親的影響。這般的表現讓他懷疑，是不是親爹判斷錯誤。

午休的時候，王英卓並沒有立刻離開，而是去找先生了。

「英卓來了，可用過午膳？」先生笑得很和藹。

「未曾，學生有一事請先生恩准。」在先生面前，王英卓一直是恭敬有禮的。

「你說。」

「學生與沈兄之間有些摩擦，想要調換位置。」王英卓的話說得非常簡潔。

「哦，需要我從中幫你們調解嗎？」

先生來了興趣。這個學生他很清楚，一般的小事根本就不會放在心上，能讓他提出調換位置這樣的事情，可見並不是有些摩擦這麼簡單。

再者，整個縣學的人都知道，他和沈子青之間的關係，難道是這中間出現了什麼意外？

「多謝先生好意。」王英卓抬頭，一直笑著的他此時把嘴角拉成一條直線。「我與沈兄，道不同，不相為謀，請先生成全。」說完，他行了個禮。

「行，下午我便安排。」見王英卓不願多談，先生也沒有再詢問，心裡因為他這一句話，有了比之前更嚴重的猜測。「英卓，你是我很看好的學生，好好努力，爭取明年的鄉試能一次中舉。」

「多謝先生，學生一定不負先生厚望。」

王英卓回到醫館，看見爹和兩個妹妹都在，並不覺得意外。

他們是能吃苦的，只是娘總擔心他們出門在外吃不好，或者有幾天沒見心裡就會擔心。之前他一個人在縣學裡讀書的時候，基本上也是隔兩天就會專程給他送好吃的來，順便看看他是不是好好的。

「爹，下午等到太陽沒有那麼烈的時候再回去，一會兒吃過午飯，就去客棧休息。」吃午飯的時候，王英卓開口說道。

王大虎點頭。

「五哥，我和小韻給你們做好晚飯再走。」現在天氣熱，飯放不久，王詩涵想了想開口說道。

「也好，去買菜的時候叫上爹或者二哥、四哥，讓他們幫妳們拎。」

王晴嵐看著三個叔伯對妹妹那溫柔勁，不由得有些牙酸，再將視線轉到身邊的兩個小孩身上，果斷轉頭。她覺得，除非太陽從西邊出來，否則這兩位堂哥是不會對她這個堂妹如此溫柔的。

「小叔，怎麼樣？」客棧裡，將兩位姑姑安頓好後，王偉業兄弟兩人就拉著王英卓往隔壁房間去。剛把房門關上，便迫不及待地問道。

「急什麼？」

「小叔。」兄弟兩人似乎一點也不害怕王英卓，一人拉著他的一隻手，仰著腦袋，眼巴巴地盯著他。

跟著過來的王晴嵐心裡也是好奇的。

王英卓看了三人一眼，找了把椅子坐下，直接把他所做的說了一遍。別說王偉業兄弟倆一臉失望，就是王晴嵐也覺得不可思議。

「就這麼簡單？」

「小叔，你這也太仁慈了吧？」

「那你們覺得要如何？」王英卓反問。

「只要把沈子青和他表妹的事情宣揚出去，他還有什麼前程可言？」因為王偉業兄弟兩人的沈默，被小叔盯著的王晴嵐只得硬著頭皮說道。

她雖然覺得這是渣男應得的報應，心裡卻有些忐忑。畢竟她年紀還小，就說出這樣的話，會不會讓人覺得很惡毒。

「果然是小丫頭。妳這樣做，最多是毀了沈子青在富陽縣的名聲而已，別忘了，他還能搬家。」王英卓笑著說道：「還有，小涵也會受到影響的。」

王晴嵐確實沒想到這一點。

「這樣的方法用在市井有效，不過，換成縣學的話，我處理得越是淡然，效果就越好。

他們不像人云亦云的百姓，他們會自行思考，也有自己的人脈，自會去查。在這裡，咄咄逼人只會適得其反。」

王英卓在教導姪兒、姪女的時候，很是用心。

「偉業、偉義，翻過年你們就可以進縣學讀書，我希望你們能記住我剛剛所說的。等到這些事情過去後，我會時常帶你們去縣學看看，你們都是聰明的孩子，應該知道怎麼做的。」當初他就是這麼過來的，這兩個孩子應該不會讓他失望。

「多謝小叔教導。」

比起之前他們在王英奇面前的放肆，此時兩人恭恭敬敬地行禮，真心地感謝。

「嵐丫頭，我知道妳很聰明，但我希望妳能夠學著內斂，圓潤一些；即便妳是個張揚的性子，也要努力假裝溫雅沈靜，這樣會少吃很多虧的。」

王晴嵐沈默地點頭，想到以前吃過那麼多的苦，也沒人跟她說過這些，她並不是不識好歹的人，更不會覺得這麼做很虛偽，不說話只是因為眼睛酸脹得有些難受。

「行了，你們也不用一個個都垂頭喪氣的，等到你們四叔出手的時候，這件事情就算結束了。」王英卓這才露出一個陰冷的笑容。「縣學裡，只要有我在的一日，沈子青就只有受排擠的分，若是他在那樣的環境下還能夠安心進學，我也服氣；而沈家，不過就是仗著有幾個臭錢而已，等他們的錢沒了，就什麼都不是了。」

兄妹三人錯愕地抬起頭，看著王英卓打了個冷戰。

「你們不覺得，退親之後，過得越來越差的沈家，看著我們家越過越好，挺有意思的嗎？」

三人同時點頭。不是挺有意思，是挺折磨人的。

「四叔能行？」王偉業兄弟倆表示懷疑，畢竟在他們心裡，四叔就是懶漢的代表，整個王家村都找不出比他更懶的人。

「偉業、偉義，千萬別小瞧你們四叔，不然會吃虧的。」

王晴嵐跟著點頭。不過，四叔到底有什麼本事，她也很好奇。

這時，被他們討論的王英奇坐在一間富麗堂皇的書房內，對面站著一位二十來歲，身著紫色錦衣的青年。

「這麼說，為了你家妹妹，你準備對沈家動手？」

王英奇點頭。他並沒有說清楚，小涵的事只是一方面，若是朱氏沒對他娘口出惡言，或許他還會給沈家留下那麼一點薄產。

「什麼時候？」錦衣青年並沒有將沈家放在眼裡。

「盡快。」王英奇開口說道，然後將打算說了一遍。

錦衣青年眼睛一亮。「我以前說的話一直都算數的。」

「算了吧。」王英奇搖頭。

錦衣青年的誠意，他心裡明白，只是，若他真的點頭，這人以後恐怕就該防備他了。

錦衣青年也不失望，從抽屜裡抽出五張銀票。王英奇看也沒看就收進腰包，轉身離開。

「現在距離中秋節也沒有多久了，王兄要不提前幫我把帳整理出來？」

王英奇背著他搖手拒絕。「到時候再說，記得準備好銀子。」

說完，就從書房的暗門走了出去。

第十二章

沈子青帶著沈文濤和昏迷的朱氏回到家中。

請大夫看過之後，說是兩人的傷最少都要在床上躺半個月，就算是能下床，也還要慢慢調養直到痊癒為止。那些傷明顯是被人打的，大夫建議他報官。

可他怎麼能報官？和表妹的事情，捂都來不及，他敢肯定一旦報官，王家人絕對會將這事宣揚出去，那他以後還怎麼見人？

看著臥病在床的父母，再聽大夫的話，他倒抽了一口氣，沒想到王家的人下手會如此重。

其實，最糟糕的結果在父母前去王家的時候，他心裡就想過。

可他覺得就算是退親，兩家人也可好好協議，他不明白，為什麼非要弄到現在這樣反目成仇的地步？

在家裡待了幾日，託了表妹照顧父母，沈子青整理好心情回去縣學。明年的考試，他不想再失誤。

當然，他想到再與王英卓見面會有些不愉快，卻沒想到會如此尷尬，無地自容都不足以形容自己的難堪。

剛走進縣學的大門，想和熟識的同窗打招呼，卻見兩個並肩走在一起的學子看了他一眼，便冷淡地轉過頭。沈子青的笑容僵在臉上，一路到課堂，都是這般的情況。

深吸一口氣，他走進去，原本課堂內做功課、看書或者在輕聲閒談的學子，都停下了動作，看了他一眼，然後各自做各自的。

這樣的場面讓他再也笑不出來，腳步有些僵硬地走到自己的位置，卻發現一直挨著他坐的王英卓，此時坐在一個距離很遠的位置上。

想到這些人看他的眼神，再想著遠離自己的王英卓，他之前覺得王英卓會看在王詩涵的面子上，不把事情鬧到縣學的想法被打破，冷汗瞬間流了下來。

這麼一想，他總感覺有好些視線從身上掃過，更覺得那些小聲說話的學子們都在談論自己，即使聽不到他們說什麼，但他可以想像，那絕對不是什麼好話。

上課時，沈子青總能感覺先生掃向他的目光中帶著厭惡。

因此，先生所講的，他一個字都沒聽進去。

一上午，沒有一個人願意跟他說話。他用眼角餘光看著王英卓，他依舊和往常一樣，與四周的好友聊天，並沒有受到什麼影響。

好不容易熬到午休，沈子青逃跑似的離開課堂，出了縣學，整個人似乎才輕鬆了下來。

「姑父，你勸勸姑姑，她這樣生氣對身體不好。」一回到家裡，沈子青就聽到表妹委屈的聲音，還有娘哭喊罵人的聲音。

「妳閉嘴！」沈文濤大吼一聲。「我還沒死，妳嚎什麼喪？」

「老爺，難不成這件事情就這麼算了？我們就平白地讓王家的人打成這個樣子？」

朱氏只要一想起在王家遭受的罪，身上的傷因為生氣更加疼起來。

沈文濤的臉色也不好看。「當然不會就這麼算了。」

「姑姑、姑父，現在最要緊的是好好養身體。」朱秀秀開口勸道。

既然目的已經達到，她希望事情到此為止，繼續鬧下去，很有可能會牽扯到自己。

「秀秀，妳別管。」朱氏忍著疼痛，笑得一臉扭曲。「我一定會讓王家人後悔的，讓他們家的女兒一個都嫁不出去！」

「娘，能不能別鬧了！」聽到這裡，沈子青實在是忍不住，走進來，衝著朱氏大吼，接著說道：「你們到底想要怎麼樣？難道真的要讓我在縣學裡待不下去，你們才甘心嗎？」

屋內的三人因為他的話而愣神。反應最快的沈文濤看著一臉鐵青的兒子。「怎麼回事？」

沈子青有些頹廢地找了張椅子坐下，滿臉苦笑。「爹，你總是不相信我說的話，現在怎麼樣？恐怕縣學裡所有的先生和同窗都知道了。」

三人臉色一變。「怎麼會？是王英卓那個小兔崽子說的？」朱氏說話的時候，一副咬牙切齒的樣子。

「不應該啊，他不要他家妹妹的名聲了嗎？」身為女人，自然明白退親會帶來什麼樣的後果。

沈文濤終於正視起兒子的話，比起王家的人，兒子的前程更重要。「你就沒有解釋嗎？難不成整個縣學的人都聽王英卓的一面之詞？」

聽到這話，沈子青也有些茫然。

照理說，不應該出現這樣的情況啊……以前在縣學的時候，他的人緣很好，就是和王英卓相比也不差，難道就因為王英卓一個人？沈子青不信。

「爹，我知道該怎麼做了。」

於是，吃過午飯，重整好信心的他再次出現在縣學。

這個時候，王英卓不在，他鬆了一口氣。看來特意提早一點時間到課堂是有用的，課堂裡只有稀稀疏疏幾個人，但其中有兩個之前和他非常要好的學子。

「劉兄，段兄。」沈子青笑得一臉和煦，想著用借筆記的理由和他們說話。

只是，他還沒開口，兩人同時看向他，露出一個疏離的笑容，有禮地點頭算是打招呼，接著相攜離開。

沈子青的臉色一下子就陰沈下來。

不過，他依舊不相信王英卓在縣學裡能一手遮天。等他剛掛起笑臉，課堂裡的人要不趴在桌上休息，要不直接往外走，還有的便是一副認真讀書，不想被打擾的模樣。

當然，也有令人意外的。

秦懷仁大剌剌地坐在位置上，目光清冷地看著沈子青。

對於王英卓僅僅是請先生換了位置的行為，他心裡是無比失望的；不過，今天沈子青出現之後，他有了新的看法。明明王英卓只做了一件極其微小的事情，如今有了這樣的效果，倒是讓他不得不佩服。

若是以往，沈子青一定不會往縣令公子面前湊，誰讓他是出了名的不好相處，加上地位差異，他不想承認自己面對這位時會自卑。但他今天真的是被逼急了，心想著，如果縣令公子能夠和他相處得好，其他同窗肯定不會再像上午那般。

想法是很好，只是他的表情和眼神並未掩飾好，好不容易鼓起勇氣靠近縣令公子時，只得到冷冰冰的一個字。

「滾！」

沈子青錯愕地看著秦懷仁，臉上瞬間就如充血一般，紅得發黑。

若是其他學子的冷淡和疏遠讓他難堪，那麼現在秦懷仁看他的目光，卻讓他有種滅頂之災的感覺，眼前一片黑暗，無論怎麼努力都找不到光亮。

「為什麼？」或許是因為秦懷仁看螻蟻的目光把他打擊得太狠了，反而讓沈子青什麼都不顧，開口問道：「是不是王英卓跟你們說了什麼？」

秦懷仁倒是不生氣，依舊一副清高的模樣。

若他現在還不明白，換座位那日，同窗問起王英卓時，他為什麼要回答得那麼含蓄，他就是傻子了。這樣比起把什麼都說出來的效果好上太多，看看其他學子用看瘋子的目光盯著沈子青就知道了。

「對，我是把親事退了，誰讓他們家有那種不准男人納妾的規矩？王英卓是不是跟你們說，我和表妹之間說不清楚？他都是騙你們的，你們不要相信！」沈子青大聲地說道。

秦懷仁看著門口陸續出現的學子，他很清楚，沈子青這人完了，這謊話說得太差勁了，他和表妹的那點事情，在縣學裡恐怕已是眾所周知。

「他有沒有告訴你們，王家人有多野蠻？我爹娘現在還躺在床上，要不是我看在往日的情分上沒有報官，王英卓和他爹現在都應該在大牢裡關著！」

沈子青越說越理直氣壯，突然間有種豁然開朗的感覺，王英卓又怎麼樣？他才不怕。

「他心胸狹窄，就因為我們家退親，趁著我不在，背後說人壞話，算得上什麼正人君子，你們不要被他騙了！」

說完這話，沈子青停頓一下，看看其他人的表情。

這時候，包括秦懷仁在內的人都很詫異，好些學子的眼睛直接瞪圓了。

「麻煩讓一讓。」王英卓的聲音響起，門口的學子讓開了一條路，看著他走進去，在離沈子青不遠處停下。

「沈兄，先說令尊和令慈的事情，令尊上門挑釁，我爹出手有何不對？至於令慈侮辱我娘，我若不為她出頭，枉為人子。」比起沈子青的激動大聲，王英卓的聲音平靜而沈穩。

「有句話叫做父債子還，所以，你父母的傷都可以算在我頭上，你若要報官，我自是不會阻攔。」王英卓一開口，就不會再給他說話的機會。「只是，退親的事情，請你以後不要再說，我今天也只說一遍。先不說我們家的規矩，在你們沈家退親的時候，我們就再三強調，你們出爾反爾，不守信我也管不著。」平靜地說完這話，王英卓的聲音冷硬了幾分。「你們要退親，我們王家絕對不會死纏不放，可你們趁著家兄重傷之際，用之前的聘禮做要脅，強迫我們家接受納妾之事；我王家是窮，卻也不會因此而妥協。沈兄、諸位，」王英卓朝著其他同窗拱手。「這便是我請求先生調換座位的原因。這樣的人，我不願與之為伍。」

「說得好！」

本來就站在王英卓這邊的同窗自然為其鼓掌。

「王兄，你是什麼人，我們還能不清楚嗎？」

「就是，王兄，我們相信你。」

看著受歡迎的王英卓，沈子青發覺，現在其他的學子看著自己的目光全是鄙夷。

秦懷仁看著可憐兮兮如落水狗的沈子青，好心地提醒道：「沈兄，王英卓在學堂裡，除了要求先生調換座位之外，什麼都沒有說過。」

這句話彷彿一道驚雷在沈子青的耳邊炸開，想著剛才自己指責王英卓在背後說人壞話，突然間就明白，那時其他人的表情究竟是什麼意思。

臉色青白的沈子青再也沒有臉面待在這裡，抬起腳跑了出去。

縣學的事情，在沈子青心裡終究還是留下了陰影，一連半個月都待在家裡，他甚至覺得，除了父母之外，自家的下人看他的目光都帶著嘲諷。

只要這麼一想，他甚至連抬頭直視別人眼睛的勇氣都沒有。

有些杯弓蛇影的他，乾脆躲在房間裡不出來。

「少爺，不好了，老爺吐血了！」

直到這天，下人匆匆地推開他的房門，告訴他這消息，他才一臉驚慌地出去。

這個時候的沈子青和一個月前的差別太大，不說瘦了一圈，氣質都差了不少，書生的溫雅半點也沒了。

「老爺，老爺！」還沒走近，就聽見他娘慌張的叫聲。

一進去，只見他爹人事不知地躺在床上，下人正在整理被血弄髒的被子。

「快去請大夫！」沈子青對著報信的下人吼道，這才回頭。「娘，先別哭，到底怎麼回事？爹的傷不是快要好了嗎？」

「兒啊，我們家完了……也不知道怎麼回事，如今催債的都找上門了，店鋪裡的掌櫃的都說撐不下去了，你爹就是聽了這些才暈過去的。」

這一次朱氏是真的慌了。老爺暈倒，主心骨兒就倒了，再遇上這麼大的事情，她是真的不知道該怎麼辦。

沈子青皺眉。生意上的事情，他一點都不懂，也不知道該怎麼辦。

好在大夫來了，扎了針，他爹就醒了過來。

「子青，你現在先去我們的店鋪，把所有的錢都帶回來，然後將店鋪都掛出去，能賣的全都賣了，不能賣的拿去抵債，一定要快！」這是沈文濤醒來後，以最快的速度所做的決定。

「老爺，店鋪都賣了，我們以後怎麼辦？」朱氏擔心地問道。

沈文濤本來就是急火攻心才暈倒的，如今聽朱氏這麼問，更是煩躁，要不是看兒子也有同樣的疑問，他壓根兒不想解釋。

「催債的一起上門，剛才那些掌櫃的話，妳沒聽到嗎？這很明顯是有人在針對我們家。子青，你速度快點，還能為我們以後的日子留下一些。」

沈子青點頭，稍微打理了一下自己就匆匆忙忙地出門。

坐在床上的沈文濤陰沈著一張臉，讓朱氏整理家裡的銀子和值錢的東西。

然而沈家敗落之快，別說他們自家人沒反應過來，就是一直關注沈家的縣令秦正豐都有些發懵。

幾乎是一夜之間，沈家的店鋪就變成了別人家的，原本在縣城算是富裕的沈家，剩下的資產不足十分之一。生活雖不成問題，但和以前的日子相比，就有天壤之別了。

「父親，你也沒查到是誰做的嗎？」秦懷仁皺著眉頭問著秦正豐。「我覺得應該和王家人脫不了關係，畢竟這時間太巧合了。」

秦正豐點頭，贊同兒子的話。

「是孔家做的。不過，我想不明白他們為什麼會突然針對沈家？若真像你所說，那就說明王家人跟孔家有關係，只是關於這點，我一點消息也沒有收到。」

「這不是正好？王家人越厲害，於我們越有利。」秦懷仁笑著開口。

秦正豐再次點頭。

「這是四叔做的？」王晴嵐驚訝，王偉業兄弟兩人也是震驚不已，看著王英奇的目光帶著懷疑。

「怎麼？不能是我嗎？」

三人齊齊搖頭。「可是四叔，這些天你不是一直跟我們在一起嗎？怎麼做到的？」

「秘密。」王英奇對上三雙好奇的目光，吐出這麼兩個字。

王偉業兄弟兩人直接上前，抱著他的兩隻胳膊，開始搖晃。

「行了，你們四叔不願意說，怎麼纏都沒有用。」王英文笑咪咪地開口。

沈家落到這樣的結果，王家兄弟才算滿意，事情也算是結束了。

只要沈家不再來找麻煩，他們也不會再做什麼的。如此，接下來就是趙家了，最好能在老三回家之前，把事情解決。

第十三章

這天中午，王晴嵐被王英文單獨叫到一邊。

看著他笑，王晴嵐心裡直哆嗦。「二伯。」

「嵐丫頭，現在有一件很重要的事情要交給妳做。」王英文笑出一副溫暖長輩的模樣。

她點頭。「二伯，你說。」

「後天我們就準備對付趙家，無論妳想什麼法子，明天把妳娘接到醫館來，在趙家出事期間，照顧好妳娘，別讓她攪和進去。」

王英文的話讓王晴嵐有些奇怪。對於她娘所做的事情，她心裡都有不滿，可現在為什麼要把她娘撇開呢？

「二伯，為什麼？」想要進步，趕上這一家子的腦子，王晴嵐覺得她要虛心請教，所以問出心裡的疑惑。

「嵐丫頭，妳要記住，一家人的事情，就算是再生氣、再憤怒，我們都要關起門來自己解決。之前對付沈家，妳四叔和小叔用的那些法子，都是對敵人而言的，絕對不能用在自家人身上。妳娘現在還是王家人，明白嗎？」

王晴嵐點頭。「我明白了，二伯。」

沈家現在那麼倒楣，就是因為他們退親了，和王家一點關係都沒有，所以，他們可以放開手做，毫無顧忌。

「若是想不出來好辦法，可以去找妳的兩個堂哥商量。」王英文看著她的表情，就知道她並沒有完全明白，可見她年紀小，也沒有多說。「晚上的時候，把妳的法子跟我說一遍。」

「好的。」王晴嵐點頭。

然後，一個下午，她都在想這件事情。許多方法都被她否定了，懷有王家的孩子令趙家人有著絕對把握，知道他們家是不會不管她娘的。

關鍵是她娘更願意聽趙家人的話。

看著在旁邊拿著毛筆，已經能寫得像模像樣的兩位堂哥，她把事情說了一遍。兄弟兩人商量了一下，很快就給她出了一個主意。

聽完，王晴嵐額頭上冒黑線。

晚上，二伯聽後也笑著點頭。

當然，她不得不承認，這法子最簡單有效，若這樣她娘都不肯回來，她想，就只能使用二伯交給她的殺手鐧了。

於是，第二天，王晴嵐就坐著王英文雇的牛車前往趙家村。

「外婆，我娘呢？」她匆匆忙忙地跑進趙家院子，似乎因為她是王家人，裡面的趙家人看見她也沒有打招呼，一副很不待見她的模樣。

「妳等一下。」聽到外孫女來是找自家閨女的，趙家老太太起身，防備地看了她一眼，然後去叫女兒。

王晴嵐在院子裡站了好一會兒，趙氏才跟著趙家老太太一起出來。

「外婆，我能和我娘單獨待會兒嗎？」對於一邊監視著她的外婆，王晴嵐真的是一點好感都沒有。

「小芳，記得我剛才說的話，知道嗎？」

趙家老太太瞪了一眼王晴嵐，然後和藹地對著趙氏說道，期間還不忘給她使眼色。

「娘，放心吧。」趙氏點頭。

老太太才安心地離遠了一點，不過，兩隻耳朵依舊豎起來，關注著這邊的情況。

「娘，妳快些跟我回去看著爹吧！」王晴嵐十分焦急地說道。

「嵐兒，那銀子的事情……」趙氏沒有回答她的話，而是試探地問道。

「銀子的事情，我一個小孩子怎麼會知道？」雖然早就有所準備，但她娘問的第一句話，很明顯還是為趙家問的，王晴嵐的心裡忍不住有些生氣，回答的語氣也有些煩躁。

不過，趙氏似乎沒有聽出來，接著說道：「嵐兒，妳也看到妳外婆家是什麼情況了，那些銀子是真的拿不出來；還有，這些日子娘在妳外婆家吃喝，也是要花費的，若是不結清楚，我以後還有什麼臉來娘家？」

趙氏說話輕聲細語，不過，王晴嵐聽著，覺得沒有比這更荒謬的事情。這趙家到底把他們王家當什麼了，之前的銀子不還不說，現在還想訛一筆，無恥也應該有個限度好吧？

王晴嵐深吸一口氣，努力擠出一絲危險的笑容，對上趙氏期待的雙眼，開口說道：「娘，要不是因為我是妳親生女兒，我真不願意再管妳。」

「嵐兒，怎麼跟我說話的。」趙氏皺眉，表情有些生氣。

「很好，妳是我娘，我不想跟妳吵。不過，我現在就告訴妳，我今天為什麼回來。」

王晴嵐覺得自己都要被面前的人給逼瘋了，不由自主地就將以前的犀利帶了出來，用詞刻薄，語氣也帶著嘲諷。

「妳要是真的不想跟我爹過了，直接說，妳不稀罕，有人可寶貝得很。」看著趙氏終於變了的臉色，王晴嵐只覺得痛快。「告訴妳吧，妳離開以後，有個長得很漂亮的寡婦天天來照顧我爹，給他端茶遞水，洗衣做飯，那是體貼周到得不得了。」

「這怎麼可能？」趙氏不敢相信。

「怎麼不可能？我爹的腿能好，哪怕是有點瘸，妳也不想想，以他的長相、人品，再以王家的條件，要找個寡婦還不是輕而易舉的事情？」王晴嵐一臉的嘲諷。「妳是我的親娘，我才跟妳說這些。妳現在好好想想，妳在我爹重傷的時候離他而去，說妳無情無義不過分吧？再看看那寡婦，就算妳覺得她不要臉，可也是妳給了她乘虛而入的機會。爹和她相處可是融洽得很，我看見爹好些時候，臉上笑得跟朵花似的。」

趙氏一臉慌張。這和她想的，還有爹娘說的都不一樣。

不對，她現在可是懷有身孕。「我懷了他的孩子，對，我肚子裡還有他的孩子。」

「是嗎？那娘，妳還記得之前四叔跟妳說的話嗎？」

趙氏經過女兒的提醒，臉色都白了。

「我再告訴妳，妳以為妳待在外婆家就可以相安無事嗎？可別忘了，無論是妳還是妳肚子裡的孩子，都是王家的人。妳說，若是惹急了，爹去衙門告外婆他們，結果會怎麼樣？小叔跟我說過，拐賣人口，可是要流放的。」

見趙氏被嚇得話都說不出來，王晴嵐心裡的悶氣也消了不少，這才上前握著趙氏的手。

「娘，我偷偷地跑來告訴妳，就是不想有個後娘。我們家是有不納妾的規矩，可是娘，要是爹的心都不在妳身上了，只是看在兒女的分上，勉強自己繼續和妳過下去，那樣的日子真的是妳想要的嗎？」

趙氏緊握著王晴嵐的小手，不說話。

「還有，妳願意看著爹的心裡有了別人還跟妳湊在一起勉強度日？妳再想想，那個時候，妳看著大伯娘她們幸福美滿，心裡就不會難受？」

趙氏的臉更白了幾分。

「妳到底有沒有想過，能陪妳過一輩子的人不是外公、外婆，而是爹。」說完，王晴嵐放開她的手。「我說了這麼多，妳若是還不願意跟我回去的話，那麼我覺得以後有個後娘也沒什麼。」

「不，嵐兒，我跟妳走。」閨女說的那些事情若真的發生，趙氏完全不敢想像，自己會如何。「妳千萬別不要娘。」

「我要是不要妳，就不會來這裡了。既然這樣，那我們就快些回去吧，牛車就在外面等著呢。」王晴嵐鬆了一口氣。還好她娘心裡還在意她爹，還想好好過日子，不然，她以後還真有可能有個後娘。

「嗯，好。」

趙氏立刻點頭，也顧不上娘家人，跟著王晴嵐就往外走。

「小芳，妳去哪裡？我們不是說好的嗎？」趙家的老太太不答應了。

趙氏停下來，看著她，一時間不知道該怎麼說。

「外婆，妳不用送了，我和我娘先回去了，有空再來看妳。」王晴嵐笑著開口，趙氏再次點頭。

趙家老太太看著女兒這沒用的樣子，氣得伸手就想打她。

「外婆，妳想好了，我娘現在可懷著王家的孩子，妳要是打壞了，準備拿什麼賠？還是妳真當我們王家人是好欺負的？」

趙家老太太聽到這話，動作停了下來。

她也不是真傻，若傷了女兒肚子裡的孩子，王家人是絕對不會善罷甘休的。

王晴嵐就趁著這個時候，直接拉著趙氏離開。

「娘，我跟妳說，爹對那照顧他的寡婦可感激得很。昨天那寡婦走親戚去了，至少要半個月才回來。所以，妳回去的時候態度好一些，別惹爹生氣，讓爹安心養傷，爭取在寡婦回來之前讓爹能夠好到回家。這樣錯開他們相見的機會，妳才有更多的時間將爹的心收回來。」

王晴嵐覺得她這個女兒真的很難做，爹受傷要好好照顧著，娘懷孕也要好好地體貼著，關鍵是他們兩人現在還在鬧矛盾。

「嵐兒，妳放心，我知道該怎麼做。」趙氏點頭。即使她想幫襯娘家的心依舊沒有變，可她更清楚，相公才是她的依靠。

夫妻兩人時隔半個來月再見面，趙氏的心裡是有些忐忑的。之前仗著懷孕有恃無恐，如今，心裡發虛的她一時間不知道該怎麼開口。

見相公看了她一眼，就當她不存在的冷淡模樣，站在那裡，更是不知道該怎麼辦才好。

這一次，機靈的王晴嵐也不知道該如何緩解氣氛。

此刻，她深深覺得，照顧爹娘這樣的任務比罵人打架、衝鋒陷陣要辛苦得多。

「嵐兒，給妳娘搬個凳子，讓她坐著吧。」好在王英傑心裡雖然有氣，還能惦記著趙氏的身體。

雖然說完這麼一句就閉眼休息，可她能夠感覺到氣氛好了許多。

第二天早晨，王晴嵐趁著她娘去漱洗時，問王英文。「二伯，你不是說今天動手嗎？」

「已經布置好了啊。」

趙家村內，趙氏的離開讓趙家人都很生氣，氣她沒聽他們的話，更氣這大半個月來，他們好吃好喝地招待她，本以為可以多要些銀子，誰知道一個銅板都沒有得到，這讓向來都是從她身上占便宜的趙家人根本接受不了。

「砰、砰！」粗魯的敲門聲響起，然後，一個大嗓門問話。「有沒有人在？」

「誰呀，一大早上的，嚎什麼嚎，報喪呢！」

因為心裡難受，所以睡晚了，導致早上起床也跟著推遲了。聽到敲門聲時，趙家人還沒吃早飯，一肚子氣憋在肚子裡，又有沒長眼的惹上門來，說話自然不會好聽。

「砰！」門外的人聽到這話，沒有再等，一腳將院門踹開。巨大的聲音嚇了趙家人一跳，待看到來人時，囂張的他們頓時就變成了鵪鶉。

凶悍的趙家老太太躲在自家男人背後，趙家當家人趙永財帶著討好的笑容，微微彎腰問道：「官爺，有事？」只是，一雙精明的眼睛現在全是懼怕。

「你們的事發了，統統帶走！」

為首的捕快很乾脆，手一揮，就有手下上前，將趙家人都抓了起來。

一時間，趙家院子是雞飛狗跳，人仰馬翻，小孩、女人的哭聲，男人的叫喊聲，吵成一片。

「官爺，我是這個村的村長，能問一下，他們犯什麼事了嗎？」趙村長匆匆趕來，氣還沒喘勻，抹了一把汗，就小心翼翼地問道。

聽到這個問題，嚇得魂飛魄散的趙家人跟著點頭，哆哆嗦嗦地開始喊冤，「官爺，我們都是安分老實的人，絕對不會做壞事的，冤枉啊！」

「閉嘴！」捕快將腰間的官刀亮出來，鬼哭狼嚎的眾人立刻噤口。

「官爺，這中間會不會有什麼誤會？」趙村長小心地詢問。

捕快對他的態度要好一些，指著他身邊的人。「這人你們認識嗎？」

趙二挺了挺胸，笑得一臉得意，想到昨天晚上在回村的路上偷聽到的話，就不由得興奮。檢舉者可拿一成贓物作為獎賞，他兩眼發光地看著趙家幾個女人身上的金銀首飾，心想，這一趟怎麼著也能拿幾十兩銀子了。

誰能想到，他不過是從縣城裡回來晚了，竟然能在趙家村村口聽到這樣秘密的事情。趙永財一家竟然有那麼多錢？嗯，那兩個人分析得不錯，肯定是幹了見不得人的勾當。他們還準備去檢舉拿賞銀？哼！想得美，賞銀是他的了！

趙家人看著趙二，老實地回答。「認識。」

趙村長也點頭。「他也是我們村的。」

「認識就好，那就沒什麼誤會了，帶走。」然後，沒再給他們反抗的機會，將人拖走。

這還不算，留下的幾個捕快把趙家裡裡外外都翻了個遍，將搜出來的銀兩和值錢的東西分開放著，看得圍觀的村民驚嘆不已。

看到這些東西，趙村長嘆氣，也不再說話。他隱約有種感覺，這事恐怕和之前來村裡的王家人有關，趙二這個傻子恐怕是被人當槍使了。

捕快帶著東西和趙二離開的時候，直接把趙家院門封了起來。

別看只是兩張小小的封條，對於這些村民來說，那就是天大的禍事，心想無論趙家能不能度過這一關，都要離他們遠點。

在他們眼裡，就算以後趙家人被放回來，也不代表他們就是清白的。

一路上，趙家人都嚇壞了，哪裡顧得上村民們的想法。

到了縣城，路邊的行人對他們指指點點，並不算小聲的話語傳入他們的耳朵裡，覺得臉都丟盡了的趙家人一個個恨不得把腦袋埋到土裡去。

被帶進縣衙後，他們的內心全然被恐懼占領，曾經見過砍頭的趙家老大也不知道想到什麼，兩股之間一陣溫熱，打濕了褲襠。

被嚇得狠了的趙家人實際上只是被帶進了縣衙後堂，因為考慮到會牽扯到趙氏，王英卓請求私下審理，他不想嵐丫頭的名聲因為三嫂而受影響。

看到縣令大人，惶惶無措的趙家人軟綿綿地跪在地上，不住地磕頭，嘴裡來回重複著冤枉二字。

「行了，你們可知罪？」秦正豐皺眉，空氣中難聞的騷味讓他有些反胃。

趙家人紛紛搖頭。他們是真的不知道啊！

「大人，我們是冤枉的！」趙永財鼓起勇氣說出這麼一句完整的話。

「趙二，你來說。」

秦正豐只想盡快結束這場鬧劇。

規規矩矩跪著的趙二立刻開口。「大人，這趙家人不是強盜就是小偷，剛才那些官爺去他們家搜出來的東西就是證據啊！我和趙家人同村，他們家有幾畝地、幾口人都一清二楚，就算他們不吃不喝，也不可能存下這麼多銀子。我說的這些都是千真萬確的，大人不信可以讓人去查。」這些話趙二是偷聽來的，又經過一晚上的反覆琢磨，現在說起來順溜得很。

「說不定還做過謀財害命的事情。」

「趙二，你在胡說八道什麼！」趙家的人看著趙二的目光是恨不得吃了他一般，尖叫的趙家大嫂被捕快一個棍子下去，就不敢再出聲了。

「趙永財，這些錢財是如何得來的，還不從實招來。」秦正豐看著下面的趙家人，冷著一張臉，官氣十足。

趙家當家人哆哆嗦嗦半天，也沒說出來什麼，到了這樣的地步，趙家人心裡還是惦記著那些銀子，可見有多貪財。

「既然說不出來，就按律處理。師爺，你去算一算，超過一百兩，流放西北。」秦正豐說出的話讓趙家人的恐懼達到了頂點，也毀了他們心裡的那一點點僥倖。

趙家兩個兒媳婦兩眼一翻暈了過去，趙家老太太什麼也不顧了。「大人，我說、我說，這些銀子不是我們偷的，是我女兒給我們的。」

「說清楚。」

趙永財兩口子倒是把每一筆都記得清清楚楚。

「你胡說！你女兒哪裡得來這麼多的銀子？別告訴我是王家給的。」趙二眼看著他的賞金就要飛走了，當然不幹了。「你們當王家人是傻子啊！」

「真的！」趙家人齊齊說道：「大人，您要相信我們。」

「不著急，是真是假，派人詢問一下王家人就知道了。」秦正豐說完，就有捕快退下，至於是不是去詢問王家人，就不清楚了。

只是，趙家人聽到秦正豐的話時，心裡有種非常不好的預感。

果然，等到捕快回來的時候，得到的是王家人的否認。

想到要被流放，趙家人的腦子直接就浮現了潦倒窮困，客死異鄉的淒涼下場。「大人，這銀子真的是我女兒拿給我們的，就算是偷的，也是她偷的，跟我們沒有關係啊！」

「對，對。」趙永財的話像是給他們找到了一條出路，一個個附和道。

「行了，這件事情我會再調查的，不過，在沒查清楚之前，你們就在牢裡待著吧。」秦正豐的話讓趙家人再次抖了起來。

「大人，我們冤枉啊！」

監牢對他們這些平民來說，是和地獄一樣的存在，如何能不害怕？

「師爺，剩下的交給你了。」秦正豐留下這句話，直接走人。

「大人，我的——」趙二的賞金兩個字還沒說出口，就被對方冷冰冰的一眼嚇得不敢再說話。

縣學裡，王英卓拿到了銀兩，笑著對秦懷仁說道：「多謝秦兄。」

「這本就是我父親該做的事情，王兄太客氣了。」秦懷仁對此並不在意，也並不認為這麼一點事情就能和對方交好。

王英卓看著面前的人，真沒有再客氣。這些日子他能夠感覺到對方的關注，不過，無論他有什麼目的，總會露出馬腳的。

午休時，王英卓看著面前一臉激動的趙志軒，也就是三哥的小舅子、趙永財最寵愛也是最驕傲的小兒子，笑著說道：「志軒，我收到消息，你爹娘、大哥他們如今都被關押在縣衙大牢。」

因為王英卓來找他而高興的心情頓時消失不見。「五哥，你說什麼？」

「別慌，坐下說。」雖然趙志軒叫他五哥，實際上兩人同年，趙志軒甚至比他大一個月。

只是趙志軒一直這麼叫，也沒改口，就不再提了。

趙志軒努力平復慌亂的心，在王英卓對面坐下。

「你聽我說。」王英卓沒有隱瞞地將事情全都說了一遍，期間趙志軒好幾次插話。

「什麼，姊夫重傷，我怎麼不知道？」

王英卓沒有管他是真不知道還是裝的，直到他把話說完，趙志軒的一張臉紅得滴血，羞愧得不敢看王英卓。

「五哥，我也沒想到，爹娘他們會那麼做。」

王英卓看著他，沈默了好一會兒才開口說道：「志軒，看在你的分上，這件事情我請秦兄幫忙，讓縣令大人私下審理。你放心，不會影響到你的名聲。還有，既然銀子已經要回來了，你也別擔心你爹娘他們，三天過後，就會放他們出來的。」

「多謝五哥。」趙志軒十分感激地說道。

王英卓站起身，隱去臉上的笑容，看著趙志軒。「志軒，有一卻不可有二。若以後還出現類似的事情，我絕不會再留情面。希望你能好好看著你的家人，別再自找死路。我三嫂、你二姊是什麼性子，想必你也清楚。」

趙志軒連連點頭。

「我三哥性子老實，可你要記住，他是我三哥，我是不會讓外人欺負他的。」王英卓說完這話，轉身離開。至於身後的人是什麼表情，他一點都不在意。

趙志軒有那麼一大家子扯著後腿，想要功成名就，可比普通人要難得多。

趙氏因為是孕婦，這晚早早地休息了。王晴嵐拿著手裡的二百兩銀票，有些疑惑地看著王英卓。

「因為三嫂的前車之鑑，我覺得你們三房的銀子，妳拿著一部分，以後你們三房要添置什麼，妳可以自己看著辦。」王英卓笑著說道：「這事三哥也同意了的，他手裡也拿著一部分銀子，等回村子以後，妳爹的藥錢，還有每個月交給大嫂的伙食費，甚至他養傷可能想要吃其他的東西，銀子都是從這裡面出。」

「多謝小叔。」王晴嵐這次的感謝是真心的。她娘手裡沒錢，可能會少許多事情。

「妳爹這次養傷的時間可能會久一些，若是銀子不夠了，妳就偷偷找我或者妳四叔。」王英文說完這話，覺得在偷偷這個用詞上有些問題，又補充道：「放心，不是瞞著妳二伯娘和四嬸，主要是妳大伯，偉業他爹。」

聽到這話，王偉業也是無奈地嘆氣。他爹和三叔在腦子上明顯繼承的是爺爺，沒有另外三個叔叔聰明。

三叔還好，有一身打獵的本事；可是他爹，也不能說掙不到錢，和村子裡的人相比要好許多，但和三位叔叔比起來，就差得遠。

最關鍵的是他爹認為自己是家裡老大，什麼事情他都該管著。

若是嵐妹妹問二叔他們拿銀子被他爹知道了，他拿得出銀子也是打腫臉充胖子，要是拿不出來估計會很受打擊，大病一場也不是沒可能。

王晴嵐心裡雖然疑惑，可當著大堂哥的面，還真不好問出口。「二伯，我知道了。」

三天的時間，對於王家人來說很快就過去了，但對於身陷牢獄的趙家人，簡直就是度日如年。即使監牢裡沒有想像中的那麼可怕，可暗無天日就足夠折磨他們的，況且他們還要為以後的命運憂心。

走出監牢的時候，趙家人一個個神情有些恍惚地看看天、看看地，再看看四周，然後不敢相信地回頭。「我們真的可以走了嗎？」

「怎麼？還想再進去住幾天？」

趙家人齊齊搖頭。

「爹，我們快走吧，大寶、二寶都有些發燒，先看大夫要緊。」

「先回家。」趙永財看著兩個孫子，開口說道。

趙家大嫂想說就在縣城裡看大夫，可想到他們現在身無分文；大姊倒是在縣城，卻只是一個小妾，他們這樣上門，肯定會被趕出來的。

至於問在縣學的小弟要銀子，這話不用說都知道，爹娘一定不會答應的。

只是趙家人沒想到，他們狼狽不堪地回到家裡，趙志軒竟然在家。

「小虎！」一見了最親的小兒子，趙家老太太終於忍不住，將這些天所受的罪和恐懼都化成眼淚，一屁股坐在地上，大哭了起來。

她這一哭，家裡的女人、孩子也忍不住學她，坐在地上跟著哭。

趙志軒看在眼裡，心裡滿滿地都是厭煩。他忍不住開始想，為什麼他的娘不像二姊的婆婆那樣，什麼時候都是笑咪咪的，舉止溫柔，知書達禮。

這麼一想，再看著坐在地上和街邊的乞丐沒什麼兩樣的親娘，更增添了幾分煩躁與噁心。

「娘，妳別哭了，我知道這幾日妳受苦了，我買了些吃的，妳和爹先收拾一下。」他話還沒說完，一聽到有吃的，家裡大大小小什麼都顧不上了，直接衝了進去，用黑漆漆的手拿著就往嘴裡塞。

趙志軒回頭，看著這樣的一幕，眉頭皺得更緊了。

等到趙家人將他買回來的東西都掃光後，就是此起彼伏的飽嗝聲。

「小虎，你怎麼回來了？學堂今天放假嗎？」吃飽後，趙永財這才問起小兒子。

對於「小虎」這個稱呼，趙志軒不知道糾正過家人多少次，依舊沒有用，所以，現在也不打算再費唇舌。

「爹，你們到底是怎麼想的？王家的銀子是那麼好拿的嗎？你們到底有沒有替我想過，有一對坐過牢的父母，你們覺得我的名聲會好到哪裡去？你們讓我怎麼在同窗面前抬起頭做人？」趙志軒堆積了三天的怨氣終於在此時爆發。「你們到底還想不想我考功名了?!」

「小虎，你別生氣，這事說來都怪趙二，他真是想銀子想瘋了。」趙家老太太一臉憤怒地說完，見小兒子的臉色更難看了，有些訕訕地住了嘴。

「小虎，這事不會真的對你有很大影響吧？」原本還想著怎麼把這回的仇報回來的趙永財，終於重視起這件事情了。

看著自家人一個個擔憂的目光，趙志軒真的很想拍拍屁股走人。「爹、娘，你們連得罪了誰都不知道，就嚷嚷著去報仇！」

要不是王五哥特意告訴他，恐怕他也會被家人給誤導。

「不是趙二嗎？太狠了，為了點賞金，就把我們往死裡整。」趙家大哥咬牙切齒地說道，其他人跟著點頭。

「那你們就不覺得，王家前一天把二姊帶走，隔天官府就找上門來，很奇怪嗎？」為什麼他的家人不能稍微動點腦子。

「你說是王家幹的?!不可能吧，他們不想要銀子了？」趙家老太太說完便否定了這話。

「再說，他們要是敢這麼做，我第一個不放過他們。」

「娘，銀子已經在王家的口袋裡了，妳都忘了嗎？我之前就跟妳說過，縣令公子跟王五哥是同窗，又是同一批秀才，這樣的情誼自然非比尋常。只要王五哥開口，這麼一點小事，他還不給辦得漂漂亮亮的？」

趙志軒的話剛剛落下，他的家人一個個憤怒地站起身。

「王八羔子，沒想到真是他們！爹，這口氣不能就這麼忍了，我們的罪不能白受了！」

「對，沒有這樣的親戚，心也太狠毒了，這是要弄死我們啊！」趙家老太太附和大兒子的話。

一直都覺得王家人好欺負的趙永財點頭。「抄傢伙，我們去王家村。」

就在一夥人氣勢洶洶地找傢伙時，趙志軒覺得自己的肺都要被氣炸了，用盡全身的力氣吼道：「你們給我站住！」

「小虎！」他這麼一吼，趙家人都停下動作，看著渾身都在顫抖，一張白皙的臉被氣得通紅，趙永財兩口子不由得有些擔心。

「你們到底有沒有腦子啊！能不能不要再做蠢事了，我剛剛說的話你們沒聽見嗎？他們能送你們進牢房一次，就能送進去第二次，你們都沒有想過這些嗎？」

這麼一通吼下來，趙志軒的眼眶都紅了，看著還沒反應過來的一家人，他委屈得想哭，為什麼他的家人會是這樣的一群人？

「小虎，你別氣了，我們不去還不成嗎？」趙家老太太見她最疼愛的小兒子這副模樣，心疼得不行，立刻改口說道。

「爹，娘，我在縣學裡讀書本來就不容易，你們能不能別給我添亂了？」趙志軒卻依舊沒好氣地開口。

趙家大哥不同意。「小虎，這怎麼是添亂，明明是王家人欺人太甚！」

「欺人太甚？大哥，那你知不知道和王家退親了的沈家，現在如何？」趙志軒想到王英卓的話，可不覺得那僅僅是威脅。「沈家之前多富有，現在所有的店鋪都變成別人家的了，大宅子變成了小院子，日子恐怕還比不上大姊嫁的那戶人家。」

趙家人瞪大眼睛。

「我不知道這事跟王家有沒有關係，但我知道，沈子青在縣學裡被人排擠得厲害，沒有一個人願意跟他說話，整日裡渾渾噩噩的，這些都是拜王英卓所賜。」趙志軒看著自己家人。「爹娘，你們難道也想我落得那樣的下場？」

「王英卓有那麼厲害？」趙永財表示懷疑。

「爹，你不會以為，王家兄弟都像姊夫那麼好說話吧？算了，你們要是覺得，我們家比沈家還有家底，就儘管去鬧，我也不攔著你們。現在你們就去找他們算帳，看看會有什麼後果。」趙志軒站起身來，一臉無所謂地說道：「就算我在縣學裡混不下去了，還能回家不是嗎？」

「小虎，我們聽你的，不去。」趙永財直到這個時候，終於意識到小兒子是認真的。

「爹，也別再問二姊要錢了，就是二姊給你們，你們也不能收。這一趟，你們還沒有受夠罪，丟夠人嗎？」趙志軒想著回村的時候，村民看著自己的目光，他就渾身不自在。

趙家老太太有些不願意了。「有這麼嚴重嗎？」

「你們到村子裡走一趟就知道了。」趙志軒也不想多說。「還有，沈家的事情，你們也去打聽打聽，看看我有沒有說謊。」

「小虎，你不也是縣學的學生嗎？怎麼那麼怕王英卓？」趙家大嫂有些不明白。

「要和他相比，等我哪天中了秀才再說吧。」趙志軒突然明白，有些事情，跟他們說也說不清楚。「反正我該說的都說了，你們若再找二姊和二姊夫麻煩，占他們便宜，我也不讀書了，回來跟你們一起過吧。」

「不，我們不會了，小虎，你安心在縣學裡讀書啊！」趙家老太太立刻笑著說完，走近兩步。「小虎，一會兒就在家裡吃飯，我讓你大嫂給你做些好吃的。」

趙志軒不著痕跡地退了兩步，感覺他娘身上的酸臭味少了許多，才停下。「不了，娘，我只請了半天的假。你們這幾天受苦了，好好休息吧，我就先走了。」

說完，趙志軒頭也不回地離開趙家，任由趙家人的喊聲在身後慢慢地變小，然後消失。

直到出了趙家村，他才長長地鬆了一口氣，回頭看著自家的方向，下定決心，以後沒有必要，他絕對不回來。

第十四章

討厭的人事如今都順利解決，再加上王英傑的治療效果顯著，大夫說過幾天就可以回村了，王家人一個個的臉上都帶了輕鬆的笑容。

正常來說，這麼多人照顧一個病人，身為孩子的王晴嵐應該很輕鬆自在，管好自己的吃喝玩樂，不給其他人添麻煩就行。

然而，事實恰恰相反。

「嵐丫頭，給四叔倒杯水。」

剛回到客棧，就見四叔坐在搖椅上，水壺、水杯在他伸手就能搆得到的地方，可四叔就是不伸出玉手，非要等著她。

這已經不是第一次了。

「四叔，你四天都沒出門了，這樣一直躺著等吃等喝，真的好嗎？不出去曬會發霉的。」

「我要喝水。」王英奇閉著眼睛，看也不看她，那些話直接當沒聽見。

又是這樣。

「你這麼奴役親姪女，良心過意得去嗎？」王晴嵐將水杯遞了過去，站在一邊，沒忍住抱怨道。

王英奇喝完水，直接把杯子放到她手裡，懶洋洋地躺著。「嵐丫頭，妳這樣很不好，知道嗎？只是給親四叔倒杯水就這麼多話，很不討喜的。」他也像王晴嵐那樣將「親」字加重。

她看著似乎又睡過去的四叔，終於明白兩個堂哥為何這幾日讀書特別用功，估計是早料到了這些。真沒義氣，都不知道提醒她。

「嵐丫頭，去把枕頭拿來。」

王晴嵐鼓起腮幫子，看著四叔依舊沒有睜開眼睛，狠狠地瞪了一眼，才認命地轉身，去拿枕頭。

經過這幾天的折騰，她總算見識到四叔到底懶到什麼程度，絕對是極品中的極品，除了吃喝拉撒之外就是睡。

「嵐丫頭，快過來幫忙！」

剛拿起枕頭，二伯激動中帶著歡快的聲音響起。她抱著枕頭的手臂一緊，深吸一口氣，轉過頭的時候，臉上已經掛起了笑容。

只是，她這笑容並沒有持續多久，只見王英文坐在輪椅上，正因為房間的門檻擋著怎麼樣都進不來房間。

「二伯，這是怎麼了？」出門不是還好好的嗎？

擔心的她完全沒有發現躺椅上的王英奇把眼睛微微睜開一條縫，看了一眼王英文，就閉上眼睛接著睡。

「什麼事情都沒有。別說，這輪椅坐著還挺舒服的。」

聽到這話，王晴嵐很想直接將懷中的枕頭扔到二伯那張笑咪咪的臉上。哪有正常人沒事坐輪椅的，也不怕晦氣。

只是她也就想想而已，沒那個膽子出手。

「快點過來幫忙啊！」王晴嵐把枕頭不算溫柔地放到王英奇身上，然後走到房門邊。

「二伯，我還小，沒有那麼大的力氣。」

「那妳去找客棧的夥計來。」王英文想也沒想就開口說道。

看來二伯也知道屋裡的四叔肯定是不會管他的。

只是，為什麼他不自己站起來，然後把輪椅搬進房間接著坐，願意坐多久她都不會問的。

「傻站著做什麼？快去啊，嵐丫頭，人要勤快些才討喜。」

出門找夥計的王晴嵐已經沒脾氣地不知道該說什麼好了。

等到夥計連人帶椅弄進房間後，她很自覺勤快地給王英文倒了杯水。「二伯，這輪椅是你買的？」

「是啊，今天我去買花種的時候，路過賣輪椅的店鋪，原本沒打算買的，誰知道夥計說鋪子過兩天就要關門，裡面的東西都特別便宜。」

聽到這裡，王晴嵐多少就明白了。

「我想著妳爹回村養腿總會用得上，就買了一個。我自己坐在上面試試，感覺挺舒服的，就轉著它去買東西。」說到這裡，王英文兩眼發光地看著姪女。「妳猜猜這個時候，發生什麼了？」

「我猜不到。」她面無表情地搖頭。

「妳真無趣。」王英文深感興致都被小姪女敗了不少，不過，很快又恢復過來。「我坐著輪椅去買東西，價格竟然比平常要便宜。」

果然又是這樣。僅僅幾天，她就對二伯貪便宜以及摳門的程度有了深刻的認識，為了節省一個銅板，他可以做出各種奇葩事情，就如現在一直坐在輪椅上不願意起來一般。

更讓她覺得神奇的是，王家人對於二伯和四叔這幾天的行為，竟然毫無反應。

就像是現在的飯桌上，四叔暫時放棄了她，服侍伺候的人變成了兩位堂哥，盛湯、盛飯做得極其順手，六歲的娃沒有半點抱怨，四叔一個眼神過去，兄弟兩人就能領會他的意思，把他想吃的菜挾到他碗裡。

最奇怪的是，對此，坐在輪椅上吃飯的二伯竟然一點反應都沒有。要知道，忙活的兩個堂哥中有一個是他的親兒子。

王晴嵐也僅僅是在心裡表示同情，為了不再繼續過這種苦命嵐丫頭的生活，也避免被兩個叔伯氣死，她開口說道：「二伯，我也想跟著堂哥他們讀書習字。」

王家人包括王英文和王英奇聽了這話，看她的目光從瞭然很快就變成了同情，其中以王詩涵姊妹最為明顯。

「不可以嗎？」

她記得兩個姑姑都是能讀會寫的，再想著這些日子三位叔伯對她的教導，應該能行的吧？

眾人搖頭，沈默地看向王英卓。

「妳確定？」王英卓一臉嚴肅地看著王晴嵐，開口問道。

雖然她覺得現在的氣氛有些古怪，但不想當文盲的她還是用力地點頭。

「很好，嵐丫頭，既然妳想學，就要好好地學。下午的時候就從最基本的開始，先跟著偉業他們識字，同樣地，我每隔半個月會考查妳。」

「嗯。」王晴嵐點頭。「多謝小叔。」

「不許半途而廢。」

「我不會的。」她清楚，這樣的待遇在王家村可沒有一個女孩子能有的。

「二哥，嵐丫頭的書本筆墨，你給她買一套。」王英卓無視王英文的輪椅。

「知道了。」王英文倒是很爽快。

吃完午飯，王偉業和王偉義兄弟兩人一人給王英奇端水，一個拿面巾，伺候大老爺似的讓王英奇洗臉、洗手。

等到王英奇再一次躺回椅子上時，王偉業兄弟兩人沈默地伸出手，王英奇似早有準備一般扔過去一個荷包。

兄弟兩人打開，一人拿出一串銅錢，數了數，三十個，滿意地放入自己的小荷包裡，也不打擾四叔閉目養神，轉身就去了隔壁房間。

王晴嵐將這過程看在眼裡。以三人的默契和熟練程度，顯然不是第一次。她再一次將臉蛋鼓了起來，突然覺得好委屈。「四叔，為什麼我沒有？」

「妳沒伸手要啊！我也沒想到，妳會任勞任怨這麼久。」

王英奇懶洋洋的聲音簡直像是一把插入她心口的匕首，好想吐血，特別是四叔睜開眼睛看傻子一樣的目光，她脆弱的心再一次受到沈重的打擊。

「嵐嵐，別難受，小姑給妳。」王詩韻看不下去小姪女那副可憐兮兮的模樣，從荷包裡數出三十個銅板，放到她的小手裡，然後拍了拍她的小肩膀。

「嵐嵐，以後別這麼傻，知道嗎？還好二哥和四哥是自家人，頂多就是讓妳跑跑腿，要是遇上壞人，妳可得長點心眼啊！」

被十三歲的小姑這麼擔心，低頭看著手中有些分量的三十文，她完全沒有被安慰到的感覺，反而更想哭了。

「嵐嵐，怎麼了？」

王晴嵐抬頭，看著小姑姑，突然靈光一閃，明白了一個事實。多半是她上上輩子欠了這家人的債，才會匆匆地結束了上輩子的人生，穿越到這個家裡來，就是為了還債的！

接下來的幾日，王晴嵐倒是沒有被二伯和四叔荼毒，但來自這個家裡對她智商上的打擊，卻是一直存在的。

「嵐妹妹，妳這字真難看。」王偉業一臉的嫌棄鄙視。

王晴嵐欲哭無淚地看著自己寫出來的字，原來毛筆跟鋼筆真的有這麼大的差別，再對比兩個小孩的字，她一臉通紅。

「嵐妹妹，妳要努力哦，半個月後若是妳連《百家姓》、《三字經》和《千字文》都不會背，不會寫，小叔肯定會罰妳的。」

王偉義火上澆油，完全不考慮她的心情。「聽小叔說，我們家背得最慢的就是三伯，整整花了四十天才能磕磕絆絆地背完，妳不會……」

明白他沒說完的話是什麼意思，王晴嵐深吸一口氣，笑得一臉陰險。「我聰明的二哥，你用了幾天？」

她就不信拿出高考時啃書的架勢，還比不上兩個小孩子。

「四天。」王偉義回答。「大哥只用了三天。」

「二弟，你是男子漢，不能這麼要求嵐妹妹，她是姑娘，我覺得只要能像兩個姑姑那般七天背完就算不錯了。」

王偉業的話讓王晴嵐深受侮辱。「哼，大哥，你看好吧，我三天就能背完！」

「呵呵。」然後，她就得到了兩位哥哥這樣漫不經心的回答，以及看著鼓勵實則完全不相信的笑容。

他們這樣的態度，更是激起了王晴嵐的鬥志。

於是，接下來的三天，她陷入瘋魔一般的背書之中，晚上的夢裡都是書本。

「嵐兒，女子無才便是德，讀書沒什麼用，還浪費銀子。」趙氏一臉的不贊同。

王晴嵐知道，她娘的話重點在最後一句，她只當沒有聽見。

繼續悶頭啃書，這樣的努力勁頭，終於讓她成功地在三天之內就將三本啟蒙書籍背完。

「嵐丫頭，很不錯。」驗收了王晴嵐的成果後，王英卓笑著誇獎。「這本字帖我送給妳，好好練習，知道嗎？」

「多謝小叔。」

王晴嵐接過。雖然她對書法並不了解，可看著上面的字就覺得喜歡，想到以後自己也能寫出這麼一手漂亮的字來，開心地笑出了一口白牙。

「不過，要注意勞逸結合，一口吃不出個大胖子，我很看好妳。」

王晴嵐再次點頭，期間還不忘得意地向兩個小孩炫耀，完全沒有注意到王家人的目光裡，同情的成分比之前更多。

第二天，王晴嵐對於讀書之事更熱情，那架勢是恨不得立馬就去考個女狀元來。

「嵐妹妹，我沒告訴妳嗎？大哥三天的時間不但會背，還會寫，我也是一樣，寫的字至少都能看出來是什麼，妳呢？」王偉義湊上前，笑看著她寫出的字。「能否請教妹妹，這是什麼字？」

好心情被影響，王晴嵐拿著毛筆，小身子坐得筆直，板著臉正要下筆，見王偉義還在一邊笑咪咪地看著，直接告狀。「大哥，你管管二哥，他打擾到我了。」

王偉業抬起眼皮看了她一眼，六歲小孩頗為高深地開口。「妳自己心不靜，怪不得旁人。」然後繼續專心地看書。

這是哪家的熊孩子，太討厭了，趕緊拖出去打屁股！

「對了，二哥，小叔那麼厲害，他花了多長時間？」跟這些人相處久了，她的氣來得快、去得也快，寫了一會兒毛筆字，感覺進步不少，就休息一下。

「這是個秘密，妳確定要知道？」王偉義神秘兮兮地開口。「知道了就絕對不能告訴王家以外的人。」

王晴嵐眨眼，點點頭，心裡覺得好笑。一個六歲小孩都能知道的，算什麼秘密？

「小叔有過目不忘的本事，看一遍就記住了。」

王晴嵐瞪大眼睛，她確實是沒有想到，小叔竟是這般的天才和學霸。

「小叔說，這樣的事情要是被別人知道了，特別是縣學的人，容易遭嫉妒。他告訴我們，做人不要鋒芒太露，要懂得藏拙；還有，縣學的先生都喜歡有天賦又勤奮的學生。」

不僅是個天才，還是個心機男，王晴嵐忽然覺得她家小叔才是最深不可測的人。

時間慢慢地流逝。終於，這天，大夫仔細地看了王英傑的腿，點頭讓他回家養著，以後若是沒有意外，只需每個月回來檢查一次。當然也帶回去了好大一包的藥，喝的、用的都有。

這一天，爺爺、奶奶還有大伯都早早地來到縣城，特意接王英傑回家。

這其中最高興的人就是王英傑。每天待在醫館裡，什麼都要花銀子，想到接下來好一段時間還不能掙錢，沒有進帳，他就心疼不已。

不過，即便一家子人早早地就開始收拾，等到收完以後，太陽都掛得好高了。

一大家子推著坐輪椅的王英傑，高高興興地往城外走。有了爺爺、奶奶在，她和兩位堂哥才是小孩子。

沒走多遠，心情很好的王大虎和夏雨霖就給他們買了好些零食。

「小叔，這裡是要建什麼？圍起來的地方好大啊！」王偉業看著一邊的工地，好奇地問道。

王晴嵐順著看過去，確實是很大，她也有點好奇。

「我聽同窗說，好像是要建一座大型的休閒娛樂城，好些大城市都有。據說裡面只要關於吃喝玩樂的，應有盡有……」

後面的話，王晴嵐都沒聽進去，只是愣愣地看著那工地。即使現在陽光燦爛，但在她的眼裡，那個地方就像是一個會吃人的巨大野獸，在將來的某一天會把他們一家子吃得連骨頭都不剩。

此時，渾身冰冷恐懼的她，心裡就只有一個念頭：女主角已經回來了，這位穿越的同胞帶著她的金手指重生回來了……

「嵐妹妹，妳沒事吧？」

王晴嵐聽到聲音，抬頭才發現，家裡人都擔憂地看著她，搖頭說道：「我沒事。」只是她現在表現得完全不像是沒事的樣子。剛才他們都走出好一段距離，她還傻傻地站在原地不動，原本紅通通的臉白得厲害，想哭卻在強忍，黑白分明的大眼睛透著恐懼，若仔細看，小身子還在微微地顫抖。

「有些涼。」夏雨霖用手摸著她的額頭。「嵐兒，告訴奶奶，有沒有哪裡不舒服？」

王晴嵐眨眼，感受著腦門上溫暖柔軟的觸感，看著奶奶眼裡毫不作偽的擔心，還有輕柔的詢問。

在這一刻，她不願意去分辨真假，從未體驗過的、來自親人的溫暖流進了她的心扉，也驅逐了不少的寒意。

「奶奶，我沒事，真的。」王晴嵐笑著說道，不過，笑容很難看。

「娘，嵐丫頭可能是累了，我揹著她走吧。」

「大伯，不用。」王晴嵐用力搖頭，甚至在原地跳了幾下表示自己真的沒有問題。因為在她繼承不多的記憶裡，對大伯的印象就四個字：體弱多病，所以，她哪裡敢讓大伯揹。

不過，她人微言輕，沒什麼作用。

王英武不理她，直接蹲到她面前，兩手往後背一撈，再站起來時，已經將王晴嵐穩穩地揹起來。

夏雨霖轉身，一家人接著往城外走。

第十五章

「站住，小兔崽子，敢偷老子的包子，看我不打斷你的手！」揮著擀麵杖的凶悍男人追著一個全身上下黑漆漆、抱著包子在啃的小孩。

然後，小孩被地上的石子絆倒，砰一下摔趴在地上。

夏雨霖看著跟前的小孩，伸出的雙手沒能將小孩接住，不由得為自己的反應慢而懊惱。剛才那結結實實的一摔，她聽著都覺得疼。

「沒事吧？」活了一大把年紀的夏老太太最喜歡孩子，最見不得小孩受苦，上前小心地把他扶起來。

小孩髒兮兮的臉已經看不出原來的長相，唯獨一雙因為疼痛而流出淚水的眼睛不僅好看，還讓她覺得分外眼熟。

小孩搖頭不說話。

這時，包子鋪老闆已經追了上來，王大虎攔住老闆，給了包子錢。

「包子錢我替他付了，小孩子而已。」

「虎哥，再給這孩子多買兩個。」因為小孩摔倒在面前的緣分，也因為那雙熟悉的眼睛，她一邊用手絹給小孩擦臉，一邊對王大虎說道。

「嗯。」王大虎點頭。

看著面前人溫柔的動作，小孩一直空白的腦子裡突然閃過一個畫面，然後愣愣地看著夏雨霖。

包子很快就買了過來，放進小孩的手裡。見小孩依舊傻傻的，夏雨霖笑著揉了揉他髒兮兮的頭髮，才跟著王家人繼續往前走。

他們沒有發現，小孩呆呆地拿著手裡的包子，轉身目光依舊盯著夏雨霖，許久之後，像是想起什麼了，張嘴好幾次，才吐出一個字來。

「娘。」

然後，小孩空洞迷茫的眼睛出現一絲亮光，跟了上去。

王家人並不知道身後有個小尾巴，歡歡喜喜地坐著牛車回村，到家的時候，午時已經過了好一會兒。

王家的三個兒媳婦由宋氏帶頭，站在院門口已經等了好久，三張臉也曬得紅通通的。

「老三回來了，你們快去把準備好的東西拿出來。」宋氏看著一行人越走越近，連忙對著兩個弟妹說道。

張氏和陳氏點頭，很快就端出一盆水，拿出一把柳枝。

「老三，先等等。」宋氏笑咪咪地說道：「這是昨天娘帶著我們特意去寺廟裡求的符水，你坐好。」

「多謝大嫂。」王英傑一臉感激地說道。

王家其他人散開，宋氏拿著柳枝，蘸了盆裡的水，有模有樣地圍著王英傑轉圈，用柳枝往他身上灑水，嘴裡說著大吉大利的話。

被大伯揹著的王晴嵐醒來的時候，就看見這樣一副畫面。她覺得有些好笑，可見到王家人一個個一臉嚴肅虔誠的模樣，又有幾分感動。

等到轉夠了圈數，宋氏才停下來，一家人有說有笑地走進去。

王英傑的感慨最深。雖然只是短短的一個月，卻覺得恍如隔世，看著熟悉的環境，感覺一顆心都踏實了不少。

「飯做好沒有？」王英武問著媳婦。

「早就做好了，在廚房裡熱著，爹，娘，你們清洗一下就可以吃了。」宋氏說完，轉身跟著兩個弟妹去幫忙倒水。

王詩涵和王詩韻也一同去了。

很快的，飯桌上就擺滿了一大桌子菜，夏雨霖坐在主位，對著宋氏三人說道：「今天辛苦妳們了。」

三人忙搖頭，紛紛表示。「娘，這是我們應該做的，不辛苦的。」

「都快吃吧，別餓著肚子。」她看著一家人都在一起，心裡很高興。

宋氏和張氏有些日子沒有看見兒子，那是想念得很，即便是知道在縣城裡也沒有餓著，如今到了跟前，還是忍不住給他們挾菜，直到碗裡放不下才罷手。

王大虎給娘子挾菜，全是她喜歡吃的。夏雨霖自然也會回報他，每到這個時候，不苟言笑的他都會露出憨厚的笑容。

王英武顧著懶到死的王英奇，王英卓和王英文照顧坐輪椅的王英傑。

王晴嵐看著這一家子和樂的樣子，想了想，也給親娘挾了一筷子菜，得到親娘一個欣慰的笑容。

然而，她心裡的難受並沒有因此而得到緩解。就算是心存偏見的她，雖然依舊覺得這家裡的人或許有各種各樣的毛病，可他們一沒謀財害命，二沒有做傷天害理的事情，再怎麼說也不至於落到人頭不保的下場。

五年後，這裡面還有好些是連十五歲都不到的孩子……

好吧，五年後的她算起來也才十一歲，算是孩子中的一個，不管怎麼樣，她都不想死。

「嵐妹妹，妳真的沒事嗎？」

王偉業有些擔心地看著堂妹。他雖然和二弟經常打擊她，可在心裡還是很喜歡這個妹妹的。

王晴嵐搖頭，看著大哥，心裡更是堵得厲害，想著他們兄妹三個才僅僅十一歲，就被綁在刑場，冰冷的大刀一個起落，他們三個小腦袋就搬了家……這樣的畫面，她僅是想想都嚇得渾身發抖。

王家人的眼力都不差，看著越抖越厲害的孫女，夏雨霖立刻開口說道：「英武，去請楊大夫過來。英文，把嵐兒抱到房間裡去。」

「奶奶，我沒事，真的。」王晴嵐不想喝苦得要死的中藥，見他們都不相信，立刻站起來說道：「我就是昨天晚上沒有睡好，有些睏了。」

夏雨霖看著孫女。王晴嵐瞪大眼睛表示她沒說謊，只是祖孫對視之間，她心裡虛得很。

「那妳去休息吧，我們給妳留著飯，睡醒了再吃。」

聽到奶奶這話，王晴嵐點頭。她也覺得自己現在的狀態很不好，需要一個人好好想想。

看著孫女離開後，夏雨霖依舊對大兒子說道：「吃完飯，你去請楊大夫過來一趟。」

「知道了，娘。」王英武點頭。

因為這一插曲，王家人高興的心情都少了許多，心裡惦記著王晴嵐的他們，很快的結束了這一頓午飯。

回到房間的王晴嵐心裡的恐懼還沒有平復，就聽見門外傳來腳步聲，趕緊跳上床，蓋上被子裝睡。

夏雨霖推開房門。「楊大哥，麻煩你了。」

楊瑞明搖頭走了進去，王英傑怕輪椅的聲音會吵醒女兒，就待在門口，伸長脖子朝裡面看，眼裡的焦急和擔心很明顯。

大夫的手指放在她的手腕上時，王晴嵐除了裝睡，還真不知道能做什麼。

「如何？」夏雨霖輕聲問道。

「沒什麼大礙，就是有些受驚，一會兒我開點壓驚的藥，先喝兩副看看。」

楊瑞明的話讓夏雨霖的眉頭皺了起來，回想著孫女從不對勁開始，確實很像是被嚇著了的樣子。

「多謝楊大哥。」她笑著將大夫送走，讓英武去拿藥，又安排小女兒守著孫女，這才走出去。

「娘，嵐兒怎麼樣了？」

看著兒子被太陽曬得滿頭是汗，她有些心疼。「沒事，大夫說睡一覺就好了。英傑，你也回房休息吧。」

「嗯。」聽到這話，王英傑也沒有勉強。養傷的這一個月，讓他明白身為傷患，最應該做的就是好好養傷，其他的事情就別想了，否則只會給家裡人添麻煩。

有一個人守在身邊，還是有作用的，至少王晴嵐現在就不怎麼害怕了。

只是她的心再大，這個時候也是睡不著，便絞盡腦汁地想辦法。

無論在哪裡，弱肉強食都是不變的真理，要想擺脫五年後的那場死劫，只有一條路，讓王家強大起來，強大到可以和女主角對抗的地步。

只是，這根本就不可能。

女主角父親是國舅，姑姑是皇后，外祖是丞相，進皇宮是家常便飯，經常和皇子們談天說地，和公主們暢遊御花園。

而他們家，最厲害的就是她家小叔。可再有出息、有才華，五年的時間要創造出同等的背景，簡直是癡人說夢，所以，靠小叔走仕途肯定是沒用的。

再說書上寫到，五年後，她家小叔依舊是一個小小的秀才。因為是炮灰，所以一筆帶過，但以她對小叔的了解，這其中肯定是出現了什麼變故。

仕途這一條路行不通，那麼經商呢？

這個想法一冒出來，就被她否定了。除非能做到富可敵國的地步，掌握整個王朝的經濟命脈，否則，怎麼抵抗人家那滔天的權勢？

別說她沒有那個能力，就算有，他們家也得有那個與之相匹配的背景才行，要不然很有可能五年還沒到，他們就提前找死了。

至於農業和工業，呵呵，道理都是一通百通，對方太強大，他們又太弱小，五年的時間，她怎麼想好像都只有死路一條。

或者可以劍走偏鋒？她不是有金手指嗎？

想到這裡，王晴嵐直接在心裡苦笑。女主角可是有一個包治百病的靈泉空間，而且人家的空間還能夠儲物，她的呢，不提也罷。

至於她知道書中劇情，那又怎麼樣？蝴蝶效應她懂，況且她只知道書中寫出來的，而那些沒寫出來的內情，她不知道並不代表這位重生的女主角也不知道。

所以，沒救了，她就慢慢地等死？

王晴嵐心裡的痛苦糾結沒人知道，而此時的王家，也迎來了一位不速之客。

王英武拿著藥回家，看見一小團黑影窩在院門口，上前才發現是一個小孩，還是他們今天在縣城裡見過一次的孩子，手裡依舊拿著兩個包子沒吃。

「醒醒，醒醒。」王英武伸手搖了搖小孩的小肩膀。

有些昏昏欲睡的孩子抬起頭，一雙大眼睛無神地盯著王英武，不說話，也不動。

「你怎麼會在這裡？」王英武同樣覺得那雙眼睛無比熟悉，加上他自己也有孩子，所以多了幾分耐心，開口問道。

小孩像是沒聽到一般，抱著腿蜷縮成一團，繼續盯著他。

「不會是聾子吧？」王英武小聲地嘀咕，到底不忍心扔下他不管。「這裡曬，要不跟我進去歇會兒，喝點水，吃點東西？」

一直沒有反應的小孩立刻站了起來，手裡還拿著那兩個包子，黑白分明的眼睛期待地看著面前的人。

王英武笑了笑。「那就走吧。」

這個時候，王家院子裡沒有幾個人。

「武哥，這孩子是？」

「在我們家門口看見的，我看著可憐，就把他帶進來，妳給他倒杯水。」王英武將手中的藥遞給宋氏，想著這孩子髒兮兮的，怎麼著也得先洗個手再吃東西，於是伸手去牽他。

誰知道這個看著有些傻的孩子，聽到堂屋裡傳來的聲音，一陣風似的跑了進去，王英武連忙追過去。

堂屋裡，王大虎在做木工，夏雨霖繼續繡沒完成的屏風，王英文一邊整理他的東西，一邊給他們說著這東西在哪裡買的，便宜多少錢；他對面的王英奇躺在軟椅上，緊挨著的茶几上擺著水和點心。

小孩是奔著夏雨霖去的，完全不管她面前的屏風和手裡的繡花針，直接就撲到她懷裡。

「娘！」因為許久沒說話，稚嫩的聲音有些沙啞。

夏雨霖的心思倒是沒有在他的稱呼上，而是看著因為自己反應太慢，沒來得及收回的繡花針在此時沒入了這孩子的手臂，嚇了一跳。

她連忙鬆開手。「沒事吧，先別亂動，我把針拔出來。」看著只剩下連著繡線的針眼，心裡有些難受。「別怕，不疼的。」

小孩卻是一點也不配合，抱著夏雨霖不鬆手。

「乖乖的，聽話好嗎？」擔心一個不好，這孩子會更痛，夏雨霖連忙拍著他的肩膀，小聲哄道。

屋內連同跟著進來的王英武幾個男人，都懷疑他們是不是聽錯了。「爹，他剛才喊娘了？」

「我沒聾。」王大虎一句話就證實了不是他們的錯覺。這一下，王英文也顧不上他的便宜貨了，王英奇直接從軟椅上坐了起來。

「哪來的倒楣孩子，娘是能亂認的嗎？」王英文反應過來，笑著說道：「估計是今天見娘好，所以就一路跟過來的。」

王英奇點頭。「那現在怎麼辦？」

「我的繡花針扎進他的肉裡了，虎哥，你幫我一下。」夏雨霖確定自己一個人搞不定懷裡這個不知痛的固執孩子後，向王大虎求救。

他一出馬，繡花針很快就拔了出來，小孩依舊在她的懷裡不肯鬆手。

夏雨霖是個非常愛乾淨的人，這孩子一身髒污，也不知道多少日子沒洗澡，味道實在是很不好。

只是，這皮包骨頭小小的一團，緊緊地抱著她，生怕她會離開的小模樣又讓她不忍心。於是，皺著眉頭忍了一會兒，見宋氏端著水進來，開口說道：「紅梅，妳去燒點熱水，這孩子該好好洗洗了。」

王家眾人齊齊點頭。真臭。

很快的，宋氏就將熱水燒好，端進洗澡間，跟婆婆說了一聲，想了想又進去燒了一鍋。那麼髒，要洗乾淨，估計之前的水不夠用。

夏雨霖勸了許久，也沒能讓這個孩子放開雙手，沒有辦法，只得抱著他去洗澡間。

進了洗澡間，見他還是沒動靜，王英武看不下去直接上前，兩三下就拉開他又扒了他的衣服將他扔進洗澡桶裡。期間，小孩不住的掙扎，濺起了不少水花。

「娘！娘！」小孩的叫聲有些慌亂，看見夏雨霖後，手腳並用地往外爬。

「別亂動！」王英武在他光溜溜的屁股上拍了一下，力道並不大。

所以，小孩一點感覺都要沒有，繼續撲騰，期間還喝了好幾口洗澡水。

「你聽得懂我的話，對嗎？」雖然小孩的表現有些古怪，但夏雨霖不認為能從縣城跟著他們回家的孩子會是個傻子。

聽到她的聲音，小孩不動了，只是看著她，也不說話。

夏雨霖笑得更溫柔，然後指著她衣服上的污漬。「你看看，這就是你不洗澡才弄髒的，聽話，乖乖洗澡，我不離開。」

「娘。」

小孩再次叫了一聲。夏老太太想了想，終於明白這孩子不住叫她的意思，無奈地點頭。

「乖，別亂動，我們好好洗澡好不好？」

得到回應，孩子的眼裡閃著喜悅。他就知道那些乞丐都是騙他的，他娘怎麼可能會不要他？

果然，接下來小孩十分乖巧，配合得很。當然，髒也是非常的髒，直到第二次清洗的時候才好多了。

只是，逐漸露出原來面貌的孩子，讓王家人越看越不對勁。

「虎哥，你有沒有覺得他很眼熟？」

王大虎點頭。「和老大、老二小的時候很像。」

「我倒覺得他和娘更像一些。」王英奇開口說道：「再胖一點，就更像了。」

他們家除了三哥，長相都隨娘，如今這小孩，拉到外面去說不是他們王家的人估計都沒人信。

等洗好澡後，給他穿上孫子的衣服，袖子和褲腳都要挽起好長一截，鬆鬆垮垮地掛在小孩的身上。

看著亦步亦趨緊跟著自己的孩子，夏雨霖越看越是喜歡，只是，要不要留下他，還得跟大家商量。

然後，王家一大家子除了在苦惱的王晴嵐，都來到堂屋，沒見過他的王家人都覺得很神奇。

「他真的是我八叔嗎？」活潑的王偉義打量了小孩許久，開口問著家裡的大人。

「別亂說。」張氏瞪了一眼兒子，心裡想著，這孩子那麼像婆婆，如若不是這些年婆婆在外面待的時間從來沒有超過半個月，就算是家裡人信她，村子裡的人恐怕都會說閒話的。

這一刻，她突然慶幸婆婆沒有什麼親戚可走。

「這孩子你們也看見了，我和你爹他們剛才也問過他，似乎什麼都不記得，只認準我就是他娘。」夏雨霖一邊說、一邊笑著捏了捏小孩的臉頰。

小孩仰起頭，原本無神的眼睛亮晶晶地看著她。他什麼都不記得，唯一記得的畫面就是在一棵柳樹下，一個女人用手絹給他擦臉。

今天在縣城的時候，記憶中原本模糊的臉，慢慢地清晰起來，所以，他才會一路跟過來。

「娘，妳喜歡就養著，反正家裡也不缺這點糧食。」王英武最先開口說道。

這是一方面，另外一方面也是同樣不忍心這個和他們長相有七、八分相似的孩子再次變成乞丐，四處流浪。「其實我覺得這就是老天爺的安排，不然，怎麼會那麼巧，這孩子就長得這麼像。」

這話深得夏雨霖的心。

王英文和王英奇同樣沒有意見，也覺得他們都大了，爹娘再養一個兒子在身邊，免得無聊也挺不錯的。

第十六章

「既然要養，我覺得索性正式一些，做我們王家的老八，入我們王家的族譜，爹娘當親生兒子一般養著，我們也把他當親弟弟對待，無論在生活上還有心中都是同樣對待。只是，這孩子的來歷倒是要好好想想，怎麼跟村長大伯說。」王英卓想了想，接著說道：「不過，我覺得總歸是件好事，人多力量大，多一個兄弟以後也多分助力。」

「老五說得對，添丁就是喜事。」王大虎贊同這話。

因為長相的原因，王家人對這小孩的接受程度都很高，而對於宋氏她們來說，王英卓最後一句話無疑是最打動她們的。

「那就這麼決定了，我和虎哥還年輕，能夠掙錢，多養活一個孩子還是沒有問題的。紅梅，一會兒我就把這孩子的生活費給妳。」夏雨霖笑著說道。

「娘，說的什麼話。」王英武想要反駁，被她抬手阻止。

「規矩是我立下的，怎麼能做出爾反爾的事情，這事就這麼定了。」

聽到這話，心裡最高興的就是宋氏，不過，想著丈夫的性子，她想了想開口說道：「娘，身為八弟的大嫂，妳總不能攔著我們，不讓我們照顧八弟吧？」

宋氏會說這話，讓王家所有人都刮目相看。

王英武卻是一臉的憨笑，眼裡的滿意怎麼都掩飾不住，越看自己媳婦就越是喜歡。

「八弟頭三個月的生活費由爹娘出，我們是長房，和爹娘一樣，也出三個月的生活費，二弟、三弟還有四弟，每房人出兩個月的生活費，這樣加起來剛好一年。」

宋氏在心裡算了一筆帳，如此分攤下來，直到八弟結婚生子她也花不了多少錢；最重要的是，她能看出來，因為自己這舉動，相公非常高興。

得到這個效果，她更覺得親娘的話有道理。

「妳一直學妳婆婆，可妳從來沒有看明白，妳婆婆最大的本事，就是把她相公和兒女的心都籠絡住了，對於女人來說，沒有什麼比這更重要的。妳看看妳婆婆，從來不爭不吵，她缺吃缺喝了嗎？妳倒是什麼都要爭搶，生怕吃虧，結果呢？妳有比其他人吃得好還是穿得好？」

想到娘說這話的時候，眼裡閃過的悔意，以及告誡她千萬不要步自己的後塵。說當初她和婆婆吵，和妯娌爭，讓相公夾在親娘、兄弟和媳婦之間很難做人；最後雖然熬死了婆婆，和妯娌們也分了家，可她和相公之間的感情也在這些爭吵之中，消磨得所剩無幾。

「大嫂，妳這話我就不同意了，同樣是做哥哥、嫂子的，怎麼你們出三個月，我們就只出兩個月，這是看不起我們嗎？」張氏不傻，怎麼會看不出來大哥和大嫂現如今噁心巴拉的眉來眼去，說得好像她不會為相公爭臉面一般。

「翠娘說得對。」王英文立刻支持自己媳婦。

剛開始還覺得大哥、大嫂噁心的張氏，被自己男人這麼說，又在暗地裡摳她的手心，讓她一臉通紅，渾身都散發粉紅色的泡泡。

王英奇看著兩個嫂子有爭吵起來的架勢，笑著建議道：「要不這樣，三哥家現在困難，他的那兩個月就分攤在我們四房和二房上，等到三哥把傷養好後再出也可以。」

既然已經決定養著這個孩子，一家人商量好以後，王大虎就去找村長。

對於這個自小看著他長大的大伯，他並沒有像家裡商量好的那樣說這個孩子的來歷，而是說實話。

王家在王家村也算得上是大家族，入家譜、族譜都是很重要的事情，所以，聽過之後村長就跟著王大虎來到王家。

見到那孩子的模樣，確實是像姪兒所說的那樣，放下心來，也有些明白他們為什麼要收下這個孩子。

很有可能是老天爺特意給他們送來的，這要是不順從老天爺的意思，會遭報應的。

不反對這事後，他便詢問。「名字想好了沒有？」

王大虎開口說道：「想好了，叫英越，王英越。」

「幾歲了？」村長聽到這個名字，滿意地點頭。一聽就知道是順著老五的名字取的，看來確實是真心接納這孩子的。

「不清楚，看著四、五歲的樣子，問了他，他也不知道。」

「那就算五歲吧。生辰如何寫？」因為要入族譜，這些都要問清楚。這些家裡剛才就商量好了，王大虎直接回答。「這些我們都不知道，孩子自己也記不清，想著生辰就算在今天，八月初六。」

時辰說的是他們在縣城第一次相遇的時間。

「我知道了。」王成全點頭，目光掃了一眼王家的其他人，眼裡帶著警告。「看這孩子的長相就是和你們家有緣的，我想著，估計是老天爺不忍心他繼續在外流浪受苦，才會安排你們遇上，好好待他，會有福報的。若是有什麼不好的心思，誰也不清楚惹怒老天爺會有什麼後果。」

王家人包括夏雨霖在內都點頭。對於這些事情，他們就算不像村長那麼相信，也是抱著寧可信其有、不可信其無的想法。

「入族譜的事情交給我就行。大虎，從今天起，這孩子就是你的親生兒子，知道嗎？」

王大虎再次點頭。「知道了，大伯。」

接著，王成全又問了英傑的一些情況，見他確實比之前重傷的時候氣色好很多，整個人看起來似乎還胖了一些，很是滿意。

他就說嘛，他們王家的人，怎麼會做出在兒子受傷的時候將其攆出去這樣無情的事情，一定是老三自己想太多了。

這麼一想，又勸慰了王英傑好幾句，這才離開。

家裡多了一口人，所有的東西都需要多準備一份。

於是，王家的男人準備房間，女人收拾被褥枕頭；至於王英越的衣服，則交給姊姊王詩涵和王詩韻。

特別是王詩韻，她終於也是姊姊了，即使這個弟弟看起來瘦巴巴的，臉上又沒有什麼表情，只會像個小尾巴一般跟著娘，可在她的眼裡，是怎麼看都覺得很可愛。

特別是他叫自己「七姊」的時候，她就想著，以後多做些好吃的，把這孩子養得跟偉業他們一樣白白胖胖的，肯定會更可愛。

王偉業兄弟倆也不讀書了，用新奇的目光研究著這個新八叔。

等到一家子人終於將老八的房間收拾好，天都有些黑了，宋氏等人趕緊去準備晚飯。

「小韻，妳去看看嵐兒，還在睡的話，就把她叫醒，不然晚上不好睡。」夏雨霖牽著身邊小八乾巴巴的小手，對著小女兒說道。

被認為睡了一下午的王晴嵐，實際上一點都沒睡，頭皮都快抓破了，還是沒有想出半點法子，聽見小姑叫她後，只得起床。

「奶奶，他是誰？」心裡惦記著事情的王晴嵐，直到吃晚飯的時候，才發現奶奶身邊坐著一個小不點，開口問道。

「嵐兒，這是妳八叔。」夏雨霖笑容很慈愛，特別是看著這孩子規規矩矩、乖巧吃飯的樣子，再一次給他挾了一筷子菜。

「八叔？」王晴嵐有些發懵。這才一下午，怎麼就冒出一個八叔來？

王英越聽見有人叫他，就放下筷子，將嘴裡的飯吞下後才抬頭看著王晴嵐。

「小八，這是你三姪女。」夏雨霖介紹。

王英越沈默了一下才開口。「三姪女。」

王家人對此見怪不怪，經過一個下午的相處，他們已經有些了解他們家的小八。雖然很罕言寡語，但禮儀不差，之前會偷包子，可能是餓極了。

「八叔好！」王晴嵐帶著禮貌的笑容叫道。

等到把事情弄清楚後，她最先想到的不是家裡多了一口人，她多了一位五歲的叔叔，而是五年後，刑場上又多了一個腦袋搬家的未成年孩子。

「小八，乖乖吃飯，嵐兒，妳也吃。」

夏雨霖看著對望的兩個孩子，覺得有些好笑。

王晴嵐看著一大家子完全不知憂愁的模樣，一面感嘆無知是福，一面又覺得十分委屈。她在費心費力地想辦法解決以後的生死劫，這些人卻還有心思往家裡領養孩子。

吃過晚飯，收拾好後，王家人在堂屋裡又圍著新來的老八聊了一會兒，這才各自去漱洗，準備睡覺。

「嵐兒，晚上跟奶奶睡吧。」想著楊大夫的話，夏雨霖叫住了王晴嵐。受了驚，一個人睡容易作惡夢的，小孩子不像大人，驚醒以後肯定會更害怕。

王晴嵐看著奶奶，點點頭。今天下午，她腦子裡想了許多恐怖的畫面，有個人陪著睡也好。

只是，問題來了。王英越被帶到自己的房間，卻怎麼也不肯上床睡覺，緊緊抓著夏雨霖的衣服，仰頭看著她。

「小八，你也要跟娘睡？」

王英越堅定地點頭。

最後，一張床上就睡了四個人，王晴嵐挨著夏雨霖，王英越睡在夏雨霖和王大虎中間。

好在這床是夏雨霖出嫁的時候做的雕花大床，兩個大人和兩個孩子睡在一起都不覺得擠。

「睡吧。」

等到他們三個都躺好後，王大虎吹滅了油燈，也跟著上了床。

考慮到孫女今天受驚，兒子又是第一天來到她身邊，夏雨霖輕聲哼著舒緩的調子，哄著他們入睡。

最先睡著的是王英越。從他有記憶的時候就一個人流浪，這還是第一次睡軟軟的大床，再加上緊緊地靠著娘，他覺得分外安心，很快就進入夢鄉。

王晴嵐有些彆扭。心裡本來就沈甸甸的，原本以為會睡不著，聽到奶奶哼歌的時候，還撇嘴覺得幼稚，她又不是真正的小孩子。

調子哼完後，床上除了夏雨霖自己，其他三人都睡著了。

八月的晚上已經有些涼了，她伸手將睡在邊上的相公還有孫女的薄被掖好，這才躺下，拍了拍因她的動作而有些不安的小八，才閉上眼睛。

可能是因為日有所思、夜有所夢，王晴嵐有意識的時候，發現她已經被捆綁在刑場上，整個人都有些反應不過來。

不是還有五年時間嗎？怎麼這麼快！

夏雨霖是被孫女沈重又急促的呼吸驚醒的，她伸手去摸孫女的腦袋，一手的汗。「虎哥，醒醒，嵐兒的情況不對。」

她這一說話，王英越就醒了過來，瞪大眼睛，見娘已經坐起來。

雖然還睏，他依舊跟著起身。

王大虎醒來後，連忙點了燈，湊近一看，眉頭皺了起來。「我去燒點熱水。」

「嗯。」夏雨霖看著孫女，腦門上全是汗，表情極其痛苦，手伸進被窩一摸，孩子的裡衣都被汗水濕透了。「虎哥，把她的藥也熱一下。」

「好。」王大虎點頭，走出房間。

「嵐兒，醒醒，醒醒。」夏雨霖拍著孫女的臉開口叫道，只是孫女不僅一點反應都沒有，冷汗流得更厲害，小臉上的表情可以說是驚恐到極致。

「不要，不要！」接著，就見孫女不但開始說起夢話，手腳還在不斷地亂舞亂踢。「滾開，快點滾開！」

嘶啞淒厲又絕望的聲音讓夏雨霖很心疼，伸手將孫女抱起，不停地拍著她，安撫她。只是，效果並不顯著。

「啊！」一聲尖利的叫聲在寂靜的夜晚突兀地在王家的院子裡響起，幾房人都被驚醒了。

夏雨霖緊緊地抱著王晴嵐，低頭看著孫女已經睜開眼睛，這一次不僅是拍著了，還像嬰兒一樣搖著她。

可很快的，她就發現不對勁，孫女似乎還陷在惡夢之中沒醒過來。

「嵐兒，沒事的，別怕。」

最先奔進來的是距離他們最近的王英卓。

「英卓，你來得正好，去你三哥那裡，告訴他們嵐兒只是作惡夢，讓他們不要太著急。」夏雨霖開口說道。

她擔心兒子和兒媳婦一著急，慌裡慌張的，一個不顧自己的腿傷，另一個不管自己的肚子，要是再出點什麼事情就不好了。

「嗯。」王英卓點頭。

「嵐兒。」夏雨霖再一次開口叫道，伸手在她的眼前揮了揮。只見王晴嵐的眼珠子都沒動，黑漆漆的，彷彿什麼都看不見一般。

這時，王大虎端著熱水進來，很快就把面巾遞到她面前。夏雨霖接過面巾，一邊給孫女擦拭，一邊哄道：「嵐兒，不怕，夢裡都是假的，奶奶在這裡呢！」

實際上，王晴嵐睜開眼睛的時候就已經醒過來了。

只是，夢裡的場景太可怕，讓她即使知道是夢，都嚇得渾身發冷。

原來被砍頭並不是最可怕的，還有更駭人的。

眼睜睜地看著烏鴉、野獸啃食親人的屍體，恐不恐怖？看著大哥他們的臉慢慢地變得殘缺，嚇不嚇人？

最重要的是，即使醒過來知道是假的，但作夢的時候，那種身臨其境的真實感受足以讓她毛骨悚然。

她是怎麼醒過來的？只剩腦袋的她，在一堆的殘肢斷臂之中，鼻尖彷彿還能聞到腥臭。然後，看著一隻烏鴉帶著尖利的嘴直衝著她的右眼而來，那插入眼睛發出的聲音似乎還在耳邊……

即使在那之後，她立刻就醒了過來，可她似乎還能夠感覺到右眼的疼痛。

「奶奶，是真的，不是夢！」

這樣的夢，讓王晴嵐整個人都處在崩潰的邊緣。一閉眼，夢裡的場景就會活靈活現地出現在腦海裡，即使現在被奶奶抱著，身上裹著被子。

她依舊覺得冷，不是一般的冷，是那種彷彿赤身裸體置身於冰窟之中刺入骨髓的寒冷。

「別怕，就算是真的，也有奶奶在，無論是什麼壞蛋、怪物，奶奶都會替妳打倒的。」雖然心疼，可夏雨霖說話的語氣依舊沈穩輕柔，帶著安撫。

「妳不知道，妳什麼都不知道，憑什麼覺得妳能打敗那些壞蛋！」王晴嵐直接衝著夏雨霖吼道。

吼完之後，又覺得自己幼稚無比，發脾氣有什麼用，問題並不能因此解決。

「好，好，奶奶不知道，妳可以告訴奶奶。」

夏雨霖對此一點也不在意，只當孫女作了惡夢，現在還在害怕，這樣吼出來若是能好一些也不錯。

窩在她懷裡的王晴嵐不知道該怎麼辦了。

告訴她，又有什麼用？不過是多一個人陪著自己遭罪；若是他們對她不好，她倒是不會猶豫，可來到這裡這麼久，她確實沒有受到過這家人的虐待。

只是又想著這麼大的事情，她一個人承擔著，也太不公平了，怎麼想都覺得有些委屈。

「那要是很可怕呢？」想了想，無法決定的王晴嵐決定將選擇權交到對方手裡。

對於孫女的惡夢，夏雨霖並不覺得會可怕到什麼程度，孫女要是願意說出來，估計就不會再恐懼了。

「奶奶活到現在這個年紀，什麼都不怕！真的！」這話說得很有自信。

王晴嵐抬頭，看著夏雨霖。「這可是妳說的，被嚇到了可不怪我。」

「不怪，要是被嚇到了，也是奶奶自己膽小。」夏雨霖覺得好笑，之前兒子就說嵐丫頭小心思多，機靈得很，現在看來果不其然，心眼真不小。

王晴嵐終於一咬牙，將她的惡夢說了出來，一邊說還一邊看著奶奶的臉色，想著要是一不對勁就停下來。

只是見她一直都很平靜，心裡覺得有些不可思議。

剛說到大哥他們腦袋掉到地上，親娘斥責的聲音就響了起來。

「嵐兒，妳胡說八道什麼！」

順著聲音看過去，就見屋子裡已經有一大堆人，好些人的臉色都難看得很，她突然想到，古人很忌諱這些，肯定會認為她在詛咒大哥他們。

其實她也能理解，若是有人這麼說自己，心裡恐怕也不會高興的。

「行了，嵐兒沒事，你們都回去休息吧。」夏雨霖看著孫女垂著腦袋，表情也有些頹喪，回頭對著一大家子說道。

「娘，辛苦了。」王英傑坐在輪椅上看著自己的雙腿，笑容有些發苦。

「英傑，你是我兒子，嵐兒是我親孫女，說這話就見外了。」夏雨霖笑著說道。

「都回去吧，你們在這裡待著也沒什麼用，我們要是真累，明天還可以休息。」

聽到爹娘都這麼說了，王家的人也就沒再堅持。

第十七章

等到房間內只剩下四人後，夏雨霖笑看著孫女。「嵐兒，妳接著說，奶奶不怕。」

雖然孫女的惡夢遠遠超出她的意料，不過，她還真是不怕。年輕的時候，正是動亂年代，各種各樣死狀的人都親眼見過不少，早就免疫了。

而王大虎當過兵、殺過人，更不會怕了。

至於王英越，在王晴嵐還沒說出惡夢之前，已經挨著夏雨霖睡著了。

這個奶奶膽子還挺大的，王晴嵐確定她不是裝的以後，深吸一口氣，接著說。

這次直到最後，都沒人打斷他們。

「嵐兒，妳摸摸，妳的眼睛還好好的，脖子也沒事，所以啊，都是假的，不怕啊！」這麼說著，她就拿著孫女的手去摸自己。

其實夏雨霖更擔心的是，小小的孫女應該是從沒有遇見過這樣的場景，就是聽故事，也沒人給小孩講這方面的，那麼，她為什麼會作這樣的夢？是不是跟白天受到的驚嚇有關？

只是，白天的時候，明明孫女一直沒有落單啊！

她一輩子見過太多無法解釋的事情，想不明白也就先放下了，安撫孫女要緊。

將惡夢說出來後，王晴嵐心裡的恐懼並沒有如夏雨霖想的那般減少，畢竟只有她清楚，若是不能改變，他們一家子就是那樣的下場，人頭落地不說，恐怕連個收屍的人都沒有。

不過，對於奶奶的話，她也不覺得意外，誰讓她年紀小呢？

夏雨霖把孫女的身體用溫水擦了一遍，再換上乾淨的裡衣，把藥餵給她喝，重新將她放進被窩。「別怕，接著睡，爺爺，奶奶都守著妳。」

王晴嵐點頭，閉上眼睛許久都沒有睡著。她不敢睡，就怕再作更恐怖的夢。「奶奶。」

「嗯？」夏雨霖第一時間小聲地回應。

「沒事，妳是想知道奶奶睡了沒有？沒睡，妳安心睡吧。」

祖孫倆說話的聲音很小，卻讓王晴嵐安心不少。「奶奶，要是我跟別的孩子有什麼不一樣的地方，妳會不會覺得奇怪或者害怕？」

夏雨霖皺眉，想到她以前似乎也遇到過這樣的情況，有些孩子能夠看見其他人看不到的東西。

雖然是這麼想，不過，她還是伸手，慢慢地摸著孫女的小腦袋，笑著說道：「怎麼會？沒有誰和誰是一樣的，一點也不奇怪。剛才奶奶不是說了嗎？奶奶膽子大得很，什麼都不怕。」

「哦。」王晴嵐應了一聲，不知道該不該相信奶奶的話。

只是，想到自己一個下午都沒有想出個法子來，她也想找個人商量，不然，可能五年的時間還沒有到，她就會死於驚嚇或者心力交瘁。

不過，怎麼開口又是另外一個問題。

皺著眉頭想了許久，確定了一個比較可行的法子，才開口說道：「奶奶，我覺得我夢到的都是真的，妳相信我。」

夏雨霖倒是想點頭，說她相信，可是又擔心這孩子當真了，接著就可能會被嚇得更狠。因此，她選擇避開這個問題。

「好了，嵐兒，我們不想這個了，想想其他開心點的，好不好？」

祖孫倆一來一回地說了許久，在王晴嵐眉頭都打成死結的時候，依舊是來回地繞。

夏雨霖覺得孫女可能還沒有從惡夢中走出來，不敢睡，所以耐心地陪著她說話，盡力地往好的方面引導。

王晴嵐覺得奶奶一點都不明白自己的心思，總是把話題從惡夢中繞開。

心思不一樣的祖孫就這麼一扯一拉，原地不動。

終於，王晴嵐決定再直接一點。「奶奶，妳就不問我為什麼會作這樣的惡夢嗎？」

「為什麼？」聽見孫女直接提起，夏雨霖小聲地問道，心裡覺得好笑，再機靈終究是小孩子，心裡藏不住事，或許她說出來，才能減輕心裡的害怕。

「奶奶，妳還記得我們今天在縣城路過一個很大的工地嗎？」為了怕奶奶忘記，或者又把話題轉移到別的地方，接著補充道：「大哥還問過小叔的。」

「記得，怎麼了？」夏雨霖不露聲色，聲音依舊輕而溫柔，心裡卻想著，難不成那個工地很多年前是亂葬崗、戰場，或者是刑場什麼的，所以孫女才會看見不乾淨的東西，作這樣的惡夢？

「我覺得那個工地很恐怖，像會吃人的野獸。」王晴嵐在心裡斟酌著用詞。「奶奶，在那裡，我看見一雙可怕的大眼睛。她看著我的樣子，就像是凶惡的野狗一般，隨時準備撲上來，把我咬死。」

此時已經是深夜，四周很安靜，王晴嵐的聲音非常小，情緒平穩，可從她的描述，夏雨霖可以聽出來孫女的心裡必定是害怕極了。

想了想，她開口說道：「不怕，明天奶奶去城外的道觀請個道士去那個地方看看。妳放心，奶奶多花點錢，請個最厲害的，要是那裡真的有鬼怪，也會被道長給收了的。」

當然，她說這話也不是哄孫女的，無論有沒有作用，都是真的打算這麼做。畢竟孫女被嚇到是事實，她擔心這事若是解決不好，可能會在孫女心裡留下一輩子都散不去的陰影。

王晴嵐期待地等了好一會兒，卻沒想到奶奶竟然會往這方面想，難道這就是所謂的代溝？

「奶奶，我知道妳還是不相信，但我說的確實是真的，我隱約看到那個大工地建成後叫做『逍遙人間』，那個工地的主人有個很特別的姓，『第二』。」王晴嵐小聲地開口。「奶奶，若這兩個都是真的，那麼我作的夢也有可能會在以後發生的。」

夏雨霖聽了這話，摸著孫女腦袋的手慢了下來。她並不是立刻就相信了孫女的話，而是惡夢若只是惡夢，她不怕，可關係到一家子的性命，她覺得謹慎總是沒錯的。

況且，她自己的經歷本身就很神奇，這樣的神奇再出現在孫女身上，並不是一點可能都沒有。

孫女透露的兩個訊息，第二個不好查，但第一個還是好問的。

「嵐兒，奶奶相信妳，妳好好睡覺，這事奶奶放在心上了。」

「可是……」王晴嵐有些著急。奶奶的語氣太平靜，讓她覺得奶奶根本就在哄小孩子。

「睡吧，相信奶奶，睡一覺起來就好了。」夏雨霖接著說道：「嵐兒，妳現在還小，就算妳所說的事情會發生，都交給爺爺、奶奶，還有家裡的大人來處理，知道嗎？」

聽到這話，王晴嵐已經不知道該說些什麼好了。感情上她能理解，可理智上卻快要被逼瘋了。

「睡吧。」輕緩的聲音在她耳邊響起。

王晴嵐嘟嘴，真的閉上眼睛，心想著，不管就不管，到時候真出事可別怪她沒提醒。

夏雨霖聽著孫女的呼吸越來越沈，知道她睡著後，才換了個姿勢躺好。

「霖霖？」

「嗯？」對於相公還沒睡，夏雨霖一點都不意外。「虎哥，這事你覺得呢？」

「放心，無論如何，我都不會讓妳有事的。」

王大虎沒有說信與不信，只是，這話對於夏雨霖來說已經是最動聽的了。

「我知道。」

然後，兩人也沒有再說話。在安靜的環境中，王大虎很快就睡著了，夏雨霖卻是睜著眼睛一直到天亮。

身邊的孫女雖然睡著了，卻睡得很不踏實。她躺在旁邊，感覺到孫女的不安，就伸手拍拍她，直到平靜後再停下來。

這麼反覆折騰到天矇矇亮的時候，孫女竟然開始發燒，人卻冷得牙齒都在顫抖。

夏雨霖讓王大虎去請楊大夫過來，自己拿著溫熱的面巾給她擦拭冷汗。聽見孫女叫冷，又給她蓋了一床厚被子，冷汗流得更快，喊冷的孫女卻依舊沒有停。

楊大夫來看了以後，皺起眉頭。「受驚過度引起的。我重新開藥，要是中午還沒有緩解的話，你們就帶她去縣城看看。」

「娘。」送走楊大夫後，宋氏把夏雨霖拉到一邊，小聲地說道：「我覺得嵐丫頭可能是碰到髒東西了，我們村有個厲害的神婆，要不我回去一趟，請她過來給嵐丫頭看看？」

「行，紅梅，讓英武套了牛車送妳回去。」不管那個神婆有沒有真本事，夏雨霖想著試試總無妨。

宋氏點頭，沒一會兒就和王英武離開了。

昨天晚上孫女所說的話，夏雨霖是放在心上的。「英文、英奇、英卓，你們跟我來。」停頓了一下，又對著守在床邊的王英傑說道：「英傑，你腿不方便，有什麼需要直接叫你兩個妹妹，知道嗎？別嵐兒沒事，你把自己折騰病了。」

「嗯。」王英傑點頭。

說完，夏雨霖牽著小八的手，帶著三個兒子走進書房。

路過院子的時候，她想讓小八在院子裡玩，可惜他依舊抓著她的手不放，最後只得將他也帶了進去。

有些疲憊的她直接將昨晚和孫女的對話告訴三人。「有些事情，是寧可信其有、不可信其無，何況是關係到我們一大家子的性命，所以，我想問問你們的看法。」

一向笑咪咪的王英文收起笑容，王英奇眉頭皺起。

王英卓一臉的凝重。「娘，『第二』這個姓非常稀少，在我的印象裡，只有一個家族是這個姓，可是，那應該是不可能的。」

「是誰？」

夏雨霖和王英文兩兄弟都沒想到，老五還真知道，這對於他們來說可算不得是好消息。

「五弟，你不會是跟人家結仇了吧？」

面對二哥的問話，王英卓直接甩了個白眼過去。「我知道的那一位，就是當今皇后，她就姓『第二』。你覺得我有資格和她結仇嗎？」

另外三人沈默了。皇后娘娘，這來歷確實是太大了些，若是他們家被這樣的大人物惦記上了，還真是沒有一點反抗之力。

「娘，是與不是，讓五弟回縣城向他的同窗打聽一下，府城裡的休閒城叫什麼名字，不就有結論了嗎？」王英文的笑容有幾分勉強。他有種預感，這恐怕是真的。

再看娘和兩位弟弟的表情，恐怕他們也是這麼想的。

「娘，這事不對。」王英奇回想著這些日子與王晴嵐相處的場景，慢慢地說道：「嵐丫頭的腦子或許不是我們家最好的，但在我看來，她的膽子、韌性，卻是幾個孩子中最好的。她一再強調那惡夢是真的，我覺得不是憑著她說的這兩點，或許嵐丫頭在這件事情還有隱瞞也說不定。」

「這也不奇怪，膽子再大，也不想被當成異類。」王英卓贊同四哥的分析。「我一會兒就回縣城，這事等我回來再說。」

王英文點頭。

「英文、英奇、英卓，我知道你們兄弟都很聰明，如果真的發生什麼事情，我希望你們能答應我，無論在什麼情況下，都不能不管你們的爹。」夏雨霖這話說得很慢，一臉的坦然。昨晚她就在想這個事情，也趁著這個機會說了出來。

聽著親娘像是交代遺言的模樣，兄弟三人都變了臉色。「娘，妳說什麼話？爹和妳，我們都不會不管的。」

三雙眼睛看著平靜的夏雨霖，然後，王英卓開口問道：「娘，為什麼要這麼說？」

「或許這場禍事是我給你們帶來的。」夏雨霖笑著說道：「剛才英卓你說到皇后娘娘，我就在想，可能是夫人家裡會出事。之前沒有告訴你們，大少爺升了吏部尚書，這是我唯一能想到的可能。」

三兄弟臉色一變。吏部尚書掌管著整個大康的官員選拔，倒是有極大的可能會得罪皇后娘娘。

「如果真是這樣，到時候我會讓你們爹給我一封休書。這樣雖然你們可能還是會受些影響，但我想保命應該沒問題。」夏雨霖是真的不怕死，她最怕的是因為自己而連累到丈夫和兒子，那樣的話，她就是死也不能瞑目。

「娘！」三人同時叫道。

「娘只是個丫鬟而已，況且那還是二十多年前的事情，就算他們家出事，也不一定會牽連到妳的。」王英文開口說道。

夏雨霖搖頭。「你不懂，當年我們四個在府城的名聲比起那些千金小姐都不差的，況且這些年來，每年都會帶走那麼一大車子東西，府城的人不是瞎子，還能看不明白？多少人心裡嫉妒著，我想著夫人家一倒，我肯定是逃不了的。」

王家三兄弟想勸娘從此以後不要再和他們家聯繫了，可這話怎麼也說不出口，那家的夫人對娘來說是再生父母，他們知道娘不可能會答應的。

「這事還沒發生，或許只是我們杞人憂天，很可能什麼事都沒有。」夏雨霖笑著安慰三個兒子。

三人點頭，至於有沒有把她的話聽進去，還有他們是怎麼想的，也只有他們自己最清楚。

王晴嵐是被吵醒的，睜開眼睛，就見床前站著一個全身黑衣的矮小婆子，手裡拿著個枴杖，嘰哩呱啦地說著她聽不懂的話，手舞足蹈的模樣讓她一下子就想到了神婆。

「醒了，醒了！」宋氏高興地說道：「還是宋婆婆厲害。」

見王晴嵐醒來，神婆停止了跳舞，看向宋氏。「紅梅，最好再去寺廟裡給她求個護身符，避免以後再發生這樣的事情。」

宋氏點頭，然後笑咪咪地送走神婆。

當然，出了房間，就塞給她兩百個銅板，帳自然是記在三房身上。

「嵐兒，感覺怎麼樣？」王英傑關心地問她。

「爹，我餓。」王晴嵐倒是沒覺得有什麼不對勁，腰不痠，頭也不疼，就是肚子餓得厲害，感覺四肢沒什麼力氣。

「別起來。」王詩涵把要起床的王晴嵐按回床上。「妳等一下，姑姑給妳煮了肉粥，等妳吃完後，好好睡一覺，就什麼事情也沒有了。」

「謝謝涵姑姑。」王晴嵐點頭。

肉粥很香，就是親爹用小勺子慢慢地餵，很不解饞。

不過，她再一次體會到來自親人的溫暖。以前她生病，沒親人、沒朋友的她，除了一個人熬著，還能怎麼辦。

哪裡像現在，衣來伸手，飯來張口，稍微一皺眉頭就有人詢問，第一次被親人圍著轉的她覺得這種滋味實在是太好了。

如果沒有五年後的事情，這樣的生活可以說完美了。

午時，王英卓匆匆地趕了回來，只是臉上的表情並不好看。

因為他問了秦懷仁，不僅是他們府城的娛樂城叫逍遙人間，整個大康，只要稍微富裕的城鎮都有一個逍遙人間。

能建造這麼多的娛樂城，背後的主人肯定是有著強大的背景，再加上嵐丫頭並沒有出過富陽縣，在縣城接觸過的人雖然不少，但秦懷仁說過，整個縣城知道那個工地也叫逍遙人間的屈指可數。

還有，這麼大的事情，不可能是嵐丫頭能夠胡編亂造出來的。

所以，這事情多半是真的。

王家另外三個知情人看見他的表情就知道答案，想到娘的話，心裡就難受不已。對方那麼大的來頭，他們又能做什麼？

短暫的迷茫後，心裡又湧出強烈的不甘。讓他們就這麼眼睜睜地看著，或者按照娘的話去做，怎麼可能？那可是他們的親娘！

既然是這樣，那還不如拚一拚，就算到時候還是一樣的結果，大不了一家人到地下去，還不是一樣的團圓。

飯桌上，所有人都感覺得到氣氛不對勁，誰讓王英文、王英奇還有王英卓三人的臉色越來越難看。

張氏和陳氏有些擔心地看著自己相公，想問又不敢問。

王英武剛開始就問了，沒人理他，讓他覺得很沒面子，有些氣悶，板著臉也不說話。宋氏很有眼色地跟著不說話，趙氏小心翼翼地吃飯。

王詩韻姊妹倆時不時擔心地看著，王偉業兄弟三人乖得很，知道這個時候不能調皮惹事。

最正常的就是夏雨霖、王大虎還有王小八，前者知道情況，既然已經有了決定，她就不會害怕。

王大虎也猜到一些，不過他想的是，就算是事情再大，他這三個聰明的兒子都能夠解決，所以不擔心。

王小八一直面無表情，乖巧地吃飯。

突然，王英文兄弟三人齊齊地放下碗筷，倏地一下站起身來，嚇了飯桌上其他人一跳，紛紛抬頭看著他們。

然後，就見這三人抬腳離開，方向是王晴嵐的房間。

「娘，你看他們，現在像什麼樣子？還有沒有規矩！」王英武看著三人的背影，很不滿地說道。

夏雨霖拍了拍大兒子的手。「英武，別氣，娘去看看，你們都好好吃飯。」看著小八跟著起身。「小八，乖，娘去昨晚我們睡覺的那個房間，你乖乖在這裡吃飯。」

王小八無神的目光閃了閃，還在猶豫，就被王大虎拎到身邊坐下。「霖霖，妳去吧，我會看著他的。」

夏雨霖點頭，跟了進去。

第十八章

臥房內，突然闖進來的王英文三兄弟把正在享受溫馨午餐的父女倆嚇了一跳，特別是看到三人的表情。

「二哥、四弟、五弟，你們怎麼了？」王英傑很擔心。

「沒事，三弟，你先出去，我們來看看嵐丫頭的情況。」兄弟三人話是這麼說，可表情完全不是那麼一回事，甚至話一落，王英文就已經推著王英傑往外走了。

兄弟倆在門口遇上夏雨霖。

「英傑，去飯桌上吃，吃完後休息會兒，嵐兒交給我們，你就放心吧。」

王英傑點頭，並沒有懷疑什麼。

坐在床上的王晴嵐聽到奶奶的聲音，心裡不由得鬆了一口氣。看來奶奶還是把她的話聽進去了，只是三位叔伯這麼氣勢洶洶的模樣，她有些被嚇到了。

母子四人在王晴嵐的床前坐下，王英文直接開門見山。「嵐丫頭，妳還有什麼沒說的，直接說出來！」

「二伯，你們相信我？」王晴嵐聽到這話，倒是覺得有些不可思議。夢到未來會發生的事情，怎麼聽都有些不切實際吧？

不過，現在不是追究這個的時候，三位叔伯相信的話，說不定大家齊心協力，事情還會有轉機。

四人都沒有錯過王晴嵐的表情，也看出她的高興和期待。王英卓想也不想就斬釘截鐵地說道：「不相信。子不語怪力亂神，妳覺得我們是傻子嗎？會相信這麼荒唐的事情。」

「啊！」

這轉折，讓她有些反應不過來，看向二伯和四叔，兩人同樣是不信的表情。

夏雨霖眼裡閃過一絲笑意，在孫女看過來的時候就收了起來。

「奶奶，妳是相信我的吧？」不能這麼對她，她只是一個孩子，就算接下來想到了法子，要實行的話，也得找自家人幫忙才行。

王晴嵐一臉期望地看向奶奶，只要她相信，二伯他們肯定會聽奶奶的。

「嵐兒，不著急，奶奶相信妳。」夏雨霖笑著說道。

王晴嵐心一鬆，還沒來得及高興，就聽見四叔的話。「嵐丫頭，妳若是再敢蠱惑我娘，別怪我不客氣。」

聽到這話，王晴嵐心裡有氣，怎麼說得她跟邪教徒一樣。

「四叔，關於逍遙人間和『第二』姓的事情，我是真的沒有騙奶奶。你不信，我可以發誓。」王晴嵐說著就要舉手發誓，卻被奶奶給握住了。

「嵐兒，誓言可不能亂發，會應驗的。」

聽到這話，王晴嵐就更氣了，敢情奶奶只是哄著她的，並不是真的相信。

她再一次煩躁起來，抽回手，沒好氣地說道：「這可是關係到我們一家人的性命，我會拿這樣的事情開玩笑嗎？」

「我們是安分的人家，一不偷、二不搶，更不會做違法之事，哪裡來的性命之憂。」王英文一臉的嘲笑。

「禍從天降，二伯不會不知道吧？」看著二伯臉上的笑容，王晴嵐被激得滿臉通紅，心中燃燒著熊熊怒火。

她這麼勞心勞力地為他們著想，結果還被嘲笑，她真是、真是……

於是，自從穿越以來，知道自己是炮灰後便壓抑住的情緒在這一刻爆發了。

「啊！」王晴嵐突然大叫一聲，暴躁地拿起枕頭，扔到王英文身上，吼道：「笑、笑，你就知道笑！我告訴你，天災人禍，發生以後我們誰都跑不了！五年後將會有一場遍布整個王朝的蝗災，戶部、吏部尚書都會被問責！二伯，你還不知道吧，奶奶以前的少爺就是吏部尚書，我們家會因此而受牽連，一個都跑不了！我的二伯，我看你被砍頭的時候還能不能笑出來！」

王晴嵐的話說得又快又急，停下來之後，整個人也在不停地喘氣。

果然如此，夏雨霖心裡並不覺得意外。

好在她把門關上了，這個房間與堂屋吃飯的地方又隔了好一段距離，家裡其他人聽不到，不然，整個家恐怕會大亂。

王英文兄弟三人陷入沈思，腦子轉得很快。

嵐丫頭說的是五年後，現在雖然已經八月了，不過，怎麼算，他們應該都有四年的時間做準備。

蝗災有多嚴重，他們都知道，說是民不聊生都不過分，或許可以從這方面入手。

發洩一通後，王晴嵐心裡果然好過許多，頭腦也清醒了，然後一看眾人的表情，情況不對啊，難道是被她說的事情嚇到了？

「嵐兒，別怕，事情會解決的，交給奶奶就好，知道嗎？」原來孫女心裡還藏著這麼大的事情，夏雨霖安撫地說道。

「奶奶。」王晴嵐還沒有說話，就被王英文他們給打斷了。「娘，還有五年的時間，妳先讓我們試試，好不好？說不定會有轉機。」

王英文的話是這麼說，但他們心裡早就有了決定。

「好。」夏雨霖笑著點頭，能夠活著，她當然不願意死。「不過，你們也不要逼自己逼得太緊，不是還有時間嗎？」

這已經很好了，不管怎麼樣，她還能陪著他們一些時日。

聽著他們的對話，王晴嵐一頭霧水。

「嵐丫頭，妳還有沒有知道又沒有說的？」王英卓目光直直地看著姪女，心裡有點生氣。這麼重要的事情，她瞞著做什麼？「妳應該知道，我們是一家人。」

「我……」王晴嵐被這樣看著有些心虛。不對，等等，他們不是不相信她嗎？怎麼現在又這樣說？

突然，她眼前一亮。「你們剛才是騙我的？」

「呵呵。」王英文再一次露出標準的嘲笑。「妳是覺得我們會把妳當成妖怪，然後把妳燒死？妳也太小看妳家叔伯了，嵐丫頭，二伯對妳真的很失望。」

「嘿嘿。」這個時候，王晴嵐除了笑，還真不知道該怎麼說，她確實是有這方面的擔憂。

實際上她清楚，對於這一家人，即使沒有最初的那麼防備，可若是沒有一點戒備是不可能的。

「說吧，妳還有什麼瞞著我們的。」王英奇沒打算讓她蒙混過關。

「沒有了，這次是真的沒有了。」空間的事情，她是誰也不準備說的。

王英文等人並不相信，誰讓這個姪女有前科。不過，他們也不打算再問。

「好了，嵐兒，妳好好休息。這事妳也不要想了，我們會解決的。」夏雨霖沒有勉強孫女。「妳放心，這事我們誰也不會說的。」

聽到奶奶的話，王晴嵐呆了一下。

再看見三個叔伯也跟著點頭，一副不用她再管的樣子，這是要卸磨殺驢的意思嗎？也太快了吧。

「奶奶，你們怎麼解決？」好吧，她承認好奇的同時，並不信他們這麼快就想到了辦法。

夏雨霖摸了摸她的腦袋，笑著說道：「嵐兒，妳現在最重要的是養好身體，小孩子操心太多不好。」

王晴嵐剛想反駁，王英文點頭贊同娘的話。「是啊，嵐丫頭，會老得快。」

「還會長不高。」王英奇接著他二哥的話。

「會變蠢。」最後，王英卓也加了進來。

才怪，明明這件事情是她最先知道的，現在卻將她排除在外。她可以肯定，要是不知道他們的方法，她絕對無法安心。

再說，這可關係到自己五年後能不能活命，不親眼看著，她怎麼能放心。

「奶奶，我僅僅是看見一個工地就能想到那麼多，妳讓二伯他們帶著我，說不定以後還會想起其他的來。」

看著孫女認真的建議，夏雨霖沈默了一會兒，才嘆了一口氣。「嵐兒，心眼太多，不會覺得累嗎？」

既然被看穿，王晴嵐也不掩飾，搖搖頭。「奶奶，我不累。」

「行啊，等到妳二伯他們想到法子後，我就讓他們帶著妳。」夏雨霖看著孫女逞強的樣子，平靜地說道：「現在妳好好睡覺，把身體養好，不要讓家裡人擔心才是最重要的。」

原來還沒有想到辦法啊，她就說嘛，就算這些人比她聰明一點點，也不會這麼快就想到解決辦法。

「到時候別扯後腿！」王英文兄弟三人齊齊說道。

達到目的的王晴嵐不在意他們的冷臉及不滿，帶著開心地笑著點頭。「二伯、四叔、小叔，你們放心，我肯定乖乖聽你們的話，說不定到時候還能幫上忙。」

對於這話，三人再一次露出嘲諷的笑容。

「也不著急這一、兩天，嵐兒，快些休息吧。」夏雨霖看著兒子們和孫女的互動覺得有些好笑。

王晴嵐點頭。「奶奶，放心，我很快就會好的。」

一直埋在心裡的大事有人分擔後，她深感肩上的擔子輕了不少，渾身都輕快許多，一個下午都躺在床上呼呼大睡，什麼夢也沒有作。

「娘，是不是出什麼事情了？」母子四人出去後，王英武立刻上前詢問。

不過，看著已經跟往常沒有什麼兩樣的弟弟，他又有些懷疑。

「是有點事情。」夏雨霖看著大兒子。「英武，我們家這段日子頗為不順，我想讓你下午帶著你兒媳婦去寺廟裡給家裡人求些平安符回來，再添些香油錢。心誠一些，說不定能轉運。」

「好。」王英武想也不想就點頭答應。

午休醒來後，夏雨霖問了家人，知道三個兒子依舊待在書房裡，給他們泡了一壺茶，端了進去。

「娘。」三人開口叫她，皺著眉頭，顯然商討的結果並不是很好。

「放鬆一下，也不差這點時間。這茶葉是夫人給的，聞著很香，你們嚐嚐。」

三人點頭，慢慢地喝茶，味道確實是不錯，只是，三人皺著的眉頭依舊沒有鬆開。

「有頭緒了嗎？」夏雨霖開口問道。

這事說起來還真不好辦，權勢的好處，她在前世就深有體會。

「嗯。」王英文點頭。「我們怎麼想都覺得，這事主要還是得靠四弟，或者有一線生機。」

「經商？」夏雨霖一愣，問完之後就陷入沈思。

「娘，這是速度最快的，只是只有五年的時間，我真的沒有一點把握。」王英奇臉上帶著苦笑。

在這方面一向極為自信的他，在之前絕對沒有想到有一天會說出這樣的話。

「我和五弟會幫你。」王英文開口說道。王英卓點頭。

「二哥，你來幫我可以，五弟，我始終覺得你還是繼續讀書更好。」這也是三人歧異所在。

「四哥，要是讀書能救命，我肯定接著讀，可明顯五年時間是不夠的，就算我放棄原來的計劃，明年考了舉人之後就參加會試，用接下來三年的時間經營，不說絕對沒有可能勝過那些人的權勢，就連保住全家人的實力也不會有。」王英卓贊同王英文的話。

現在，夏雨霖進來了，三人說完各自的意思就看著她。

「英卓，你繼續讀書，會試還是按照你原先的想法進行。」夏雨霖笑著說道。

四年多的時間是有難度，可不算大，況且若執行的是她的四兒子，她就更有信心，畢竟前世她家老四就做過同樣的事情。

就算這一世兩人之間有差距，可不是有她嗎？

「娘。」王英文和王英卓同時叫道。

「先聽娘說完。英奇，你覺得沒有把握，問題在哪裡？我們一起想辦法。」夏雨霖笑著說道：「英卓，若是你兩個兄長就可以做好，你就接著讀書。」

王英卓點頭，這倒是可以。

「問題的關鍵在於五年後的那場蝗災，若是我們有辦法解決這次災害帶來的饑荒，即使只能解決一半，我想，用這個換取我們一家子的性命應該是沒有問題。」

王英奇開口說道：「因此，我們賣的東西最好是和糧食有關，這樣方便我們囤積糧食。」

「就算是一半，數目也不小。我們的鋪子得開多大，才能在四年之內儲存那麼多的糧食。還有買糧總是需要資金，我們家雖然不窮，但那麼大一筆銀子，我估計整個大康能拿出來的都不多。」

方法是沒有問題，可執行起來太難了，他們或許是太異想天開了。

聽到他們這麼說，夏雨霖就想到以戰養戰的方法，想了想說道：「既然有人已經在大康建立了大型的娛樂城，那麼我們未嘗不可以也用同樣的方式，在各地開設大型的百貨鋪子。只要日常生活用得到的，我們都賣，所賺的錢除了接著開鋪子，其他的都用來囤積糧食。」

王英奇思考著他娘的話，這倒是可行，只是還有一個很重要的問題。「娘，我們沒有背景，一旦做大就會引起各方注意，到時候恐怕……」

他的話沒有說完，因為看見娘親臉上有些古怪的笑容，他覺得娘親已經有了主意。

「英奇，你有沒有聽說過一個詞，叫做狐假虎威，也就是借勢。」前世，她的四兒子就是這麼做的，不好聽的說法叫做空手套白狼。「我們家是沒有背景，但我們沒有必要像人家一樣，在大康各地都取一樣的名字，生怕別人不知道他們是一個東家一樣。」

王英奇再次陷入沈思，整個人因為親娘的話而豁然開朗。其他人也不打擾，約莫半個時辰後，他的眉頭終於鬆開。「雖然有些冒險，但若是計劃周密，這法子確實是可行。」

「英奇，選好第一個開鋪子的地方，娘先跟著你一起去。還有我們這裡的府城不要是第一個，也不要是最後一個；至於京城我們得避開，反正蝗災再嚴重，京城受到威脅的可能都比較小。」

夏雨霖想了想開口說道，她這麼說的用意十分明顯，三人心領神會。

王英奇點頭。

「這就行了？」王英文有些不明白。開鋪子真的這麼簡單嗎？可想到每年家裡掙錢最容易的就是四弟，又覺得很正常。

「這應該是現在能想到最好的法子。」王英卓也笑著說道。

不過，他的腳步也不打算放慢，後年參加會試，他想先一步去了解京城。

因為他們都知道，這個法子最多就是保住性命，卻不能保證他們不會因為被牽連而不受罪。

當然，若是最後連命都保不住，大不了就同歸於盡，把所有囤積的糧食都燒了，至於那些難民，跟他們有什麼關係？

「娘，還是妳厲害。」王英文笑咪咪地說道。

「你們都很厲害，只是娘比你們多活了些年頭，等你們到了我這個年齡，肯定會更厲害的。」對於兒子的教育，她一項是奉行小時候嚴加管教，長大了就支持鼓勵。

有了努力的方向，幾人心裡都鬆快不少。

第十九章

天快黑的時候，王英武和宋氏卻是帶著一臉的怒火回來。

「大哥，怎麼了？」

宋氏想說的，結果被相公拉住袖子，抬頭一看，竟然是小姑子，想到今天在寺廟裡看到一對吵架的夫妻，連忙借用他們吵架的緣由。「沒事，你大哥偷看漂亮媳婦，我和他吵了幾句。」

王英武一聽這話，剛喝進去的水差點都噴出來。這是什麼話，哪有這麼找藉口的。

「大哥，你真的……」

面對妹妹的目光，他都不知道該點頭還是搖頭，乾脆一轉頭，不說話了。

王詩涵卻以為他這是默認，還沒說話，小妹不滿的聲音便響起。

「大哥，你怎麼能這樣？大嫂這麼漂亮，你還偷看別人的媳婦，我告訴爹娘去，他們肯定會揍你的！」說完，她一陣風似的跑了出去。王英武拉都來不及，宋氏也有些傻眼，被丈夫一瞪，連忙露出討好的笑容。

見大哥還不知錯，王詩涵不想理他，乾脆去廚房幫二嫂炒菜。

「相公，現在怎麼辦？」宋氏問相公。

王英武沒好氣地說道：「我怎麼知道。」

只是，看著臉色不好的親娘走進來，後面跟著幸災樂禍的三個弟弟時，他趕緊站起身來。

「娘，這都是誤會，紅梅，妳快跟娘解釋啊！」

宋氏點頭。「娘，真的是誤會。」

「紅梅，妳別怕，若是英武真的做出這樣的事情，娘幫妳教訓他。」夏雨霖拉著宋氏的手說道。

她和以前的夏雨霖選兒媳婦的標準不一樣，後者最注重樣貌，根據繼承的記憶，現在的四個兒媳婦，當姑娘時都是她們村裡的村花。

雖然這樣有些草率，可有一點是正確的，選擇漂亮的兒媳婦，生下來的孫子、孫女都是漂亮可愛的，看看偉業他們現在的長相就知道了。

「娘，真的是誤會。」宋氏對於婆婆站在她這一邊很滿意。不過，丈夫的臉都黑了，她還是趕緊解釋清楚吧。「剛才是六妹妹這麼問，我才那麼胡謅的。娘，六妹妹退親的事情傳開了，我們在縣城裡聽到好些說閒話的，我想，很快就會傳到我們村子裡來。」

後面的話讓夏雨霖微微皺眉，隨後鬆開。「這事遲早會傳開的。小韻，這些日子妳姊姊出門的話，妳就跟著，凡是妳在村子裡聽到說閒話的，無論是當著妳們的面還是背著說的，妳就給我揍，出了事有妳爹擔著。」

王大虎點頭。別的地方他不敢保證，可王家村，完全可以說是他的地盤。

「放心吧，爹，娘，我一定會保護好姊姊的。」王詩韻拍著小胸脯保證道。

第二天，她就真的把村子裡最愛說閒話的幾個嫂子給揍得鼻青臉腫，帶著姊姊昂頭挺胸地回家。

那幾個嫂子剛嫁過來王家村沒有多久，回家訴苦，家人聽了這話，非但沒有給她們作主，反而把她們數落了一頓，有的還挨了打。

「妳啊，有沒有點眼色？村子裡嘴巴最不乾淨、最蠻不講理的賴婆子都沒有說一句，妳以為她是不知道這件事情啊，她是知道這事不能拿出來說！」

「妳、妳公公的命是大虎兄弟救的，要是沒有他，這世上壓根兒就不會有妳相公這麼個人，妳這是恩將仇報啊！」

然後，幾個新媳婦跟著自家公婆和相公，帶著家裡的好東西，乖乖地去王家道歉。

王家的人本來就多，如今再加上這些人，原本寬敞的堂屋就顯得有些擁擠了。

「你們這是做什麼，女人的事情就交給她們去處理。東西我們收下，你們今天來了也別走了，我讓她們做一桌好酒好菜，我們兄弟好好說說話。」王大虎倒是真不介意。

他剛才掃了一眼那幾個女人的臉，自家閨女下手沒有留情，再說，他更相信交給媳婦來處理，這些敢說閒話的回去還會有苦頭吃。

來賠罪的男人都笑著點頭。

王大虎帶著堂屋內的男人走出去，把戰場留給自家媳婦。

這時，院子裡的涼棚下已經放著一張方桌子，上面擺著花生米、瓜子點心，還有酒壺酒杯、碗筷這些，至於菜，還在廚房的鍋裡炒著。

家裡有客，夏雨霖帶著宋氏在堂屋內接待，除了懷孕的趙氏，另外兩個兒媳婦、兩個女兒都在廚房裡忙。

這不，男人們剛離開，兩個兒媳婦就以最快的速度將堂屋收拾好，然後動作俐落地端上茶水點心。

開口叫大娘、嬸子喝茶的聲音不大不小，聽在耳朵裡很舒服，再加上兩人即使在家裡也很注意穿著打扮，和這些大娘、嬸子的兒媳婦比起來，那簡直就是太賞心悅目了。

等到兩人離開後，夏雨霖笑容親切地說道：「大嫂子，妳們別客氣，這些點心都是我那幾個兒媳婦閒著沒事在家做的，先吃點，若是覺得好，回家的時候給家裡的孩子帶些，不值什麼錢。」

宋氏跟著點頭。

幾個婆婆吃了一口，覺得味道比起在縣城裡買的都不差，又多吃了兩個。「妳真是個有福氣的，兒媳婦手藝又好又勤快，做事還索利。」

「她們啊，沒事就愛研究這個。」夏雨霖笑著說道。

「大娘妳過獎了，是娘教得好，我剛進門那會兒，還什麼都不會呢。」宋氏聽了婆婆的話，臉上的笑容更燦爛。

她也不是真傻，自然知道在長輩面前謙虛。當然最重要的目的就是碾壓這些說自家小姑閒話的媳婦，她們越是優秀，這些人回去日子就會越難過。

夏雨霖笑得一臉慈愛。「讓妳們見笑了，我這兒媳婦，別的本事沒有，就是嘴巴甜，成天就知道哄我開心。」

幾個婆婆看著這一對婆媳互相吹捧，相處起來和親母女沒有兩樣。

再看看自家的兒媳婦，即使有一、兩個頭上插著金簪，手上戴著金鐲子，可對比只有戴著一支銀簪子的宋氏，怎麼看都是天差地別。

等到中午吃飯的時候，一嚐味道，再聽著院子裡自家男人大聲的誇獎，又想著身邊兒媳婦做的菜，心情更是不好。

聽說，回去以後，將近一個月的時間，村子裡都沒有人看見那些媳婦的身影，再次見到的時候，整個人都瘦了一圈。

對此，夏雨霖表示很滿意。有那個時間說別人家女兒的閒話，還不如多和婆婆培養感情。

這事發生兩天以後，王晴嵐的身體徹底好了，她還沒有去問二伯關於五年後事情的打算，就被王大虎叫住。

「爺爺，有事？」

「跟我來。」此時，王大虎右手拿著一把長木劍，左手拎著三把同樣式卻小了好多的木劍。

王晴嵐跟在他身後，心裡疑惑。這不是前幾天爺爺做的木工嗎？她以為是給兩個大哥和四弟做的，沒想到還有自己的份。只是她是姑娘家，用小木劍當玩具真的好嗎？

他們走到後院，這裡除了一塊菜地之外，還有一個很大的空地，跟外面的院子一樣，用石頭鋪得整整齊齊。王偉業和王偉義兄弟，此時已經站在空地，一直喜歡裝大人的小孩現在一臉興奮，雙眼火熱地盯著王大虎手裡的東西。

「嵐丫頭，過去站好。」王大虎開口說道。

王晴嵐一臉莫名其妙，不過，還是乖乖地和兩位哥哥站成一排。

王大虎看著三個孫子、孫女。「你們現在已經六歲了，我也是在你們父親六歲的時候，將這些東西教給他們的。這個先給你們，以最快的速度背熟。」然後從懷裡掏出三張紙，分別遞了過去。「嵐丫頭若是有不認識的字，可以問我。」

王晴嵐低頭，看著上面的字跡，她認識，是小叔寫的，密密麻麻的。「爺爺，現在就背嗎？」

「嗯。」

得到答案的王晴嵐，側頭看著兩個哥哥。他們此時已經旁若無人地背了起來，雖然不知道有什麼用，可她總不能連小孩都比不上吧？

結果顯然她在記憶力方面還真比不上兩個哥哥，等她背熟後，兩位堂哥已經等得一臉不耐煩了。

王大虎收回三張紙，然後直接點燃燒了，面無表情地把三把小木劍分給三人。

「你們看好。」

接著，王晴嵐就瞪大了眼睛，看著爺爺把木劍舞得虎虎生風，頗有幾分世外高人的架勢。難不成爺爺還是武林高手？

走神的結果就是兩個哥哥都學會了招式，她還在努力。好在一個上午的時間，她也全部學會了。

「剛才給你們看的心法，你們配合著練，效果會更好。」王大虎開口說道：「這些東西，你們只能傳給自己以後的兒孫，知道嗎？」

三人點頭，王晴嵐終於忍不住開口問道：「爺爺，你會飛嗎？」

在她的印象裡，武林高手都是會飛的，而會飛的才叫做高手。

「我資質不好，悟性也差，並不會飛。」王大虎倒是不覺得有什麼不好意思的，面無表情地說著。

「那爺爺，你的師父呢？」

「我不知道。」對於這事也沒什麼不好說的，對於師父，他是心裡感激。「當初我是打獵的時候撿到師父的，那時候他深受重傷，臨死之前教給我這套劍法和心法，要不是這樣，當年去從軍，我說不定就回不來了。」

王晴嵐有些失望，原本以為有什麼傳奇經歷呢，原來就是這樣啊。想來爺爺的師父也不是什麼厲害的人物，不然，怎麼也得留下什麼權杖或者玉珮，交到給他送終的人手裡，繼承他的勢力，這才是主角套路。

三個小孩跟著爺爺回到前院，就收到親爹的接待。

「偉業，你一定要好好地練。爹的腦子不好使，你卻很聰明，要是讓我知道你偷懶了，我就打你。」王英武笑呵呵地對著兒子說道，宋氏一副與有榮焉的模樣。他們雖然不聰明，可這個兒子連小叔都說過，腦子是極好的。

「好好努力。」王英文倒是沒有多說，說完這句就轉頭看著媳婦。「翠娘，那些銀子給大嫂，小孩子練功夫，特別費體力，要記得給兒子補補。」

「相公。」張氏剛點頭，那邊宋氏就看向王英武，意思很明顯。

「補，都補。」說完，想著三弟家的情況。「嵐丫頭也跟著補，妳記著帳就行。三弟，等腿好了記得還。」

王英傑感激地看著大哥。

「嵐兒，盡力就好。」二哥說嵐丫頭自尊心強，個性也爭強好勝，他擔心閨女比不上兩個哥哥，心裡難受，才會這麼說。

只是，王晴嵐完全不明白親爹的擔心。「放心吧，爹，我一定會努力的。」

這樣的機會可不是哪個穿越女都能有的，說不定她天資過人，以後會成為一代女俠。

「奶奶，四叔和小叔呢，怎麼沒有看見他們？」

午休過後，王晴嵐覺得有些事情不能再等了，不然，她可能又會作惡夢。至於練功的事情，等她問完以後再說。

夏雨霖看著孫女，知道她擔心什麼，直接把她帶到房間裡。「嵐兒，我們已經想出辦法了，妳不用擔心，奶奶不會讓妳有事的。」

「真的假的?!」一副「奶奶不要騙我」的模樣。不能怪她會這麼想，誰讓奶奶還有她的三位叔伯，說真話假話的時候都是一個表情，她完全不知道該如何判斷。

「真的！」夏雨霖笑咪咪地摸著孫女頭頂的小髮髻。「奶奶不騙妳。」

「那是什麼辦法？」王晴嵐有些急切地問道。

「這樣急躁可不行，會傷肝的。」夏雨霖說話一直都是慢悠悠的，見孫女急得眼睛都紅了的模樣，有心磨一下她的性子。「奶奶又沒說不告訴妳，妳急什麼？」

王晴嵐聽著這話，直接就翻了個白眼。

果然這一家子都是來折磨她的，交流起來怎麼就那麼費勁呢？還傷肝，命能不能保住都說不定，肝再好又有什麼用？

「奶奶，妳就告訴我吧！我每天都怕得睡不著覺。」

夏雨霖點頭。「妳別搖，我說。只是妳要答應奶奶，以後遇事多冷靜地想想，就算是心裡再著急，也不要表現出來，不然會給人浮躁，不可靠的印象。」

「嗯。」王晴嵐連忙點頭。話是聽進去了，至於能不能改，她可不能保證。畢竟她不是真的小孩，性格脾氣什麼的，已經養成很多年了。

「奶奶，妳快說啊！」

夏雨霖看著又催促自己的孫女，心裡想著是不是該教她女紅了，這樣多少能磨磨她的性子。

在之前的社會還好，女子活潑跳脫、風風火火叫有個性，但在這裡，這些可算不得是好話。

「我現在就告訴妳。」然後，慢悠悠地把他們的打算說了出來。

王晴嵐聽了，整個人都是懵的，到最後，直接瞪大眼睛看著奶奶。「四叔真的有那麼大的本事嗎？」

他們選擇的方法跟她的一個想法不謀而合。

只是，把想法變成現實並不是那麼容易的事情，特別是在這件事情上，幾乎就是不可能。

好吧，她承認這一家子腦子好，所謂的百貨鋪，不就是超市嗎？只是，四叔真的有那麼能幹嗎？她很懷疑。

「暫時也想不到別的法子，雖然是挺困難的，但至少有成功的可能。」夏雨霖笑著說道：「這幾日妳就別去打擾妳叔伯，他們都很忙的。」

王晴嵐點頭，然後又搖頭。「不對，奶奶，妳之前答應我的，要讓二伯他們帶著我。」

「妳這丫頭。」夏雨霖再一次覺得兒子說得沒錯，這個孫女的心眼可真不少，想得也太多了。「開鋪子需要銀子，他們總得準備不是？」

「嗯。」王晴嵐再次點頭，心想著，她的空間無論種什麼糧食，都是一天一夜就會成熟，若是種產量大的，五年下來，應該也能儲存不少。

或許到時候，這些就變成他們家的救命糧了？嗯，以後不能偷懶，每天晚上都要勞作。

下午，王英奇帶回一個木箱子，直接去了書房。接下來的兩天，除了吃飯和睡覺，他都待在裡面，吃喝都是由四嬸伺候。

而且這兩天，他的伙食是由四嬸負責做的，比起他們吃的至少好上兩個層級，王家人對此竟然一點意見都沒有。

「大哥，四叔在做什麼？」王晴嵐在後院一邊比劃著爺爺教她的招式，一邊問著王偉業。

「妳不知道？」她的問題，讓王偉業兄弟兩人都覺得很驚訝。

「我之前還小，不記事。」擔心露餡的王晴嵐編出這麼一個不可靠的藉口。

王偉業也沒有多想。「妳不覺得四叔很懶嗎？」

「非常懶。」這一點她極其贊同。

「家裡人願意讓他這麼懶，也不說他，就是因為四叔每年中秋節前都會從外面帶回一箱帳本，用兩天時間將裡面的帳理清楚。而對方給他的報酬，完全足夠四叔他們吃喝一年，甚至還綽綽有餘。」王偉業慢慢地說道。

所以，他和二弟每次幫四叔做事，拿錢一點也不會覺得愧疚。

「原來如此。」王晴嵐若有所思地點頭。

難怪奶奶對四叔那麼有信心。只是，僅僅是看帳本的本事就夠了嗎？

第二十章

對於中秋節這樣團圓的節日，王家人比較重視，特別是夏雨霖。在她看來，節日就好好地過，認真地準備。於是，王家前一天就開始忙碌起來。

「明天就是中秋節，一會兒妳們跟著我去縣城，買給妳們娘家的節禮，碗筷就留給詩涵她們收拾。」吃早飯的時候，夏雨霖對著三個兒媳婦說完，想著英傑媳婦如今懷有身孕，又不管錢，就對著孫女說道：「嵐兒，一會兒妳跟著去，帶上銀錢。」

「知道了，奶奶。」

宋氏等人對此並不意外，因為每年都是這樣安排的。

「虎哥，你帶著他們在家裡多做些花燈。除了我們自家用的，村子裡的長輩、親戚，還有交好的人家都要送。」她非常喜歡節日的氣氛，雖然忙碌，可心裡歡喜，好在他們家裡人多，力量大。

「放心交給我。」王大虎點頭。

去縣城的時候，她們坐的是村子裡的牛車。一人給兩文錢，到了縣城，定好回去的時間，再一起回去。

由於她們買的東西多，所以只給了一文錢，等回去的時候再雇一輛牛車，雖然多花了點錢，但也避免擠到別人。

臨近節日，富陽縣更比平日裡熱鬧。

因為每年都買，一行人就直接去了熟悉的店鋪。最先去買布，裡面的夥計一個個是笑得眼睛都看不見，忙得兩腳都不沾地。

「娘，我們去買東西了。」宋氏等人對著夏雨霖開口說道。

「去吧。」夏雨霖一點頭。

心裡已經盤算好買什麼的三個女人直接朝著目標而去。

王晴嵐不明白，她們明明是一起來的，為什麼要分開買？

夏雨霖要買的節禮，除了四個親家的，就是村子裡長輩的。牽著孫女的手，她也開始挑選起來，四個親家買的雖然都是一樣的東西，但也有些不同；一樣的布料，顏色卻是不一樣，家裡的長輩也是如此。

王晴嵐看著奶奶買的布，被手腳麻利的夥計拿出來，越堆越高，不由得張大了嘴。「奶奶，要買這麼多嗎？」

「並不多，嵐兒，這些都是應該送的。」夏雨霖笑著說道。

王晴嵐看著面前的布，有些發暈。前幾天是誰告訴她，二伯他們正在準備銀子開店鋪，奶奶這麼大手大腳的真的好嗎？

結果，想勸奶奶少買點的王晴嵐話還沒說出口，就看見大伯娘三人每人至少都帶著三疋布。最誇張的就是四嬸，一共買了六疋，一個個都是敗家娘兒們。

「嵐兒，妳也去挑三疋布，給妳外公、外婆，還有小舅舅的。」夏雨霖對著孫女說道。

「奶奶。」王晴嵐很不願意。就她外公、外婆那樣，就算是給他們買了，估計也得不到一句好話。至於那個她從沒有見過面的小舅舅，肯定也不是個好的。

「看妳這小氣勁。」看著孫女嘟著嘴一臉不情願的樣子，夏雨霖覺得好笑。「他們總是妳娘的父母兄弟。嵐兒，聽話，快去。」

「哦。」王晴嵐點頭答應，心裡卻想著買最便宜的。

「買這樣的棉布就行。」夏雨霖一看她的表情，就知道她的打算，開口說道。

這時，王晴嵐才看出來，奶奶和大伯娘她們買的都是一樣的布料，真是敗家。認真地選了三疋，她讓夥計幫忙拿到櫃檯。付錢的時候才發現，奶奶買的由奶奶付錢，大伯娘她們買的由大伯娘她們自己付，那麼，她家的應該也是她來給。

這麼多的布，她們自然是拿不了，也不可能拿著去逛。因此，布疋先寄放在鋪子裡，等所有東西都買齊了，這裡的夥計會幫她們送到牛車上。

「四嬸，妳為什麼買那麼多？」出了店鋪，王晴嵐問陳氏。

「因為我們家除了爹娘以外，還有兩個弟弟、兩個妹妹沒成家。」

「現在明白了吧？」夏雨霖牽著孫女的手問道。

王晴嵐點頭。

接著又去了酒鋪、點心鋪子、雜貨鋪子，大伯娘她們甚至在路邊攤上買了好些紅頭繩、頭花，這些價格便宜的東西，一看就是送給小孩子的。王晴嵐不懂，但也跟著買。

等到東西買得差不多了，看著時辰，她們就去接下午開始放假的王英卓。

縣學的旁邊就有個麵館，宋氏等人很快解決完一碗麵條，對著夏雨霖說道：「娘，妳在這裡等小叔，我們再去別處逛逛。」

「去吧。」夏雨霖看著三人急急忙忙的樣子，以為她們還有東西要買，也沒攔著，點頭讓她們去忙自己的事情。

「娘，一會兒小叔出來，也讓他在麵館吃碗麵，墊墊肚子。」宋氏再次開口說道。

「妳們去忙吧，不著急，我和英卓等妳們回來。」夏雨霖明白兒媳婦的意思，擔心她們逛的時間長了，讓她久等。

「嵐丫頭我們也帶著一起去。」

聽到二伯娘這話，王晴嵐有些驚訝。之前她還得罪過這三位，現在這麼和顏悅色，不會是想報復她，把她扔了或者賣了吧？

「大伯娘，我……」

只可惜拒絕的話還沒說出口，就被大伯娘和二伯娘一人一邊給提了起來，往外帶。

果然，出了麵店，走出一段距離後，在奶奶面前笑容得體的三人都變了臉色。

「總算讓我們逮著了。」宋氏開口說道。

在王晴嵐眼裡，另外兩人也是一副人販子的模樣。

「大伯娘，妳們要幹什麼？」不會真的被她料中了吧？

「幹什麼，每年無論是端午節、中秋節還是過年，你們三房給爹和娘買的都是些什麼？妳爹老實，好糊弄，我們可是看得明明白白。所有的銀首飾都是鍍銀的，布疋面料倒是好的，不過裡面不是染色了的，就是被老鼠咬破了的！」

宋氏氣呼呼地說完，張氏接著她的話。「給兩個小姑子買的頭花，明明連我剛才買的都不如，還非要說是在玉華樓買的。大嫂，妳記不記得，有一年趙小芳給詩涵她們一人買了一個金鐲子。結果，她們剛戴上沒有一個時辰，就變成黑鐲子了，手腕黃黃的，洗了好久才乾淨。」

宋氏點頭，表示這事她知道。

「這些還好，爹的腳比較大，鞋子一直都是娘和兩個小姑子做的。她有一次給爹買了一雙鞋，按照她親爹的尺碼買的，爹一看就說穿不下。結果，第二天，她就直接送給了她親爹，妳說，她怎麼做得出來？」

王晴嵐有些傻眼。大伯娘說話的時候，她就有種不好的預感，只是，這些真的是她娘做的嗎？

「大伯娘，妳們說的是誰？」抱著一絲絲僥倖，她小心翼翼地問道。

「除了妳娘，還能有誰？」三人同時衝著她說。

王晴嵐很委屈，可誰讓她是罪魁禍首的親生女兒呢？

「得了，我們也不跟妳廢話了，妳帶銀子了吧？」宋氏開口問道。

王晴嵐趕緊點頭。

「今年因為妳爹的事情，還有這兩日妳二伯和四叔都很忙，我們也沒有提前給爹娘買禮物。今天，妳就跟著我們一起去，也不要求買多好的，但至少要跟我們差不多，知道嗎？」

想到這些年趙氏做的那些事情，她們也顧不上管三房現在是不是有困難了。同樣是兒媳婦，趙氏這樣做，讓她們心裡哪能平衡。

二伯娘張氏這話雖然是問她，可王晴嵐看著她們三人的表情，彷彿她敢搖頭就絕對不會放過她一般。

「應該的，應該的，我們現在就去。」王晴嵐連忙點頭。

「那就走吧。」一行人直接去了玉華樓，宋氏等人認真地挑選，商量過再買，力求不買重複的。

「這對珍珠耳環怎麼樣？」

「不錯，六妹戴著肯定好看。」

「七妹選一對粉色的吧。」

「可以。」

「這套茶壺怎麼樣？五弟喜歡喝茶。」

「這個好。」

王晴嵐跟在她們身後，看著這些敗家娘兒們不只是給爺爺、奶奶買，還要給兩個姑姑、小叔、八叔買，等到這些都買好以後，又紅著臉給自己男人挑。

她不敢反駁的同時，又想著，她除了買應該買的，是不是也該給親爹和親娘買禮物？

等到他們回家的時候，一輛牛車都顯得有些擁擠。

不過，幾個女人的心情顯然很好，就連王晴嵐自己也覺得是來到這個世界以後，最高興、最痛快的時候。

家裡的院子裡已經做了好些花燈，兩個姑姑正在上面塗色畫畫。「五哥，快點來幫忙，這裡還有這麼多。」姊妹倆跟不上其他人做花燈的速度，看見王英卓，立刻開口說道。

「好，等我收拾一下就來幫妳們。」

夏雨霖讓兒子去幫女兒，她帶著兒媳婦收拾節禮。分好之後，沒怎麼休息就進了廚房。中秋節怎麼能少得了月餅，除了自家人吃，還得做一些送人，數量也不少。

「六妹、七妹，妳們去廚房裡幫娘吧！」王英卓接手後，對著兩人說道。

王晴嵐看看院子再看看廚房，最終決定留在院子裡。她從來沒有見過做花燈，心裡好奇，自然想看。

第二天，王家眾人都起了個大早，早飯吃完，夏雨霖就將給四位親家準備的節禮加上一包月餅拿了出來。

「你們都早去早回。」王英武等人紛紛點頭。

然後王英武兄弟拎著親娘準備的禮物，幾個兒媳婦拿著她們給娘家買的東西，出了王家，去往各自的目的地。

「英傑，你今年腿不方便，就在家裡待著。小芳，妳呢？」夏雨霖問著三兒媳婦。

「我想去。」趙氏小聲地開口。

「那行，嵐兒，妳陪著妳娘去。英卓，你趕牛車先送她們去趙家村，再去給先生送禮，回來的時候，再把她們母女接回來。」夏雨霖對王英卓說道。

王英卓點頭。

因為要趕回來吃午飯，她們也沒有耽擱，把東西放在牛車上就準備離開，誰知道在這個時候，趙氏又出么蛾子了。

昨天各房買的東西都是放在自己屋裡，王晴嵐也不例外。

可現在，她瞪大眼睛看著親娘將她給爺爺、奶奶準備的東西也往馬車上搬，有些傻了。她都不知道現在是該說出來呢？還是照顧親娘的情緒，當作沒看見。

若是在這之前，她對於昨天大伯娘說的心有懷疑，那麼現在是信了。

「娘。」王晴嵐並沒有猶豫多久，直接將她娘搬上馬車的東西拿了出來，放到一邊坐在輪椅上的親爹身上。「這些就夠了。」

確實是夠了，大伯娘她們都是這樣，差不多的。

「那這些呢？」趙氏的臉色很不好，指著王英傑身上的東西問道。

「娘，妳去不去，要是不去的話，我和小叔就先走了。」當著其他人的面，她不想和親娘爭吵，只是語氣有些不耐煩地開口。

「妳——」趙氏彷彿不認識自己的女兒一般。昨天她看見女兒買的東西，心裡還是比較滿意的。誰能想到，裡面竟然有一大部分不是送回娘家的，一時間，她有些接受不了。

王英傑看著牛車上的東西，像是想到了什麼，開口說道：「嵐兒，妳去吧，不用管她。」

趙氏覺得很難堪，特別是在公公、婆婆還有小叔子在場的情況下，相公和女兒都這麼不給面子，氣得眼眶發紅。

「小叔，走吧。」

原本等著女兒和相公的妥協，結果卻聽到這樣的話，只得坐上車。她其實是不想去的，可這樣待在家裡，大嫂她們回來，說不定怎麼嘲笑她。

夏雨霖皺眉看著離開的牛車，心想著，等趙氏生了以後，她一定要好好調教。都是當娘的人了，怎麼能這麼糊塗。

「虎哥，你去給村裡的長輩送東西。」夏雨霖看著院子裡的兒子，想了想說道：「小涵，妳推著妳三哥一起去。」

她得留在屋裡，每年過年過節，村子裡也有不少人來送禮，她要招待和準備回禮。

王家的幾個媳婦回到娘家，氣氛都很好，一個個笑意盈盈地收禮，再將準備好的回禮拿出來，說了一小會兒話，就沒留他們，讓他們早些回去。

當然，王晴嵐和她娘再一次成了例外。看著比起往年縮水好多的東西，趙家人一個個臉拉得比馬臉還長，別說讓她們坐下喝口水了，就是說話都陰陽怪氣的，甚至激動的時候還帶著髒字。

回王家村的牛車上，王晴嵐沒有理會趙氏，而是一個勁兒地跟王英卓說話，雖然小叔在趕牛車，沒怎麼回答。

「小叔，我以後能不能不來趙家村了，實在是太糟心了。」

「嗯。」

「你都不知道，那一家子有多可笑。」

「我知道。」

「在我那個小舅舅面前，我外公、外婆跟孫子似的，端茶遞水，卑躬屈膝，偏偏所有人都覺得正常不已。」

「呵呵。」

「還有我那個二姨，看著我的目光陰沈沈的，好可怕。」

「哦。」

「反正我是再也不要來了，就算有人說閒話我也不管。」

「行。」

「小叔，我手臂疼。」

「回去讓妳小姑姑給妳看看。」聽到這話，王英卓說完頓了一下。若他沒有看錯的話，剛進趙家門的時候，三嫂就準備打嵐丫頭。

「三嫂，別再讓我看到妳對嵐丫頭下黑手，不然，後果不是妳能承受的。」

「我知道了。」從上了馬車，聽著女兒和五弟的對話，她心裡就難受得緊，再聽五弟這麼一說，心裡就更堵了。

回到王家，對於他們空著馬車回來，沒有回禮這件事情，王家人早已經不奇怪。

王英卓這邊牛車還沒有歸置好，那邊在布置院子的王英奇就開口叫道：「五弟，快點來幫忙，好累啊。」

「等一下就來。」

王英卓不奇怪，倒是站在院子裡的王晴嵐瞪大了眼睛。「四叔，你……」

只見她家四叔站在高高的樹枝上，他腳下的樹枝還沒有她的手臂粗，可那樹枝紋絲不動，四叔也輕鬆自在地掛花燈。

「這有什麼好奇怪的，四叔資質很好，這又不是很困難。」一邊的王偉義湊過來，羨慕地說完，又扯開笑臉。「不過，我爹說，我的悟性不比四叔差，只要肯努力，以後也能很輕鬆地做到這個樣子的。」

王晴嵐聽到這話，心裡一陣激動，她的女俠夢又進了一步。

「七妹。」王英卓挽起袖子上樹之前，想到小姪女說她胳膊疼，叫了一聲王詩韻。「妳帶著嵐丫頭進去看看，她說她胳膊疼。」

「好的，五哥。」王詩韻點頭，上前牽著王晴嵐往房間裡走。

「妳這是怎麼回事？」看著小姪女白嫩的手臂上烏青一片，王詩韻的小臉一下子就黑了，看起來倒有幾分嚇人。「告訴小姑，誰欺負妳了，小姑去揍她。」

「小姑，妳說我是不是我娘撿來的？」她自個兒也沒有想到會這麼嚴重，看著手上青腫起來的一大片，開口問道。

「胡說八道，三嫂生妳的時候，我就在場。」說完這話，王詩韻就明白了，頓時兩條秀氣好看的柳葉眉豎了起來，兩眼冒著火光。「是三嫂對不對？」

還沒等王晴嵐點頭，她就衝了出去。報復心極強的王晴嵐才不會阻止呢！她娘就該好好教訓，就算是占了這身體，她也不會無條件地容忍別人欺負自己。

「三姪女，不疼，吹吹。」

然後，王晴嵐就見八叔板著一張好看的小臉，認真地朝著她的手臂吹氣，怎麼看怎麼可愛。

第二十一章

王詩韻一陣風似的跑了出去，問了三嫂的去處，一腳就踢開房門，也不管趙氏是不是在休息。

「三嫂，妳怎麼能那麼狠心？嵐兒可是妳親生閨女，妳怎麼下得去手！」從小就被爹娘慣著，被兄長寵著長大的王詩韻，實在是不能理解趙氏的行為。

「七妹，我是妳三嫂。」趙氏低聲說道。

王詩韻聽到這話，氣呼呼地不知道該怎麼說下去。不過，很快的，她就想到了辦法，衝去院子。「三哥，三哥！」

「七妹，妳別管了，三弟在嵐丫頭的房間。」王英文笑著說道。

「那我拿點藥去。」王詩韻點頭。

王英傑看著女兒手臂上的烏青，心裡很難受，和趙氏繼續過下去的心越來越淡，之所以一直容忍著，不過是看在她懷孕的分上。

「嵐兒，這段日子妳離妳娘遠一些，千萬別往她跟前湊。她要是打妳，妳就跑，也別和她對上。她現在懷有身孕，等生下來以後，爹會好好管教。她若是能改好就算了，若是不能，我也只能請爹娘出面。」

王晴嵐明白親爹最後這一句話的意思。爺爺、奶奶若出面，她那親娘估計就在王家待不下去了。

「爹，我不疼，你也別為了這事生氣，娘這樣有可能是懷著孩子的原因，說不定生下來就好了。」

「妳是個好孩子，爹一直都知道。」

對於這事不了了之的結果，王晴嵐並不意外。她也沒有真想把趙氏怎麼樣，再說趙氏還是孕婦，是有特權的。

這個中秋節，王晴嵐算是大開眼界，特別是晚上，天上掛著明月，院子裡掛著花燈，他們的晚飯就擺在外面院子裡。

一家人吃吃喝喝，王家幾個兄弟姊妹都作了首詩，不過，很明顯水準最高的是小叔，還給晚輩們出了燈謎，猜中的自然是有獎。

王晴嵐得了一大堆的獎品，一張小臉笑得合不攏嘴。不容易啊，終於找回了自信心，把她的小腰板挺得筆直，眼角看著兩位哥哥，透出的全是得意。

「四叔。」趁著王英奇上茅廁的工夫，王偉業和王偉義跟了上去，將四叔堵在門口，伸出兩隻手。

王英奇敲了兩人的腦門一下。「你們是哥哥，讓著妹妹一些，不知道她今天受了委屈啊，讓她開心一下，你們竟然還敢問我要錢？」

「可是，四叔，我覺得嵐妹妹得意的笑容讓我很受傷，我也需要安慰。」王偉義苦著臉說道。

王偉業跟著點頭。

王英奇回想著王晴嵐得意的小模樣，確實是讓人挺想打擊她的。「行了，早就準備好了。」說完，扔給他們兩串銅錢。「這下不覺得受傷了？」

兄弟兩人齊齊地搖頭。「為了讓嵐妹妹開心，我們做哥哥的，受點委屈也不要緊的。」

王英奇翻了個白眼。

等到所有東西都收拾好，互相送禮之後，王家眾人都轉移到了堂屋。

「今天，我有一件很重要的事情跟大家商量。」夏雨霖這話一說出口，屋內的眾人都看向她，她將目光停在王英文和王英奇兩個兒子身上。

「英文、英奇，你們成家已經好些年，卻依舊一事無成，整天遊手好閒，我覺得你們不能再這麼繼續地墮落下去了。」

「娘——」被點名的王英文和王英奇開口，話還沒有說，就被王英武給打斷了。

王家老大很贊同親娘的話。「老二、老四，我覺得娘說得沒錯。你們想想，一年到頭，你們幹過幾天的正事？我老早就說過你們了，只是你們聽不進去，現在看看，娘都看不下去了，你們還有什麼好說的。」

作為王家大哥，這麼說話很有說服力，不過，越來越幸災樂禍的語氣已經將他內心的想法暴露出來了。

「我贊同老大的話。你們兩兄弟，年紀輕輕的，整日裡比我這個當爹的還清閒，像什麼樣子。」王大虎接著說道。

對此，王家的其他人包括兩位當事人的媳婦、兒子都喜聞樂見，沒一個同情他們倆的。被孤立的兩兄弟配合著露出一臉哀怨的模樣。王晴嵐看在眼裡，心裡佩服。這一家子出了好幾個心機深沈的戲王。

不過，看著大伯和她爹的樣子，她覺得被瞞著的他們才是最幸福的，畢竟他們若是知道這事，多半會惶惶不可終日。

「英文，你不是喜歡買東西嗎？英奇，你不是擅長算帳嗎？」夏雨霖說到這裡，停頓了一下。「我準備把我的嫁妝，還有這些年從夫人那裡得來的東西全都賣掉，將這些資金拿出一部分，讓你們去縣城開間鋪子。我不要求你們掙多少銀子，總歸讓你們兄弟二人一年到頭有事情可以做，不至於虛度時光。」

「是，娘。」兩人有氣無力地點頭。

張氏和陳氏這下高興了，宋氏和趙氏心裡就有些不平了。

「另外，」夏雨霖接著說道：「雖然我們家在王家村的田地已經足夠多了，但誰也不會嫌棄地多、糧食多。我們家的糧食都是不賣的，遇上災荒年月也不用擔心，所以剩下的銀子，我打算都用來買田地。這些田地分成四份，英武、英傑、英卓還有英越各占一份。」

聽到她這麼說，王英文兄弟三個的臉色是真的難看起來。他們清楚，娘這麼做是為了以防萬一，她依舊沒有放棄之前的法子。

「娘，我不需要。」王英卓斷然拒絕。

「娘，我和老五是一樣的想法。雖然我們三房現在有困難，可等我腿好了，還能去打獵的。」王英傑的話一說完，就得到了三個兄弟甩過來的眼刀。

「英傑，打獵娘是不可能再讓你去的，我的嫁妝再加上這些年的東西，能賣不少銀子，除去分給英文他們開店的之外，我想著至少還能買兩個莊子。」夏雨霖笑著說道：「再加上我們在王家村的土地，你大哥一個人怎麼管得過來。你腿好了以後，得幫著你大哥看著家裡的田地，這總比你大哥到外面去請人要靠得住些。」

聽到娘這麼安排，王英傑想了想覺得沒錯，點頭答應。至於趙氏心裡的不滿，以及不停地跟他使眼色，他都裝作看不見。

「英武，你是老大，所以得多承擔一些，也照顧著下面的弟弟、妹妹。爹娘在，不分家，所有的田地都由你作主，我相信你不會讓弟弟、妹妹吃虧的。」

王英武點頭。「娘，妳就放心吧，我肯定會照顧好他們。」

「紅梅，妳是長嫂，英武管著外面的事情，家裡這些吃吃喝喝零碎的事情妳就多操些心。」夏雨霖對著宋氏說道。

「娘放心。」宋氏點頭。

因為王英文等人沒有反對動用親娘的嫁妝，王英武和王英傑是沒有想到這點，所以也沒人說什麼。

只是，在快要結束的時候，意外出現了。

「爹，奶奶的嫁妝不是應該留給兩個姑姑以後出嫁的時候用嗎？」王偉業的一句話讓整個堂屋陷入前所未有的寂靜。

「對啊，娘，那是妳的嫁妝，怎麼能賣？」王英武被這麼一提醒也想起來了，大聲地反對道：「娘，田地不著急買，妳的嫁妝不能賣，得留給六妹和七妹。」

「大哥，我們不著急。」王詩涵開口說道。

她覺得娘的安排很好，再說她也相信爹娘還有哥哥們，真到她們出嫁的時候，是絕對不會在嫁妝上虧待她們姊妹的。

「嗯，我也是這麼想的。」王詩韻點頭附和姊姊。

「娘，我和四弟會去開鋪子。這些年，我手裡也存了不少銀子，我想四弟也是，兩人湊在一起也夠開鋪子的，是不是，四弟？」王英文對著王英奇說道。

「嗯，娘，我們有銀子。」說完，他轉頭看向王英武。「大哥，你們這些年就沒有存下些銀子嗎？我倒是覺得，與其將銀子放在手裡，不如多置些土地，當個地主，怎麼看都是穩賺不賠。」

王英武想了想點頭同意他的話，宋氏也是心動的。

「行了，你們出的，那是屬於你們各房的產業；我的東西，我想怎麼處理就怎麼處理。再說，我怎麼樣也不會虧待自己的親閨女，這事就這麼定了。」夏雨霖直接霸氣地做決定，其他人再想反對也沒有用，只得看向王大虎。

「咳咳，你們知道，我一直聽你娘的。」王大虎說這話的時候，完全不覺得有什麼不好意思。

本來就不抱希望的王家兄弟只得接受這個決定。

晚上睡覺的時候，王小八將脖子上用紅繩串起來的玉珮解下來，遞給夏雨霖。「娘，換錢。」

「小八真懂事。」夏雨霖看著手裡晶瑩剔透的玉珮，這價值估計和她的全部嫁妝有得一比。

可是小八的玉珮，她不能用。這是他身上唯一能證明身分的東西，他應該隨身攜帶。

「小八，你記不得以前的事情，那娘告訴你，這東西是爹娘買給你的，裡面凝聚了爹娘的心意，你的幾個哥哥、姊姊也有自己的，所以，你要好好地戴著，不要弄丟了，知道嗎？」說這話的時候，夏雨霖將玉珮重新掛回小八的脖子。

她也沒有說謊，英文他們七個也是有玉珮，只不過比起小八這個差了許多。

小八身上的玉珮從質地就能夠看出來，他的出身應該不錯。至於為什麼會變成小乞丐？

她猜測估計是出了什麼意外。

正因為這樣，夏雨霖才希望小八能保管好玉珮，若是有緣的話，以後或許能靠著它找回親人。

「娘，不會丟的。」王小八板著臉認真地點頭。

「小八真乖，睡覺吧。」

他們這邊陷入沈睡，王家所有的人都進入夢鄉，王晴嵐的房間裡卻沒有人。

此時的她，正在空間裡挖馬鈴薯。

雖然這空間不能儲物，可她帶鋤頭進來是沒有問題的，只是鋤頭太大，用起來費力，又換成了鐮刀，雖然不順手，總比徒手要好許多。

一邊挖，她一邊想著明天一定要去縣城打一套適合自己的農具，這樣更省時省力。

夏雨霖這些年存下的東西加上嫁妝，都存放在一間特別寬敞的屋子裡。

這天吃過早飯，她就拿了鑰匙打開了房門。

因為每隔一段時間都會打掃，裡面並沒有什麼灰塵。各種東西整整齊齊地擺放著，夏雨霖看了一眼，沒有半分不捨，把手裡的物品單遞給兩個兒子。

「英文、英奇，這些東西就交給你們處理了。」

「放心吧，娘。」王英文和王英奇兄弟倆點頭。

「二哥，你把這些的價格整理出來，我去縣城一趟，很快就回來。」

既然事情已經定下來，王英奇就不再猶豫，看著這一屋子的東西，心想，等家裡度過難關以後，一定要給娘買回來更多更好的，哪怕只是擺放著不用。

不僅是他這麼想，王英文也有同樣的想法。

「四叔，你帶我去。」在院子裡一直注意他們動向的王晴嵐，跑到套牛車的王英奇身邊，仰著腦袋說道。

「別鬧，我有正事。」王英奇直接拒絕。

「我也有正事，真的。」她雖然是孤兒，卻是在都市中長大的孤兒。即使她的空間裡面的土地非常好種，但粒粒皆辛苦這句話，如今的她算是很深刻地體會到了。

趁手的農具多半能夠讓她事半功倍，辛苦減半，所以，她是連一天也不想等下去。

「嵐兒，聽話，別鬧妳四叔。」王英傑開口勸道。二哥和四弟好不容易願意做事情，可不能因為女兒的胡鬧就讓他們打消了這個念頭。

「爹，我真的有事。」王晴嵐抓著王英奇的褲子，不讓他離開，回頭對著爹說。

王偉業上前，準備牽著她離開。「嵐妹妹，別胡鬧，想玩我帶妳去。」

「我真的沒有鬧。」她鬱悶地看著王英奇。「四叔，你相信我。」

「行，我帶妳去，不過妳不准亂跑，不許搗亂。」王英奇看著嵐丫頭眼裡的焦急，想了一下，答應了。

作沒聽見。

「嗯，嗯！」王晴嵐直接點頭，原地復活，索利地爬上牛車。無論親爹怎麼叫，她都當作沒聽見。

王英傑嘆了一口氣，心想著等女兒回來以後，一定要好好說說她，姑娘家的心野了，以後可不好找婆家。

夏雨霖覺得自己的東西雖然不少，可要開大一些的百貨鋪子，資金恐怕不充裕。再者，她雖然說的是先開一間等賺了錢再開下一間，可若是能多弄到些資金的話，最開始的時候就連著多開幾間，後面的難度相應地會減輕不少。

她皺著眉頭坐在一邊，仔細地回想著，自己有什麼可以幫到忙的。

時間慢慢過去，她一個人坐在那裡，一動不動地陷入沈思。終於，視線停留在布疋上，塵封已久的記憶出現在腦海裡。

那時候，時局相對安穩，動盪和戰爭並沒有爆發。他們一家人住在大城市裡，父親繼承祖業，開了好幾家紡織廠；後來雖然引進了外來科技，機器生產代替了原始的織布機，但他們一家三口做衣服所用的布料，依舊是母親用織布機親手織出來的。

用母親的說法是，那樣冷冰冰的機器織出來的布不僅髒，穿在身上會覺得不自在，還沒有家的溫暖。

曾經，母親手把手地教她織布。父親死後，流落鄉間的他們就是靠著織布養家餬口的。

那是她活了兩段人生中唯一的父母，即使已經時隔半個世紀都不止了，但是現在回想起來，一顆心依舊像是被溫水包圍著一般，溫暖舒適。

誰能想到，時至今日，這些記憶還能幫到她。

夏雨霖笑著站起身子，結果因為她坐著的凳子有些矮，又許久不活動，雙腿已經發麻，才走出去一步，就感覺腳好似踩在軟墊子上一般。

「娘，腿麻了，我給妳揉揉。」王詩涵忙放下手中的繡活，跑了過來。

「不用，小涵，扶著我出去走走。」夏雨霖記得，王家村有好幾戶人家都有織布機，農閒的時候就會織布再拿到縣城換錢，她想去看看。

「好，小心點，我們慢慢走。」王詩涵攙扶著娘，一步一步地挪動。

等到夏雨霖緩過來後，母女兩人恢復正常的速度，朝著最近的一戶人家走去。

對於她們的到來，這家人十分歡迎，只是聽到她們想看織布機的時候，這家的女人笑容就不那麼好看了，眼裡帶著戒備。

「夏大娘，妳的兒女都這麼出色，還讓妳織布？」說到兒女的時候，女人嘴裡的酸氣頗濃。

對方並不怎麼會掩飾表情，夏雨霖將她的心思收入眼底，笑著說道：「是我想得不周到，打擾了。小涵，我們回去吧。」

「好，娘。」王詩涵覺得對方的想法有些好笑，不過也沒說什麼，笑著和院子裡的人告辭。

「等等，大娘，妳別管這婆娘，她見識少，我這就帶妳們去看看。」在整理農具的男人沒想到媳婦會拒絕這麼一點小事，連忙站起來說道。女人聽見後，臉色都變了。

「有富媳婦，我就是想看看，並沒有打算織布，更不會去換錢。」夏雨霖笑著解釋道。她沒想到這麼一件小事情也會出岔子，若是現在走了的話，這兩口子恐怕會吵架。

「真的？」女人臉色好了許多。

「真的。」夏雨霖點頭。

一邊的王有富聽著兩人的對話，覺得有些丟臉，怕媳婦再說出什麼丟人的話來，直接領著兩人往旁邊走。「大娘，妳和涵妹子跟我來吧，就放在這屋子。」

夏雨霖看著屋裡的織布機，打量清楚後就笑著道謝離開。

王詩涵問著身邊的夏雨霖。「娘，為什麼突然想到要看這個？」

「小涵，這個妳就別問了，娘自有用處。」

「嗯。」

回到王家後，夏雨霖就進了書房。

如果大康的織布機都是像剛剛看到的這種的話，那麼，母親所用的織布機速度最少要快上十倍。

於是，一個上午的時間，她一邊陷入美好的回憶之中，一邊將記憶裡的織布機清晰地畫了下來。

第二十二章

王晴嵐跟著四叔去縣城，怎麼也沒想到說有正事要辦的人，竟然直接進了一家看起來很高級的客棧。

果然，房間比之前他們住得要好上許多。

只是，她無心欣賞，一臉疑惑地看著王英奇。她不明白，四叔為什麼要把房間門從裡面上鎖。「四叔？」

「妳是跟我走，還是待在房間裡等我回來？」

王英奇沒有解釋，只是走到床邊，將被褥都掀了起來，揭開床板，露出裡面的一條地道來。

「哇。」王晴嵐看見後，驚嘆地說道：「這就是傳說中的地道啊！」然後想到她還沒有回覆四叔的話，果斷地選擇。「我跟著四叔。」

「跟著我的話，無論遇上什麼人，都不許說話。」對於這個答案，王英奇並不覺得意外。這個小姪女的好奇心有多重，他從來都不懷疑。

「好的。」王晴嵐這話剛剛落下，整個人就被王英奇抱了起來。

地道裡每隔一段距離都點著很粗的蠟燭，讓行走的人能夠輕易地看清腳下的路。大約走了十分鐘就到頭了，推開門，竟然是一間書房。

當然，這書房的高端大氣是他們家那小書房完全不能比擬的，至少這裡濃濃的書香以及密密麻麻擺放著的書籍，直接讓王晴嵐想到了圖書館，雖然是小型的，但也讓她很震撼好不好！

他們到的時候，書房裡並沒有人。兩人一直等到差不多中午的時候，才有人進來。

來人的年齡比王英奇大上一點。

不過，也就二十來歲，長得也挺好看的，在王晴嵐的眼裡，這個男人給她的感覺就是年少多金。

「有事？」

「我想賣一些東西。」王英奇直接說道。

「你很缺錢？我可以借你。」

「家裡人覺得我整日裡遊手好閒，於是想湊些銀子，給我在縣城裡開間鋪子。」王英奇拒絕。「因為東西多且雜，所以才想讓你幫忙，按照你們的規矩來。」

「行，是我讓人去收，還是你送來？」

「我送到你的鋪子裡去，你跟人打聲招呼。」這些，王英奇早就想好了。

「可以，你開鋪子的事情，有用得著我的地方，儘管開口。」

「嗯。」王英奇點頭。

王晴嵐離開的時候，腦子一直有些反應不過來。她不知道四叔跟那個男人是什麼關係，只是回想著這兩人完全沒有一句浪費的對話，她想，他們的關係應該還算不錯吧？

「想什麼呢？」王英奇回到客棧房間後，就把王晴嵐放在地上，見她呆傻的模樣，捏了一下她的臉。

「沒想什麼，四叔。」想到自己的正事，她試探性地問道：「我可以一個人在縣城逛會兒嗎？」

「妳說呢？」看著四叔一臉的奸笑，她就知道答案，可她還是不死心地想要再爭取一下。「我說可以。」

「膽子還挺大的，妳覺得妳說可以有用嗎？」

王晴嵐搖頭，心裡很鬱悶，人小沒人權，更難受的是這句話還要跟著她很長一段時間，還是吃點東西緩解一下心情。「四叔，我餓了。」

兩人就在客棧一樓吃的午飯，點了三個菜，看著不錯，聞著也挺香的，吃在嘴裡也就那樣。「四叔，這還沒有家裡做得好吃。」

「就妳話多。不要錢的，妳還嫌棄。」王英奇贊同她的話，即使是外面的食物再珍奇精貴，在他的心裡，都比不上他們家裡平常的飯菜味道。

吃過午飯，原本還等著四叔提及她要做的事情，結果，王英直接帶著她準備回去。「四叔，我的事情還沒有做啊！」

「哦，妳什麼事情？」王英奇一點也不意外地問道。

「我想打一套適合我的農具。」王晴嵐小聲地說道。她不知道等到四叔問為什麼的時候，要怎麼回答。

「跟我走吧。」

一般情況下，這樣的農具都是需要訂製的，王晴嵐跟店家說了要求。「什麼時候能做好？」

「三天。」

「能不能快點？」王晴嵐真的很著急，用大人的鐮刀對她來說很痛苦。

店家沈默不語，她也不傻。「我可以加錢，最快多久能好？」

「明天。」

事情辦好後，兩人沒有多耽擱，直接回家。「四叔，你不問我為什麼嗎？」

「呵呵。」王英奇笑著如此回答。

「你就一點不好奇嗎？」王晴嵐不甘心地問道。話剛出口就有些後悔，她這不是賤嗎？若四叔真的問起來，那她要怎麼回答？

「妳很想我問妳？」

王晴嵐嘟著嘴搖頭。

見小姪女不回答，王英奇也沒有說話，專心地趕車。

「四叔，明天……」王晴嵐過了一會兒，笑著問道。

「想都別想。」

王晴嵐退一步。「那能不能麻煩四叔明天幫我把東西帶回來？」

「可以。」

回到王家，王晴嵐就被王英傑叫到一邊，溫和地進行教育。

「爹，我還小。」成親離她還很遙遠好不好？

王英傑看著面前的女兒。「妳覺得早，可時間過得很快，眨眼間，妳就長這麼大了。我都還記得，妳剛出生那會兒，就一點點大。」

「嗯。」看著親爹笑得一臉慈愛，一直是孤兒的她一時間不知道該怎麼回應。

「算了，記住爹的話就好，爹也是為了妳好。妳現在還小，等長大了就會明白的，去玩吧。」

被這麼說的王晴嵐，更無語了。是不是每個大人都喜歡用這麼一句話來哄自己的孩子。

王家書房內，王英文和王英奇看著親娘給的東西，沈默了一下。王英文問道：「娘想織布？」

夏雨霖不知道為什麼兒子會和有富媳婦有一樣的念頭。

「這是我在現有的織布機基礎上改良出來的，你們這幾日做出來試試，我想，它的速度應該比現在的織布機要快很多。」

至於把不是自己的創造如此名正言順地說出來，她完全不覺得有什麼錯。在她心裡，能幫到家人的，就是無恥一點又如何？

「娘。」兄弟兩人的眼睛都異常明亮。「妳說的是真的？」

「事實怎麼樣，做出來就知道了。」

夏雨霖看著兩個兒子僅僅幾天的工夫就瘦了一圈，她很清楚，即使他們表現得和平日裡沒有兩樣，但心裡恐怕承擔著巨大的壓力。

「娘，辛苦了。」兩人齊齊地說道。

「我不辛苦。」看著兩個兒子，夏雨霖心疼。「你們也不用把自己逼得太緊，時間一長，身子會受不了的。」

「娘，放心，我和四弟心裡有數。」王英文笑著說道。

「就是，我們沒那麼脆弱。」

第二天，無論王晴嵐裝得有多麼可憐，怎麼撒嬌賴皮，都沒能讓王英文和王英奇帶她去縣城。於是她生了一上午的悶氣，誰跟她說話都不搭理。

「脾氣還挺大的。」對此，王家人並不怎麼在意。小孩子嘛，耍耍脾氣，很快就會過去的。

快吃午飯的時候，蹲在樹下數螞蟻的王晴嵐板著臉往外走。

「嵐兒，一會兒就吃飯了，別跑太遠啊。」

「嗯！」雖然還在生氣，不過聽到親爹這麼說，還是回應了一聲。她記得二伯臨走之前說過，中午要回來吃飯。

於是，王晴嵐在村口蹲了好一會兒，用樹枝把地上戳出好些洞，才看見他們家的牛車。

「二伯，四叔。」

「妳怎麼在這裡？」

王晴嵐嘿嘿一笑，迅速地爬上牛車，看見一把小鐮刀，一把小鋤頭，臉上的笑容更燦爛，直接將它們抱在懷裡，恨不得親兩口。

「傻樣。」

對於四叔的話，她也不在意，只見馬上就要到家，直接拿起鋪牛車的麻袋子將她的東西裹嚴實。

「四叔，這事能不能瞞著？」四叔之前不問，可她知道，要是家裡人見了，肯定是要問的。

「我很忙的，懂不？」

王晴嵐點頭。「懂，四叔，你最好了。」

「呵呵。」駕牛車的王英文的笑聲傳來，接著王晴嵐又對著他說了一些好話，才得到他的一句。「我剛才其實什麼意思都沒有。」

然後，王晴嵐再一次成功被噎住。

吃午飯的時候，夏雨霖看著有些急躁的孫女，笑著問道：「嵐兒，妳一會兒有事？」

「啊。」迷茫地抬頭，她明白奶奶的意思以後才搖頭。「沒事啊。」

「哦。」夏雨霖顯然不信。

「三姊，妳好笨，妳好髒！」奶聲奶氣的聲音傳來，王晴嵐就看見四堂弟小偉榮一臉嫌棄，十分欠揍的模樣。

身邊深覺她丟臉的趙氏，很是氣悶，沒好氣地說道：「能不能好好吃飯，不能就別吃了。」

自從上次和趙氏撕破臉以後，趙氏的話就影響不到她了。聽她這麼說，直接挾了一筷子肉絲，放在飯碗裡津津有味地吃了起來。哼，不讓吃，她偏多吃一些。

「嵐妹妹，妳先擦擦吧！」另一邊的王偉義拿出青色手帕，遞了過去，無奈地開口。見她似乎沒反應過來，小聲地提醒道：「胸口和袖子。」

王晴嵐低頭一看，有些尷尬。怎麼胸口和袖子上都是米飯，甚至還有好幾根菜和肉，難道是她剛才想著農具的事情，思緒飄得太遠，沒把飯菜餵到嘴裡，這個臉丟得有些大。

用最快的速度將衣服擦乾淨，然後面無表情地抬起頭，瞪向最小的王偉榮。沒辦法，她只欺負得了這個小的。「看什麼看，快點吃飯。」

然後，像是什麼事情都沒發生，慢悠悠地吃飯。這次她可不敢再讓思緒亂飛，吃得非常地專心。

「呵呵。」一同時響起的笑聲，她聽得出來，絕對有二伯和四叔，還有奶奶的。

熬到午休的時間，王晴嵐回到自己的房間，就迫不及待地將房門從裡面拴上，拿著小鋤頭和鐮刀就閃進了空間。

就在這個時候，神蹟出現了。

她站在田邊，看著原本的六塊田地不斷地向四周延伸。這樣的結果讓她有種自己不斷縮小的錯覺，直到六塊變成三十六塊的時候，才停了下來。

這是升級了嗎？低頭看著手裡的農具，是因為它們嗎？這應該算得上是好事情吧？

不管了，先種上再說。比起收割，王晴嵐更喜歡播種，因為無論是玉米還是馬鈴薯，她只需要將種子扔到土地裡，每塊土地只能接納一定數量的種子，都不用她數，種不下後，種子就會回到她的手上。

這不，她幾乎沒費什麼力氣，就將空出來的土地給種好了。

晚上收割的時候，不知道是不是錯覺，有了這兩個農具後，因為成熟的是六塊玉米田，她並沒有用農具，但是掰起來比之前輕鬆許多，基本上是碰到玉米棒子它就會自己掉下來，落到倉庫裡去。

這讓王晴嵐高興了一整天，直到第二天晚上挖馬鈴薯的時候，果然，拿起鋤頭輕輕一挖，一窩馬鈴薯就搞定了。

只是，等她將三十六塊地都挖完後，整個人依舊累癱了，辛苦程度與之前差不多。

後面她倒是想了辦法，只種玉米不就輕鬆許多？可空間不允許，必須將已經種過的糧食一天輪一天地種。

於是，每次收玉米的那一日，就相當於是王晴嵐的休息日，其他時間，她都是勤勞的小農民，揮汗如雨地辛苦堅持。

王英文和王英奇兄弟兩人這些日子都是早出晚歸，直到十天後，兩人才一臉興奮地回來，後面還跟著同樣帶著燦爛笑容的王英卓。

吃晚飯的時候，他對王英武說道：「大哥，我託人找了幾個不錯的莊子，你看你什麼時候有空，先去看看？」

「真的？」王英武一臉驚喜，身邊的宋氏表情也和他差不多。

「嗯。」王英卓點頭。

「我什麼時候都可以。」

雖然在王家村，他們家的田地已經算得上是數一數二的了，但王英武自從聽了買兩個莊子當地主的話後，心裡一直惦記著這事。當地主啊，每天晚上和媳婦說起都開心不已，是他作夢都能笑醒的事情。

「英武，到時候帶著你三弟一起去。一來讓他出去走走，散散心；二來，以後這些土地都是由你們兄弟負責，一起去看看也好商量。」夏雨霖笑著對王英武說道。

「我知道了，娘。」王英武對此沒有意見。

「虎哥，到時候你也跟著去看看。」夏雨霖想了想說道：「兒子雖然都大了，能自己拿主意了，不過你在旁邊看著，有什麼不對也能提醒他們。」

「放心吧。」王大虎點頭。

王英武和王英傑也跟著點頭。對於他們來說，買莊子可不是小事情，他們第一次做，有爹陪著他們能更安心一些。

這其間，王英武一直興奮不已。

「等買了莊子，我是不是應該去做幾件體面的衣裳？」畢竟身分不同了。

王英文兄弟三人暗地裡翻白眼，倒是夏雨霖從來不會打擊兒子的積極，點頭。「嗯，家裡還留了些綢緞，給你們兄弟六個都做幾身，出門在外的時候穿。」

「綢緞？娘，會不會不好？」話是他提的，可聽到親娘這麼說，王英武又覺得有些不好意思，在他的印象裡，那可是有錢人家才穿得起的。

「娘，我不用。」王英傑的話就直接多了。

「有什麼不好？家裡的人都做，把剩下的那些綢緞都用了，誰也不能說不用。」夏雨霖的話直接將事情定了下來。

王家的男人不覺得有什麼，倒是幾個愛美的女人一邊笑、一邊想著衣服的樣式。

而這邊，王英武又想到了其他的地方。

「娘，等買了莊子，妳說我是等到農忙的時候再請人呢？還是把地租出去？」

「英武，你們去看莊子的時候，那裡應該有人，若是好的，你們可以把他們買下來。」夏雨霖想了想說道。

王英卓點頭。「娘說得沒錯，這比請人和租出去都划算；再說，買了人，手裡拿著他們的賣身契，也比請人要放心。」

聽到娘和五弟的話，王英武再一次激動得一個哆嗦，說話都有些結巴了。「買、買人？不、不好吧？」

「有什麼不好？」王英文反問，看他大哥的表情，肯定是想到其他地方去了。「只是買了來種地的，不是伺候你的那種。」

「我知道。」雖然是這麼說，但王英武仍是控制不住情緒，說話的聲音都在顫抖。

於是，整個晚飯期間都充斥著他的聲音，這樣那樣的問題聽得王晴嵐不斷地在心裡翻白眼；再看著同樣激動的爹，比起穩重冷靜的三位叔伯，她真心很想問，這是親兄弟嗎？差別也太大了。

到了睡覺時間，夏雨霖和三個兒子在房間裡討論。

「娘，妳給我們的東西已經做出來了，我另外買了一個現在的織布機。我們熟悉學會用法之後，試了好幾種方法，按照妳的圖紙做出來的織布機，比現在的至少要快十倍。」

王英文不是不激動，而是已經激動過了，所以此時說話的速度很平穩，語氣也非常平靜，但這不代表他不知道這玩意兒意味著什麼。

「嗯。」夏雨霖聽了之後，心裡也挺高興的。「你們打算怎麼做？」

「其實，若不是有五年後的事情，用這個為五弟以後鋪路，無論是對五弟還是對我們王家都是最好的。」王英奇笑著說道：「只是，現在最重要的還是保命。」

王英卓點頭。他也想過將這東西直接帶到京城，想辦法獻上去，只是不說這法子需要不少時間，更重要的是他們在京城誰都不認識，即使是娘以前的大少爺是現在的吏部尚書又怎麼樣？在這樣的利益面前，他可不敢拿別人的人品來賭。

「娘，這東西我打算交給孔家。」王英奇笑著說道。

「孔家？」夏雨霖眉頭皺起。「靠得住嗎？」

王英文和王英卓也有這樣的懷疑。「四弟，你不會說的是我們縣城裡的那位孔少爺吧？他在孔家能說得上話嗎？」

「都被發配到了富陽縣，想必地位不是很高吧？」

「這你們就猜錯了，他才是孔家最有資格的繼承人，現任孔家家主的嫡子。雖然他從來沒這麼說過，但這一點我能確定。至於這麼一個大少爺，為什麼會待在富陽縣這麼一個小地方，我就不知道了。」

王英奇的話讓其他人陷入沈思。

「若是有孔家的幫忙，我們開店鋪會容易許多。」王英文點頭。

「四哥，你要有把握，別反而把一家人都搭進去。」王英卓沒有見過那位孔少爺，因此不好下結論，不過，他家四哥也不傻。

「自然，我肯定會留後手的。」王英奇笑著說道：「就算是沒有後手，以我對那位孔少爺的了解，他也會認為我有其他準備。處於他們那樣地位的人，從來都只有想多了的，不會有他們想漏了的。」

聽到他最後這句話，夏雨霖放心下來。接著母子四人又商量了好一會兒，確定沒什麼問題後，才算結束。

第二十三章

「娘，還有一件事情。」王英卓想到今天秦懷仁找他說的事情，他開口說了一遍。

午休的時候，秦懷仁請王英卓去了縣學旁邊的茶館，兩人坐在包廂裡。

「秦兄，有什麼話就直說，你我是同窗，不必客氣。」寒暄了一會兒，見對方一直沒有進入主題，王英卓直接開口問道。

「我父親準備去你們家提親。」秦懷仁看著王英卓。

原本父親是不讓說的，不過，他總覺得這事還是先問問這個同窗的意思比較好。

王英卓皺眉。「提親？誰？」

「你家六小姐。」

「六妹？對象是誰？」關係到妹妹，王英卓的眉頭皺得更緊。

秦懷仁沈默了。

「秦兄，這玩笑開不得，我們就是普普通通的農家人，怎麼敢高攀秦兄。」他可不信秦懷仁是看上了六妹。雖然他家六妹確實是個好姑娘，可若是秦懷仁真的有那心思，以這位的腦子，當初恐怕也不會有沈子青什麼事。「再說，你也知道，小妹是退親之人，怎麼配得上秦兄？」

秦懷仁聽到這些話，便知道他的意思。「若我爹真的去提親，你也是這個意思？」

「不僅是我，想必我家人也是一樣的意思。」王英卓看著秦懷仁。「秦兄，我們家的規矩想必你也清楚，你今日將這件事情告訴我，就說明其實你心裡也是有猶豫的，不是嗎？」

秦懷仁再次沈默。

「秦兄，你我有同窗之誼，有時候結親不一定能拉攏關係，就像我們王家和沈家一樣，最後不是成仇了嗎？」王英卓接著說道：「我希望秦兄能勸令尊打消這個念頭，畢竟令尊是縣令大人，到時候真的上門提親被拒，也會讓縣令大人沒有面子，繼而影響到我們的關係。」

秦懷仁聽到這話，心裡一陣輕鬆，因為他確實不認為自己能做到一輩子就守著一個女人。「我盡力。」

「多謝秦兄諒解。」

夏雨霖聽了，點點頭。「我估計他們是衝著我們家和大少爺的關係，才這麼做的。這事你做得對，小涵的親事我打算再等等，至於外面的那些流言，只要村子裡沒有流傳，對她就沒什麼影響。」

「吏部尚書，呵呵。」對此，他們都不知道該怎麼說才好了，災難還沒出現，因為他而帶來的好處倒是來了。

「總歸來說這是件好事。」王英奇點頭。「說到這裡，我倒想起另外一件事情。二哥，你還記得之前我給嵐丫頭帶回來的鋤頭和鐮刀嗎？」

「嗯？」

「當初她直接拿去了房間，可今天晚上我進去的時候，並沒有在她房間裡面。」

因為王英奇的話，房間內的所有人都沈默不語，皺眉思考。

過了好一會兒，夏雨霖才輕聲問道：「英奇，你的意思是？」

「這個我也沒有十成的把握，只是，娘，妳在家可有見過嵐丫頭的小鋤頭和鐮刀？」

夏雨霖搖頭，若不是英奇提起，她都不知道這事。

「自從三哥受傷以後，嵐丫頭的變化實在是令人吃驚。一開始，我也只認為她是我們王家的孩子，開竅了，才會在一夕之間變得聰明懂事。」王英奇說到這裡，停頓了一下。「不過，現在想想，或許她是有什麼奇遇，才會有如此驚人的變化。」

夏雨霖母子三人點頭。他們之前沒有深想過這個問題，如今仔細一想，之前的嵐丫頭就是縮小版的趙氏，總是低著頭，一天也說不了幾句話，小臉上的表情也一直都很空洞的，一雙大眼睛灰濛濛的，別說靈氣，就連小孩子該有的天真都沒有。

再想著現在的嵐丫頭，說她脫胎換骨都不算誇張。

「我原先以為，嵐丫頭要小鋤頭和鐮刀是有東西想種，不過，她每天那麼早就睡，起來的時候卻完全是一副沒睡飽的模樣，你們說她晚上做什麼去了？現在我倒是有些好奇，她除了能看見以後發生的事情之外，那個奇遇還給她留下了什麼？」

王英奇的話是這麼說，笑著的臉上卻完全看不出一絲好奇神色。

「這也算是老天保佑我們王家。嵐兒的奇遇，何嘗不是給我們一個扭轉劫數的機會。」夏雨霖心裡清楚，若是他們在什麼都不知道的情況下，五年後的事情又真的發生，他們一家子的下場多半就會真的如嵐兒惡夢中的那般。

對於她這話，王英文三兄弟贊同。

「不過，四哥，這也只是你的猜測，五年後的事情現在無法證實，但你剛才說的關係嵐丫頭的秘密，我們還是有辦法知道的。」王英卓同樣笑著說道。

「五弟，嵐丫頭要是知道你又算計她，會氣哭的。」王英文笑呵呵地說道。

「就她那總以為天底下自己腦子最聰明的自信，我們不多打擊一下，她總有一天會吃虧的。」王英卓說完這句話，表情嚴肅起來。「最重要的是，我們知道一二，總能給她收拾一下爛攤子。」

王英奇點頭。「也是，明明是很秘密的事情，這不，就被我發現了。在家裡還好，要是在外面，還真是有些危險。」

夏雨霖笑看著三個兒子。「你們別做得太過分了，小孩子也不能打擊過頭了，不然，長大以後會沒自信的。」

想著孫女面無表情吃飯菜的模樣，又覺得這樣的事情應該不會發生在孫女身上。

「娘，妳就放心吧，我們心裡有數。」

接著，夏雨霖就坐在一邊，看著三個兒子為小孫女布下天羅地網。

她很清楚，小孫女恐怕是自己把尾巴露出來而不自知，湊熱鬧地說道：「驗證結果的時候，別忘了叫我。」

「娘就等著看好戲吧！」王英文眉頭一揚。

而此時，正在空間裡努力地割麥子的王晴嵐，突然打了個噴嚏，也沒在意，一抹額頭上的汗水，繼續奮鬥。

大房的房間裡，王英武夫妻兩個躺在床上。

此時油燈已經熄滅，黑暗中，兩雙眼睛亮晶晶得嚇人，不時眨一下。「相公，我聽娘的意思，她拿出來的錢買的莊子現在並不屬於我們的，只是讓我們管著，是嗎？」

王英武笑著點頭。「嗯。」

好幾次，宋氏都想說不公平，畢竟她覺得娘給老二他們開鋪子的錢才是大頭，又想問分家的時候，他們身為老大是不是能多分一些？不過，這些話在嘴邊打了好幾個圈，還是被她嚥了下去。

娘的話和現在爹娘之間冷淡的關係都讓她不得不警惕，她想要的是就算以後老了，她和相公也能像公公和婆婆那般，即使比不上，也不能變成爹娘這樣，一點意思都沒有。

「那我們自己出的錢買的莊子，是不是就屬於我們自己？」宋氏開口問道。

王英武再次點頭。「娘是這個意思。不過，紅梅，我是家裡老大，若是下面幾個弟弟以後過不下去了，我也不會看著不管的。」

「相公，我知道。」宋氏小聲地回應。

「紅梅，放心吧，我們家以後會越過越好的。妳想想，村子裡的田地其實就完全夠我們這一大家子吃了，到了明年，莊子上的收穫肯定不會比村子裡的田地少，那會有好多好多吃不完的糧食。」王英武只要想到這個，就忍不住傻樂。

宋氏也跟著笑了起來，彷彿美好的生活已經近在眼前了。

「對了，明年偉業要進學，妳記得把這錢留出來，怎麼也不能動。五弟說偉業是讀書的料子，可不能耽擱了。」他這話讓宋氏在黑暗中不住地點頭。「我們偉業聰明，以後定能當官，到時候我們就什麼都不用做，跟著他享福就夠了。」

「你放心吧，兒子讀書的銀子我早就準備好了。」家裡是她管家，除了三弟妹那個腦子有病的讓她賺不到銀子不說，還要倒貼之外，其他幾房包括爹娘的生活費給得都很充足，她每個月總能賺一些。

王英武像是突然想到了什麼，翻身一把抱住宋氏。「三弟妹都快生二胎了，我們也該努力，給偉業多添幾個兄弟姊妹才對。」

宋氏一愣，然後臉就紅了，夫妻嘮叨了一晚上卻越來越興奮激動的心情終於開闢了新的發洩管道。

第二天早晨，王晴嵐再次成為王家最晚起床的一個，這還是王詩韻敲了五次門的結果，她才頂著一頭的雞窩打著哈欠出現在眾人面前。

這個時候，早飯都已經上桌了。

王詩韻用最快的速度給她梳好頭，又迅速地洗了臉，這才上桌吃飯。

「嵐兒，以後要早些起床。」王英傑也很無奈，他家女兒平日裡看著也不是個懶的，怎麼就這麼喜歡賴床呢？

王晴嵐自己也委屈，這一大桌子的人，沒一個知道她每天晚上還要勞作到很晚才睡覺，能在這個時候起床已經很不容易了。

「爹，我儘量。」

王英卓岔開話題對著王大虎說道：「爹，我一會兒去縣城，要不你和大哥、三哥也去看看莊子吧。」

「好。」

王英武也跟著點頭。

於是，吃過早飯，父子四人就去了縣城。

再回來的時候，天都快黑了，看著王英武和王英傑明亮的眼睛，就知道他們很滿意。當然價格也不算便宜，夏雨霖出的銀子，只夠買兩個莊子。

「爹，娘，這些年我和紅梅都存了些銀子，我們想先買個小一點的莊子。」吃晚飯之前，王英武兩口子已經嘀嘀咕咕商量完畢。

最主要的是，他真的挺喜歡那個小一點的莊子，距離他們村子近不說，土地還很肥沃，所以，吃飯的時候，就對著夏雨霖提出。

「這事你們作主就行。」夏雨霖點頭。「決定買之前，帶著紅梅也去看一趟，自己家的產業在什麼地方還是要知道的。」

宋氏興奮地點頭，一張臉紅通通的。

在大房一家子都高興不已的時候，王晴嵐卻注意到親爹有些黯淡的目光。

親爹估計也想買個莊子，只是阮囊羞澀。

坐在樹底下，看著天空的星星，王晴嵐很愁，更覺得以前所看的小說都是騙人的，不然為什麼別人穿越農女的兩、三歲就能掙錢，她都六歲了還一籌莫展，難道就因為她是炮灰？

這個時候，眼角突然看見一個鬼祟的身影，她悄悄地跟上。

「三弟，這些銀子你拿著，就算是不夠買莊子，也能買些田地。到時候請人幫忙種，每年總會有些收入，你們的日子也才能過下去，知道嗎？」王英文把手裡的銀子塞到王英傑手裡。

「二哥，我不能要，之前的銀子，我還沒還呢。」王英傑連忙拒絕。

只是，他現在坐在輪椅上，王英文塞到他手裡，說完話就走了，他怎麼追得上。

躲在暗處的王晴嵐正準備離開，又看見四叔，做的也是同樣的事情；然後是小叔、涵姑姑、韻姑姑，最後出現的竟然是爺爺。

「爹，你看看我這裡已經夠了，你和娘的銀子，我真的不能拿。」王英傑有些哭笑不得。

「讓你拿著就拿著。」王大虎的聲音很冷硬。「你娘現在最不放心的就是你了，別讓她擔心。」

「哦。」聽到這話，王英傑還真是不能拒絕。

對於這些，王晴嵐一點都不覺得意外，畢竟吃晚飯的時候，親爹那表情她都看得清清楚楚，家裡的那幾個人精又怎麼會一點都沒看見？

於是，第二天，王晴嵐又起晚了，眼睛下的青色是怎麼也掩飾不住。

令她驚訝的是，今天二伯和四叔都在家。四叔待在書房裡，而二伯蹲在院子那幾排花盆邊，拿著小鏟子一會兒鏟土，一會兒澆水的，很是用心。

「二伯，你這裡面種的是什麼？」王晴嵐好奇地上前。

王英文揚了揚手中的小鏟子，笑著說道：「當然是種花了，妳怎麼這麼笨。」

「我當然知道是種花。」就算不知道，她也要裝作知道，然後翻了一個白眼。「二伯，我的意思是種的是什麼花？」

「都是蘭花。」王英文低頭繼續擺弄他的花種，鏟子揮舞得飛快。

「這些能賣錢嗎？」王晴嵐很懷疑，畢竟這裡好些花盆全都是土，只有兩盆裡面冒出了點綠色。

「當然，等到長好了以後，賣給那些大戶人家，可值錢了。」王英文笑著將小鏟子遞給王晴嵐。「妳要不試試，我教妳。」

王晴嵐直接搖頭。她現在種田都種得快吐了，種花也一樣，她一點興趣都沒有。

等等，不對，這個要是值錢的話，那麼……

「二伯，一盆蘭花可以賣多少錢？」

王英文雖然笑著，可心裡有些吃驚。這丫頭變聰明了，不上當了。「要看最後的品相，好的能賣成千上百兩，不好的話也就幾百文。」

聽到成千上百兩，王晴嵐的眼睛一亮。她想到了一個賺錢的法子，說不定能試試。

看到小姪女的表情，王英文什麼也沒說，低頭繼續擺弄花盆。

這天晚上，王家所有人都已經入睡，王晴嵐把空間裡的糧食收好，再次種上的時候留了一塊地。

然後她休息一下，就偷偷摸摸地出了房門，就著不算太明亮的月光，一步一步小心地往花盆處走去，期間還不時地用大眼睛觀察四周的情況。

終於，她來到了目的地，那把小鏟子放在很顯眼的地方，王晴嵐卻是一眼也沒有看，作賊一樣地抱起一個花盆，小心翼翼地回到房間，輕輕地把房門關上，才長長地鬆了一口氣。

王晴嵐不知道，她從出房門後的舉動，都被夏雨霖母子四人看在眼裡。

「怎麼回事？她沒拿小鏟子？」這有些出乎他們的意料。

「好了，去睡吧，明天就知道了。」夏雨霖笑著說道。

這邊，王晴嵐直接將花盆放到空間裡，思考著要不要將裡面的種子挖出來，扔到空著的土地上時，空間再一次向四周延伸，看得她有些眼花。

土地擴大她是很高興，但也同時意味著她會更辛苦。

就在她這麼想的時候，面前出現一塊綠色螢幕，上面有著和土地塊一樣的方塊，右邊有著種子和倉庫兩個選單。王晴嵐瞪大眼睛，有些不敢相信，老天爺竟然會如此地眷顧她！

用力地捏了一下手臂，疼，不是她太累而產生的幻覺。

她試探性地點了一下寫著空的方塊，接著種子一欄彈出，她又點了一下玉米種子。空的那塊已經顯示玉米的圖示，於是，她一口氣將空的全部點完，再看空間裡的土地，果然一粒粒種子已經整整齊齊地種在土地上了。

老天開眼啊！她總算是苦盡甘來了！王晴嵐雙手扠腰，仰天大笑。

這一晚，她睡著了都在笑，這個驚喜實在是太大了，以至於讓她直接就把那盆花給忘記了。

第二十四章

王家人都不懶，即使沒什麼事情，每天天一亮，基本上都起床了。

當然，晚上忙碌的王晴嵐是一個例外。

起來以後，各自梳洗，打掃屋子，洗衣做飯，人多事情就不少。

「哈哈！」就在王家人各自做自己事情的時候，王晴嵐的笑聲從房間裡傳來，所有王家人都是一愣。

王英傑推著輪椅來到她的房門口，開口說道：「嵐兒，醒了就起來吧？」

結果沒人回應。

「作美夢呢！」夏雨霖母子四人都有些好笑，同時心裡也好奇，那盆花到底是怎麼回事？讓這丫頭睡覺都能笑成這樣。

王英傑聽了之後，也覺得好笑。

沒一會兒，一串歡快、豪爽的笑聲再一次出現在王家安靜的院子裡。

這一次，王家所有人都跟著笑了起來。

倒是趙氏覺得丟臉至極，接著好幾天都沒給王晴嵐好臉色。

王晴嵐依舊起晚了。只是，這一次起床的時候，親爹沒有用無奈的目光看著她，家裡也沒人催她快些，讓她以為自己今天起得很早。

「嵐妹妹，作了什麼美夢笑成那樣？」王偉義上前，笑著問道。

「我笑了嗎？」王晴嵐完全不知道。

「我們大家都聽見了。」王偉業話落，在院子裡的人都齊齊點頭。兩歲多的王偉榮學著他聽到的，哈哈笑了起來。

王晴嵐覺得很尷尬，不過，她一向臉皮厚。「你們都聽錯了，我絕對沒有笑。」

想到昨天晚上發生的事情，原本板著的眼裡全是笑意。

吃過早飯，看著依舊在家的二伯和四叔沒有一點打算出門的樣子，她心頭一跳，想給自己一個巴掌。

那盆花，她怎麼能忘記了?!

第一時間回到房間，進入空間，看著一塊空地上的蘭花，已經長出姿態優美的葉子，開出的雖然只是花苞，但她似乎能聞得到一陣清香。

對於這些高雅的玩意兒，王晴嵐並不是很懂，但現在這盆蘭花真的很好看，應該能賣出不少銀子吧？

不對，現在最重要的是在二伯沒有發現之前，將這盆花神不知、鬼不覺地放回去。

她坐在地上想了一會兒，現在青天白日的，也就只有一個辦法。好在，二伯放花盆的地方本來就偏僻。

就這樣，王晴嵐趁著家裡人最少、沒人注意的時候，偷偷地來到院牆下。四處看看，確定沒人後才進了空間，然後以最快的速度將那盆蘭花帶出來，放回原位。

看著鶴立雞群的這盆花，王晴嵐帶著一股成就感，慢慢地離開。

躲在一邊的夏雨霖母子四人都是驚呆了的表情。

「二哥，我沒看錯吧，剛剛嵐丫頭確實是消失了，是嗎？」王英奇小聲地問道。

王英文也非常震驚，吞了吞口水，點頭。

還是經歷得多的夏雨霖最先回神過來。「英文，你去看看那蘭花。」

王英文點頭，走過去看著那盆蘭花，整個人都有些不好了。

一夜之間就長成這樣，應該是神仙才有的手段。

「鎮定點，我們出去轉轉，一會兒再回來，別讓嵐兒看出什麼來了。」夏雨霖開口說道。

既然嵐兒不想讓他們知道，那麼他們就裝作不知道，自然也不會去問。

只是，這麼大的秘密，他們這麼輕而易舉就發現了，天底下有腦子的人多著呢，他們是親人不會害她，可要是外人知道了，面對如此巨大的誘惑，能不起歪心思的真的很少。

謀財害命這樣的事情，可是每個時代都有的。

再次回到書房以後，夏雨霖想了想說道：「嵐兒奇遇的事情到此為止，我覺得現在最重要的事情，就是關於嵐兒的教導。她是聰明，可年齡太小，許多事情考慮得都不周全，在她還沒有長大之前，我們得看好她，她做事情有什麼遺漏的，我們也得給她補上。」

王英文等人點頭。

「最重要的就是教導。英卓，這個你多費點心，我這邊也不會放鬆。若是這樣，她長大了還依舊這麼莽撞，那我們就只能祈禱她遇上的都是好人。」

把那盆蘭花放回去以後，王晴嵐就一直提著心，特別是看見二伯走向那個地方的時候，她覺得一顆心都要跳到嗓子眼了，屏住呼吸等待著。

結果卻出乎意料，二伯的表情依舊沒什麼變化，還是那一副笑咪咪的樣子。

她看著他慢悠悠地走到雜物間，拿了一個麻布袋子出來，再回來的時候，那袋子明顯是裝著東西。王晴嵐自然知道，那裡面是什麼。

「二伯。」看著二伯快要進書房了，王晴嵐開口叫道。

「嗯，有事？」王英文的聲音很平靜。

被這麼一問，王晴嵐不知道該怎麼回答。她心裡的問題都不能問，不然就暴露了。

「沒事。」最終，她鬱悶地搖頭。不應該啊，誰一覺起來，看見沒發芽的種子變成了風姿綽約的蘭花都會震驚的吧？

二伯的平靜實在是太不符合常理了。

王英文看著小姪女的表情，心裡嘆氣。

就算是他昨晚沒有看到，以小姪女現在的表現，他都會把疑心放在她身上的。娘說得沒錯，這孩子是該好好地教導了。

「跟我來吧。」

「哦。」王晴嵐現在的心情十分複雜。昨晚的驚喜讓她到現在精神都有些亢奮，她想找個人分享一下。

當然，也想看看二伯變臉後是什麼模樣。

然而，二伯一點都不體諒她這個可愛小姪女的心情，完全不知道配合一下，她真心覺得好失落，也好失望。

喪氣的她垂著腦袋跟著王英文進入書房，然後瞪大眼睛看著他關上書房的門，又小心翼翼地將那盆花放在書桌上。

「二叔，這花哪裡來的？」王晴嵐驚訝地問道。為了不被懷疑，她不得不演戲，好累哦。

好假。王英文心裡很無奈，卻也用火熱的目光看著那盆花。「好像是昨天晚上長出來的。」

「這怎麼可能！」繼續扮演震驚的姪女。

「我覺得也是。」王英文贊同地點頭。「不過，妳看，這蘭花是真的吧？聞聞這香味，不是幻覺吧，再摸摸，這葉子、這花苞，真漂亮啊。」

王晴嵐嘴角抽搐，看著一臉沈醉的二伯，此時像極了猥褻小姑娘的變態大叔。

「二伯，這個能賣多少錢？」這才是她最關心的。

王英文側頭看著王晴嵐，心情似乎因為這株蘭花而變得很愉快。「我不擅長這個，得交給妳四叔。」

「哦。」王晴嵐點頭。

王英文繼續欣賞蘭花。

「二伯，你不覺得這事很詭異嗎？」

「覺得啊。」王英文點頭。

「那你不害怕嗎？」

「害怕啊！」王英文繼續點頭。

王晴嵐很無語。她一點也沒看出來，二伯有半點害怕。

「那你剛才……」

太沈不住氣了，就知道會有這樣的問題，王英文終於將視線從蘭花上挪開，站直身體看著王晴嵐，露出陰險的笑容。「那麼，嵐丫頭，剛才妳覺得我應該如何？」

被這麼一問，王晴嵐不知道該如何回答了。

「只有愚蠢的人才會有妳這樣的想法。」王英文拍了一下王晴嵐的腦門。「剛才是在外面，難道妳想我害怕得渾身發抖，或者緊張得大吼大叫，還是該高興得跟瘋子一樣哈哈大笑？」

王晴嵐不由自主地想到昨天晚上她在空間裡哈哈大笑的場景，之前不覺得，現在怎麼想都覺得像白癡。

「可二伯，你表現得也太平靜了，難道不應該震驚一下嗎？」她不服氣地問道。

「妳怎麼知道我心裡不震驚？我告訴妳，對於這樣詭異的事情，本來福禍就難預料，自然是越少人知道越好。」王英文也沒想要小姪女一下子就能明白自己的意思。「嵐丫頭，就算是親人，有些秘密也不能說的，就像今天的事情，因為連我自己也不能確定這是好事還是壞事。」

王晴嵐看著王英文，沈默不語。

「行了，出去玩吧。」

王晴嵐點頭，走到門口，手放在房門上，問道：「二叔，這樣的事情，你希望再發生嗎？」

王英文搖頭。「不希望。嵐丫頭，妳也不要想這樣的事情，做人還是要腳踏實地一些比較好，至少這樣安心。」

下午，王英奇就帶著那盆蘭花離開。

「嵐兒。」

「奶奶。」王晴嵐跑到夏雨霖跟前，笑看著她。

「坐下。」夏雨霖指著旁邊的小凳子。

王晴嵐乖乖地坐下，然後看著奶奶也在她身邊跟著坐下，拿起地上的繡筐，把一小塊白布和穿上紅線的繡花針遞給她，這讓她乖巧的笑容僵住了。

「奶奶？」

「妳如今六歲了，也是該學女紅了，以後每天須得認真學一個時辰，從現在開始。」夏雨霖笑咪咪地說道。

王晴嵐一手拿著白布，一手拿著繡花針，苦著一張臉。「奶奶，能不能不學？」

「可以，最遲後天我和妳二伯、四叔就要出門，妳不學，就在家裡好好待著，畢竟帶著妳這麼一個小孩子，真的是很不方便。」

慢悠悠的話語讓王晴嵐想哭。她真的很想硬氣地說，不去就不去，用這個威脅她沒用。可這話，她終究還是說不出口，不親自看著，她怎麼能放心。

「奶奶，我學，我學還不成嗎？」

「這才乖，靜下心來，好好學，並不難的，妳涵姑姑和韻姑姑也是這麼學會的。」夏雨霖笑著說完，也拿著同樣的工具，一邊下針、一邊講解。

原本因為一竅不通又不時被扎手指而產生的煩躁慢慢地平靜下來，到最後，王晴嵐倒是真正地用心起來。

縣城，孔家書房，年輕男子看著面前的蘭花。「你們家很缺銀子？」

「誰也不嫌銀子多。」王英奇笑著說道：「孔少爺，你開個價吧。」

年輕男子仔細地看了那盆蘭花好一會兒，才開口說道：「五千。」

「可以。」等王英奇拿到銀票後，才把織布機的圖紙遞給對方。「這才是我今日來的重點。」

年輕男子拿過後，看了看，才開口問道：「織布機？」

「我在縣城租了一間房子，在那裡已經做出了這麼一臺織布機，和現在用的相比，速度快上十倍。」王英奇笑著說道。

年輕男子沈默。「你沒開玩笑？」

「我和你開過玩笑嗎？」王英奇反問。

年輕男子搖頭。「你確定？」

「你可以讓人去試。」

年輕男子再一次沈默。「我不希望這圖有另外的人知道。」

「可以。」

「你想要什麼？」年輕男子開口問道。

「既然爹娘要我做事，要我開鋪子，我自然不會讓他們失望。」

年輕男子看著王英奇，等著他接下來的話。

「你也知道，我是個懶的但不是個笨的，既然要做，我就打算用幾年的時間，掙夠我們一大家子一輩子都花不完的銀子，這樣我爹娘就不會再有其他的話說了。」

「所以？」

「我需要你們孔家的背景，這樣在其他地方才不會被欺負。」王英奇直接開門見山。

「就這樣？」年輕男子有些懷疑。

王英奇點頭。「當然，你若是覺得這交易不平等的話，我可以再加一個條件，你也不用調查我做什麼生意，放心，絕對不違法。」

年輕男子皺眉思考，在織布機帶來的利益和王英奇提出的要求之間衡量，無論怎麼想，都覺得這是一筆划算買賣。又想到這一年崛起的娛樂城，或許有王英奇攪和一下也不錯。不過，想到王英奇令他都有些忌憚的才能，開口說道：「兩個條件我都可以答應你。」說完，他站起身，走到書房的另一邊，從暗格中拿出一個權杖，遞給王英奇。「七年，最多七年時間，七年後，無論你的生意鋪得多大，孔家都不會再管你了。」

「放心，用不到七年。」達到目的，王英奇也不囉嗦，站起身來，告訴年輕男子織布機在哪裡，就直接離開了。

王英卓知道他們要離開一段時間，所以，向縣學請假跟著回來。

這天晚上，王家人都知道，夏雨霖、王英文和王英奇要出一趟遠門，對此並沒有意見。只是，在王晴嵐這個問題上，他們就有分歧了。

「娘，嵐兒一個姑娘，這麼拋頭露面不好吧？」整個王家，王晴嵐現在最不喜歡的就是她親娘，似乎從她嘴裡從來就聽不到一句好話。

「嵐兒才六歲，沒什麼影響。」夏雨霖笑著說道。

「奶奶，我也想去。」王偉業和王偉義同時開口。

「娘。」王小八緊抓著夏雨霖的袖子，可憐兮兮的模樣，意思很明顯。

「行了，小八、偉業、偉義，你們看看你們像什麼樣子？都給我待在家裡，好好地讀書練功，不然長大了能有什麼出息。」王大虎面無表情地開口說道。

王偉業兄弟一下就啞口了，對於這個話少的爺爺，他們還是挺害怕的。

「小八，聽話，娘很快就會回來的。」

夏雨霖開口說道。好在這些日子，小八也慢慢地融入了王家，雖然依舊話少，卻也不像剛來的那個時候，挨著夏雨霖寸步不離。

他黑漆漆的眼睛一直看著夏雨霖，確定她不會改變主意的時候，乖巧地點頭。「娘，那妳早些回來啊。」

這天晚上睡覺之前，王晴嵐在院子裡被王英文叫住。「這些妳拿著。」

王晴嵐看著面前的銀票，一臉疑惑。

「賣那株蘭花得的。這份是給你們三房的，妳爹也知道。」

一聽這話，她將銀票拿在手裡，這原本就是她應該得的。

「多謝二伯。」

「早些睡，明天會很忙。」

王晴嵐點頭，心裡卻有幾分不以為然。不就是出一趟遠門嗎？她一個小孩子，除了準備自己的衣服，有什麼好忙的。

很快的，她就知道自己有多天真了。

第二十五章

「我這次出門，時間可能會久一些，偉義功課上的事情有爹和五弟在，就算辛苦，妳也別心軟，知道嗎？」王英文對著張氏說道。

「嗯，我明白。」張氏笑著點頭。

「也別虧著他，現在正是長身體的時候，我能掙錢，妳也別在意這些小錢。給偉義補身體的時候，也別忘了家裡的其他孩子，我們家不差這點錢。」

張氏再次點頭。

「還有，也別和大嫂她們爭吵。省錢、扣錢都不能把眼睛放在自家人身上，我們給的生活費，大嫂賺一些也沒什麼，她畢竟是長嫂；至於三弟妹，她現在懷著身孕，離她遠些，別去招惹她。」

張氏並不覺得不耐煩，一邊給王英文準備衣服，一邊回答。「你放心，我心裡有數。」

至於三房裡，趙氏早早地就睡了，王英傑把女兒叫到身邊。「出門在外，一定要聽妳奶奶的話，知道嗎？」

王晴嵐點頭。

「不要到處亂跑，大城人多，走散了的話，不好找。」

王晴嵐再次點頭。

「不要什麼都好奇，外面的騙子多，壞人也不少，不要誰的話都相信。」

這些常識，王晴嵐怎麼會不知道？不過，看著親爹一邊說、一邊還努力地想著有沒有遺漏，有的話甚至說了兩、三遍，自己都不知道，這種感覺很陌生，卻不賴。

在現代的時候，孤家寡人的她，別說出個門會有人跟她嘮叨半天，就是她死後，估計都沒人掉眼淚。

「東西收拾好了嗎？」

「好了。」

「這個妳拿著。」王英傑猶豫了一下，想著這些日子女兒表現出來的成熟，還是將一把小巧、沒什麼裝飾的匕首遞給女兒。「記住，放好，真遇到危險的時候，或許能派上用場。」

王晴嵐接過，點頭。「放心吧，爹，我很快就會回來的。」

四房裡，王英奇趴在床上，陳氏坐在床邊給他揉肩，柔聲問道：「怎麼這次要出去這麼久？」

「我性子懶散，妳也知道的。不過，既然要做生意，我想著就做大點，用最快的時間賺夠我們一家子一輩子都用不完的銀子，到時候我就什麼都不用做了，天天睡覺，估計娘都不會說什麼。」

陳氏的手一頓，隨後又恢復自然，也只有她家相公能說出這樣的話。

「還有一點，五弟明年就要參加鄉試，打點也需要銀子。」王英奇笑著說道：「等五弟出人頭地了，我們家偉榮以後無論是想當官，還是想做其他的，有個當官的親叔叔撐腰，都會很輕鬆的。」

陳氏明白相公的意思。「奇哥，你放心，我明白的。」

「對妳，我一直是放心的。」王英奇對自己媳婦還是很滿意的。

兩口子倒是沒有再說什麼，畢竟要分開一陣子，抓緊時間溫存才是最重要的。

比起他們，夏雨霖的房間裡就安靜得多，老倆口也沒說什麼話，東西收拾好後，就像往常一樣上床睡覺。

「家裡交給我，妳就放心吧。」

「嗯，虎哥，你也要照顧好自己。家裡的事情，你不用操心，小事交給英武就行，至於大事，有英卓在，他能解決的。」夏雨霖在黑暗中笑著說道。

這一世，她願意用一切換取虎哥平安幸福，就像上一世他用他的犧牲，換取了他們母子一個安穩的生活環境一樣。

「別太辛苦，就算是真的度不過那一劫，我都會陪著你的。」

夏雨霖母子做的事情，並沒有瞞著王大虎，只是，這並不是她想要的結果，她想要相公能夠平平安安地活到老，想要一家人都能夠團團圓圓。

王家四人出門，由王英卓相送，其他人都待在家裡。

到了縣城，他們就換了馬車，請了專門駕車的人。

馬車是比牛車舒服，只是再舒服，也不能緩解旅途的枯燥。

「二伯，我們去哪裡？」

一路上，王晴嵐都在沒話找話，只可惜包括夏雨霖在內的三人，都不怎麼回答她，讓她好生鬱悶。

「嵐丫頭，妳還是努力看書吧。」

一個時辰後，終於忍受不了她聒噪的王英奇開口提醒道，打擾得他睡覺都睡不好。

王晴嵐看著三人，四叔說完這話就閉目睡覺，也不知道睡著了沒有；二伯抱著一個花盆，拿著小鏟子都已經擺弄了這麼久，估計種子都快被他弄死了；奶奶神情悠然地拿著彩線，兩手靈活地翻動，漂亮的絡子已經成形。

生了一會兒悶氣的她，認命地拿起一本書，隨著馬車慢悠悠地搖晃，最後倒是認真地看了進去。

他們這一走，就走了三天，除了晚上休息在客棧裡，其他時間都在馬車上。當然，偶爾也會下來走動一下，解決個人問題的同時，也活動活動手腳。

第一天，王晴嵐很不適應，到第三天的時候，已經能在馬車上想睡就睡，想看書就看書了。

「陽城。」看著城牆上兩個古樸的大字，王晴嵐看向王英文。「二伯，到了嗎？」

「嗯，這裡就是第一站。」

「先找個客棧住下，其他的我們按計劃行事。」夏雨霖笑著說道。

什麼計劃，她怎麼不知道？王晴嵐看著三人帶著同樣的笑容，心裡明白，就算她問，他們也不會跟她這麼一個小屁孩說的。

陽城在大康算不上什麼大城市，但也不算小。當然，若非要論個名次的話，在中等偏上的位置，只是這裡卻有著和現代都市完全不一樣的繁華。

兩邊是古色古香的房屋，街上來來往往的古人，耳邊各種各樣叫賣的聲音，置身其中的王晴嵐有些恍惚，再沒有比這一刻能讓她深刻體會到「穿越」這兩個字的意思。

果真是兩個世界了。

「餓了嗎？」夏雨霖牽著孫女，見她不走了，低頭問道：「要不奶奶抱著走？」

王晴嵐抬頭，看著面帶笑容的奶奶，點頭然後又搖頭。「聞到飯菜的香味，就有些餓了，奶奶，我自己還能走。」

「嗯，那就走吧，很快就能吃飯了。」

「好。」

王晴嵐點頭，脆生生地回答，接著又歡快地跟上奶奶的步伐，感受著奶奶手心傳來的溫暖，再看著兩邊護著她們的二伯和四叔，樂呵呵地笑出聲，剛才冒出來那丁點傷感消失得無影無蹤。

經過一陣奔波忙碌，四人終於找到了住的地方。因為不熟悉，多花了點錢，要了一個套間，由一個主臥、兩個小間和廳堂組成，他們四人剛好能住得下，又可以互相照顧。

舒舒服服地吃了一頓午飯，王晴嵐坐在房裡，喝著茶，比起在馬車上一路顛簸，現在實在是太愜意了。

「娘，妳和嵐丫頭在客棧裡休息，我和四弟出去了解一下情況。」歇了歇腳，王英文就開口說道。

夏雨霖看著一臉疲憊的王英奇。「不著急這一下午，要不，明天我們一起去？」

「不了。」懶得被姪兒鄙視的王英奇卻是一掃臉上的睡意。「娘，我和二哥年輕力壯，不用休息，我們這就去。」話落，就站起身往外走。

「奶奶，這還是我認識的那個四叔嗎？」

看著兩人離開的背影以及重新關上的房門，抱著茶杯的王晴嵐有些反應不過來。這麼勤快的四叔，不會也被穿越了吧？

只可惜，溫柔的奶奶並沒有回答她的話，而是皺著眉頭輕輕地嘆了一口氣。「若是可以，我倒是希望他們能像之前那般，自由自在地過他們想過的日子。」

「奶奶。」王晴嵐叫了一聲，又不知道該說什麼安慰她。

夏雨霖回過頭，臉上已經露出慈愛的笑容。「嵐兒，去休息吧。」

她雖然希望自己的兒子一輩子順風順水，可若是遇上事情，她也知道，她的兒子沒有一個是怕事的。

王晴嵐點頭，回了自己的小間。

夏雨霖也回了小間，躺在床上，閉目休息。

原本以為王英文兄弟兩個很快就會回來，可直到天黑，都沒有看見他們的身影。

「奶奶，要不我們出去找找？」王晴嵐有些擔心。

夏雨霖搖頭。這裡人生地不熟的，她們上哪裡找？再說，英文他們若是在這其間回來，找不到她們肯定會著急的。「再等等，嵐兒，餓了就先吃些點心。」

好在，兩人很快就回來了，臉上都帶著興奮和激動的光芒。

夏雨霖放下心後，笑著問道：「遇上好事了？」

王英文喝了一口水才搖頭。「不算好事。」

「我們下午出去的時候，聽見好些人在說那個娛樂城，我就和二哥去了一趟。」王英奇說到這裡，眼裡閃過一絲佩服。「那背後之人還是有些本事的，那樣的經營手段，難怪生意能那麼好。」

「四叔，你別忘了，他們可是我們的敵人。」王晴嵐在心裡翻了個白眼，提醒道。

「嵐兒，我們只是不起眼的小平民，現在要做的就是保住小命，至於那些大人物之間的爭鬥，是非對錯，都不是我們能管的。」

王晴嵐點頭。好吧，她承認四叔說得對，差距太大。

「不過，也不是沒有好處。娘，接下來我們開的百貨鋪子得改一改了。」

然後，王英奇先把他們在娛樂城的所見所聞說了一遍。

夏雨霖皺眉聽著。這些東西給她的感覺實在是太熟悉了，會員卡、宣傳手冊、足浴安排、麻將撲克等等……若只是一樣，她還不會多想，但如今聽到兒子的話，已經基本能確定對方也有奇遇之人。

「娘，妳看看，這就是他們的宣傳手冊，做得很精美。」王英文將帶回來的一本彩畫手冊，遞給夏雨霖。

只一眼，她就肯定了剛才的想法。

「我覺得這裡面有些東西，我們也能學一學。」接著，王英奇就將他的想法一一說了出來。

夏雨霖收緊心神，認真地聽著，然後慢慢地露出了笑容。就算是這樣又如何，聽著兒子的想法，她就知道，英奇已經基本掌握了這些手段的精髓。

這一下，王晴嵐倒是有些驚訝和鬱悶了。驚訝的是因為四叔這舉一反三的功夫太過厲害；鬱悶的是，那些點子是她早就想好了，準備在小叔開鋪子的時候時不時不著痕跡地提醒一下，如今看起來是完全不需要了。

「英文、英奇，進入娛樂城的基本都是有錢人。」夏雨霖琢磨了一下，才開口說道：

「而我們的百貨鋪子針對的多半是下層百姓，所以，賣的東西定都是很普通的日常用品，價格也不能定得太高。英文，這就得看你的了。」

「嗯，我知道。」王英文點頭。

「其實，我倒是有一個想法，你們兄弟聽一聽。」夏雨霖猶豫了一下，才開口說道：「或許我們可以把鋪子裡的東西用價格分成幾類，比如每樣兩文，或者三樣十文。」

王英文兄弟兩人聽了眼睛一亮，母子三人開始討論這個想法的可行性。

此時的王晴嵐心裡只有兩個字：震撼。要不是這個奶奶行為處事一點現代氣息都沒有，她都要懷疑奶奶也跟她一樣是穿越的了。

這樣的主意她都沒有想到啊，她深深地被打擊到了。這就是智商上的差距嗎？

第二天，他們就分開行動。

當然，王晴嵐這麼一個六歲的小孩子，沒有單獨行動的資格，就跟著夏雨霖在陽城尋找適合開鋪子的地方。

她們在客棧就找了中人，即便如此，一天下來也累得不行，當然成果也是有的，在這麼大的城裡，終於找到他們滿意、價格又能接受的地方。

那地方雖然有些破舊，但好收拾。

就這麼一直忙碌了一個月，他們家的百貨鋪子終於可以開張了。王晴嵐在裡面轉了一圈，雖說比不上現代的超市，可也像模像樣。

開業這天，王家四人都沒有出現，百貨鋪子的負責人是他們花錢買的。對於這兩天的生意，他們還是很滿意的，準備再看看就去下一個地方。

這天晚上，王晴嵐已經回到自己房間，在空間裡忙碌。

夏雨霖母子三人卻沒有睡覺。

「二哥，你有事？」

「嗯。」王英文點頭，將進貨的本子遞給兩人。

夏雨霖和王英奇看過之後，都覺得驚奇不已，少了一些他們能理解，可這多出來的糧食是怎麼回事？

「更嚇人的是，多出來的那些糧食絕對比我進的那些要好上許多。我們這個小姪女，實在是太不小心了，她以為每天少放一點，我就不知道嗎？」

王英文笑著說道，許是經歷了之前花盆的事情，所以，今天在一邊偷偷看見小姪女鬼鬼祟祟地放了好些糧食進倉庫，也就震驚了一下而已。

屋內好一陣沈默之後。「這也算是好事，不過，我們得重新建倉庫，知道位置的人越少越好，嵐兒還小，我們得替她掩護一二。」

夏雨霖的話，王英文兄弟都很贊同。

這一天，王家人若先看了黃曆的話，上面肯定寫著：不宜出門。

吃個麵遇上不孝子毆打父母，沒一會兒又看到了極品父母逼得兒子活不下去；轉過一條街，又遇上賣身救母的戲碼，枯瘦如柴的兒子，病懨懨不知生死的老太太，看得人一陣心酸。

「英文，看著給點吧。」夏雨霖看了一眼，那兒子不像是作戲的，開口說道。

王英文並沒有給多少，更沒有想過買下面前的人。

等回到客棧的時候，四人連開口說話的心情都沒有，還是王晴嵐沒忍住長嘆了一口氣，才打破沈默。

「妳嘆什麼氣？」王英文好笑地問道。

王晴嵐撇嘴。「二伯，我覺得生兒育女就是受罪，辛辛苦苦一輩子，老了會是什麼下場完全看運氣，感覺好鬱悶。」

「呵呵，這話是妳一個小孩子該說的嗎？」王英奇扯了扯她的髮髻。

不管怎麼樣，她以後一定要早早地把養老金存起來。

想到養老金，王晴嵐眼睛一亮。「四叔，其實這事也不是沒辦法解決。」這話說完，她就將保險的事情說了出來。「我們的百貨鋪子基本上囊括了平民百姓的衣食住行，只要一戶人從簽訂協定起，凡是我們店裡有賣的，就在我們店裡買，堅持一年，只要家裡有五十五歲以上的老人，每個月都能免費領取老人的口糧。當然，時間越長，到時候老人領的口糧就越多。」

她的話說完，夏雨霖三人都陷入沈默。這事說得容易，可並不好操作。

「我覺得可行，不過這樣的事情，首先要和官府說好，這關係到他們的政績，應該不難。」夏雨霖笑著說道。

「嗯。」王英文點頭。「這樣的事情，看起來是我們虧了，實際上是賺了。」

「不僅是五十五歲老人，遇上天災的時候，也能拿到可以保命的糧食。」王英奇這話，完全是為五年後的事情做準備。

至於以後，他可以肯定，有的是人願意接手這個攤子。

「那我們就需要在陽城再待一段時間。」

有了主意，接下來就是實行。

王家人依舊沒有出面，就像他們說的那樣，官府的人很輕易地通過這事；而那些客人更是覺得占了大便宜，紛紛去宣傳，等了解情況以後，再加上有官府的印章，甚至有些整個村都簽訂了協議。

因為有孔家，一切進行得很順利。

此時，正在富陽縣的孔少爺，第一時間得到消息，再次感嘆王英奇的生意才能，更覺得之前定的七年期限英明無比。

有了第一個成功範例後，接下來在其他城市展鋪就容易得多。

離家將近四個月，在四個城市都開了百貨鋪子，身上的銀錢早已經花完，最後一個鋪子還是王英奇拿著孔家給的權杖借銀子設立的。

這時的天氣已經很冷了，回家的馬車上，王晴嵐很用功地在看書。她可沒有忘記，家裡還有個恐怖的小叔，在過年之前要考查她的功課。

到富陽縣的時候，已經是臘月中旬。

看著時間，正是吃午飯的時候，幾人就直接進了縣城。這麼多日子沒見，不說夏雨霖母子三人，就是害怕查功課的王晴嵐，都有些想念小叔了。

要吃飯，當然得去縣學叫上他一起了。

第二十六章

到了縣學門口，他們卻看見一個姑娘正擋住王英卓的去路。王晴嵐的眼睛閃著亮晶晶八卦的光芒。

這肯定是小叔的爛桃花。別說，仔細地看那姑娘，披著淡紫色、不知道什麼皮毛的披風，頭上的髮髻插著一根梅花簪子，披在身後的頭髮又黑又直，至少從背影看來，應該是個大美女。

夏雨霖母子三人看著被擋著的王英卓，眉頭皺了起來，下了馬車。「五弟。」

「娘，二哥、四哥，你們回來了？」被纏得一臉不耐煩的王英卓看見家人，露出驚喜的笑容。

「英卓，怎麼回事？」夏雨霖皺眉看著兒子面前哭哭啼啼的姑娘。

「夫人，」那姑娘卻跪在了夏雨霖面前。「求夫人作主。」

就這麼一句話，看似什麼都沒有說，意思卻表達得很明顯。

若是之前，王英卓還會顧慮著她的名聲，那麼現在，面對眾人質疑的目光，她就這麼將事情鬧到縣學，鬧到他娘跟前，他還顧忌什麼。

「紫蘇姑娘是吧？」王英卓沒好氣地說道：「我第一次遇見妳的時候是前天，妳被流氓追；第二次碰上的時候是昨天，妳賣身葬父；今天是第三次，我一出縣學門口妳就撞了上來，然後一直哭哭啼啼的，妳告訴我，妳究竟想幹什麼？」

好吧，比起紫蘇姑娘的含蓄，王英卓直接的話讓圍觀的學子直接吹起了口哨。

紫蘇的臉色有些發白，沒想到王英卓會這樣毫無顧忌地說出來。不是她自誇，在整個富陽縣，能比得上她的姑娘五根手指都能數得過來，他一個毫無背景的窮秀才看到自己這樣，不應該歡歡喜喜地順著她的意思嗎？

「王公子，你這話是什麼意思？」面對眾人戲謔的目光，紫蘇抬頭，鎮定地問道。

「我就想問妳是什麼意思？妳爹昨天才下葬吧，怎麼，妳不用為妳爹披麻帶孝嗎？」王英卓瞇眼看著面前的紫蘇姑娘。在這樣的情況下還能鎮定自如，可見其心機有多深，既然這樣，他還客氣什麼。「就這麼迫不及待地跑出來，撞到我身上就想讓我負責？妳花癡嗎？」

夏雨霖等人不說話，原本看戲的王晴嵐聽到她的名字時，臉色就白了。

「你、你……王公子，你怎麼能這麼說我？」紫蘇抬頭，清麗的臉上帶著眼淚，傷心可憐的模樣讓許多的學子看著心生不忍，覺得王英卓不解風情。這樣美貌又有氣質的姑娘投懷送抱，竟然絲毫不理會，實在是太可恨了。

「我警告妳，別再跟著我，不然我就報官。像妳這樣不要臉的姑娘，我看不上。」說完，王英卓就往外走。

紫蘇心裡氣得很，面上卻哭得更委屈，整個人彷彿都要暈倒一般，伸手去拉王英卓的衣袍。

王英卓說：「別碰我。娘，我們走吧。」

「嗯。」

夏雨霖自然是相信兒子的，再說，那姑娘雖然看著一臉委屈，可剛才給她下跪那一刻，眼裡一閃而過的輕蔑不屑，她確實看得清清楚楚。

五人走了幾步，王晴嵐就抓著王英卓的手，說道：「小叔，跟著她，看她去哪裡。」

「怎麼了？」王英卓能夠清晰地感覺到小姪女的手冰涼無比，低頭再看到那張小臉毫無血色，皺眉。「她有問題？」

「我也不能確定。」王晴嵐心裡很慌張，只能再次重複著話。「小叔，跟著她。」

王晴嵐這副模樣，讓夏雨霖母子四人都不由自主地想到了之前她看到娛樂城工地的表情，簡直一模一樣，絕對不會是好事情。

擔心孫女再被嚇出個好歹，夏雨霖柔聲安撫道：「嵐兒，別著急，她還沒走，不會跟丟的。」

王晴嵐回頭，看著縣學門口。因為他們的離開，圍觀的人也散去了不少，不過還是留下了一些人，圍著那位紫蘇姑娘大獻殷勤。

只可惜，紫蘇姑娘完全是一副對王英卓情有獨鍾，情根深種的樣子，完全沒有將這些學子放在眼裡，離開時，只留給王英卓一個依依不捨、非常委屈的眼神。

王英卓不是沒有覺察到她的目光。對於這樣纏上來，目的不純的女子，他真的是除了厭惡，再也生不出別的什麼情緒。

「小叔！」見紫蘇已經離開，家裡的大人還沒有動靜，王晴嵐有些著急。

「我去看看，你們去前面吃點東西。」王英文開口說道。

「小心點。」這話，夏雨霖母子三人幾乎是同時開口。

王英文點頭離開。夏雨霖他們去了前面的飯店，點了幾個小菜，一邊吃、一邊坐著等王英文。

「嵐兒，吃點東西。」夏雨霖挾了一筷子肉絲放在王晴嵐的碗裡。「事情再大，也得吃飯，放心，天塌不下來。」

王晴嵐抬頭，看著奶奶、四叔、小叔皆是一臉淡然的模樣，心裡的恐慌平復了不少，但胃口已經受了影響，肉絲吃在嘴裡，好似完全沒有味道一般。

王英文出現在他們面前的時候，已經是一個時辰以後了。見他臉色不好，王晴嵐心裡的僥倖被打破了。

「英文，先吃點東西，有什麼事情，回家再說。」

這次他們回村，是直接坐著家裡買的馬車。王家人一個個樂呵呵地看著他們，王小八則寸步不離地跟在夏雨霖身邊。

「老大媳婦，晚上妳們做些好吃的。」

對於王大虎這話，捧著禮物的宋氏笑容燦爛地點頭，又說了兩句，就帶著兩個弟妹去張羅晚上的飯菜。

「娘，辛苦了，路上可還順利？」

此時，家裡已經添了四個莊子，他和老三一人一個，另外的兩個算是共有的。即使現在天氣冷，莊子上並不產東西，王英武還是隔三差五就要帶著弟弟去看看。

「挺順利的，你們呢？家裡還好？」夏雨霖笑著問家裡的情況。

王英武將這四個月發生的事情詳細地說了一遍，都是些家長裡短，雞毛蒜皮，村子裡誰家孩子生了，家裡親戚誰家過壽，就連自家兒子換牙這樣的小事都沒有遺漏。

王晴嵐心裡惦記著事情，聽得很不耐煩，一抬頭，看著奶奶、二伯和四叔都很認真地聽著，只得繼續坐著。

「英武，你做得很好。」夏雨霖笑著說道。

王英武聽到這話，整個人笑得和傻子一樣。

這四個月，娘出門，爹從來都是不管事的，五弟又在縣學，三弟受傷，家裡能作主的就他一個。說實在的，他心裡還是沒有底，如今聽到娘這麼說，他總算是將心放下了。

晚飯弄了好大一桌子菜，一家人圍在一起，吃得熱火朝天。

而王晴嵐或許是從中午一直拖到了晚上，不知是耐心見長，還是決定破罐子破摔，也努力地將事情拋到腦後，大吃大喝起來。

面對兩位堂哥的詢問，她甚至還能得意地炫耀。

「偉業、偉義，明年你們都要進縣學讀書了，只要你們學業能跟得上，以後每年我都帶你們出去轉一趟。」王英奇笑著說道。

聽到這話，王英武和宋氏覺得有些不妥，畢竟在他們心裡，孩子的學業才是最重要的。只是，他們還沒有開口，兩個孩子眼睛就亮了起來，一臉的興奮，這讓疼愛兒子的他們又有些不忍心拒絕。

「偉業他們是男孩子，跟著出去長長見識，對他們也是有好處的。」夏雨霖看出他們的猶豫，笑著說道。

「前提是你們功課沒有問題，不然想也不要想。」這話是王英文對兒子說的。

王英武兩口子聽了，在心裡已經默認了這個提議。

唯有王晴嵐心裡鬱悶。四叔就是看不得她高興，讓她多炫耀一會兒怎麼了？

這頓晚飯吃了許久，收拾好之後，天色已經不早了，各房都各自回屋睡覺。

王英文和王英奇跟自己媳婦說了一聲，才去了夏雨霖的房間。

「二伯，那位紫蘇姑娘去了哪裡？」知道要說正事了，王晴嵐見人到齊了，就直接開口問道。憋了一個下午，對她來說，真的很不容易。

「我打聽了一下，這位姑娘大約是一個月前出現在富陽縣的，一直住在娛樂城裡的悅來客棧。那所謂的娛樂城，雖然並不像我們日常所見的賭場、妓院那麼複雜，但也算不上絕對正經的地方。」王英文說著自己的想法。「就算是弄得再高級，那裡面也還是有妓院和賭場。一個姑娘家長期住在裡面，只有兩種可能，要麼她本身就是不正經的人，要麼她就是在娛樂城能作主的人。」

聽到娛樂城三個字，王晴嵐就知道，這多半不是巧合，也不是什麼同名同姓；再聽二伯後面說的話，這位紫蘇，恐怕就是她所知道的那個紫蘇。

「那英文，你認為呢？」

「從在裡面做事的人對她的恭敬態度，我更偏向於第二種。所以，嵐丫頭，妳認識她？」王英文問著臉色有些不好的王晴嵐。

「不認識。」王晴嵐搖頭，她在琢磨該怎麼說。最重要的是，如今的她心裡真的很害怕，她不明白，紫蘇為什麼會出現在這裡？

夏雨霖等人也不逼她，知道她有秘密，也有心鍛鍊她，讓她想好了再說。

於是，夏雨霖抱著王小八輕輕地拍著，哄他睡覺，雖然她懷裡的小八此時瞪著大眼睛，一丁點的睏意都沒有。

王英文兄弟三人安靜地坐著、等著，沒有一點不耐煩。

王晴嵐低著頭，想了許久，才開口說道：「第二月身邊有四個貼身丫鬟，紅袖、綠蕪、青玉、紫蘇。」

若是沒有記得沒錯的話，書中有提到過，紫蘇因為生病，第二月將她送出府邸養了一年的時間，但沒有說她養病的地方就是富陽縣，並且就自己今天看見的紫蘇，哪裡有半點的病氣。

「第二月是誰？」夏雨霖皺著眉頭問道。既然孫女這麼說，那麼，這紫蘇應該就是孫女口中的那個婢女。

「國舅嫡女，娛樂城就是她弄出來的。」說話時，王晴嵐一直低著頭。

聽到王晴嵐的話，屋內再一次陷入沈默。

王晴嵐能夠想到的，夏雨霖他們多多少少也能夠猜到。

不一會兒，夏雨霖、王英文還有王英奇都將目光集中在王英卓身上。「你們說，嵐丫頭這般詭異的本事，第二家的那位千金是不是也可能有？」這話是王英奇說出來的。

王晴嵐聽了，直接抬頭，驚訝地看著四叔，此時心裡的崇拜都要湧出來了。要不是她努力將手握成拳頭，克制住自己，恐怕就會脫口而出問一句「四叔，你怎麼知道的」。

「嗯，大千世界，無奇不有。」夏雨霖點頭。「也只有英奇你這個說法能夠解釋得通。」

王晴嵐一臉的迷糊。這又開始打啞謎了嗎？

「五弟，說不定那位紫蘇姑娘來富陽縣的目的，就是你。」王英文似笑非笑地說道。

王英卓的臉色很難看。娘和兩位哥哥能想到的，他又如何會想不到，再聯想到這位姑娘這三天所做的事情，他說不出否認的話來。

「能讓一個出身這麼高貴的千金小姐派出她的貼身婢女來拉攏你，五弟，看來你以後成就不低啊！」王英奇見五弟的臉色不好，揀好聽的話說。

「四哥，現在說拉攏這樣的話，還為時尚早。」王英卓說這話的時候，一張臉更陰沉了幾分。

聽到這裡，王晴嵐多少有些明白了，然後又開始想著，難不成是因為女主角使出美人計，拉攏不成，便想著與其便宜別人，倒不如毀掉。

雖然這樣的想法有那麼一點點變態，可想著女主角重生前的悲慘結局，這樣的事情，對方說不定還真的做得出來。

「行了，你們也別笑話英卓了。現在的問題是，五年後，我們家真的是被夫人他們連累的嗎？」

之前曾想到這原因，主要是因為除此之外，根本就想不到別的。現在再仔細想起來，她一個贖身了二十多年的下人還會被主家的事情牽連，夏雨霖覺得確實是有些牽強。

「不管是與不是，這關係到我們全家人的性命，任何線索都不能放過。」王英文認真地說道。

王晴嵐在一邊不住地點頭。那可是女主角身邊的丫鬟，能一樣嗎？

想到女主角，她就想在心裡嘆氣。

雖然已經知道不能小瞧古人的智慧，可依舊覺得還沒有重生前的女主角蠢得要死。明明有著超強的能力、強大的金手指，最終卻為了一個男人搞得家破人亡，兒女早夭，自己也被一場大火活活燒死。

皇子的真愛是那麼容易得到的嗎？相信皇家人的真心，嘖嘖，真傻！結果，從頭到尾都是人家的陰謀。

重生後變得聰明很正常，畢竟都被害死過一回，怎麼可能不長記性？但是不是太狠毒了。

報仇的話她能理解，可是能不能不要連累無辜，比如像他們這樣不重要的炮灰啊！

「娘。」倒是王英卓，叫了一聲夏雨霖，正準備說接下來的話，就被夏雨霖攔住了。

「英卓，我不想她成為我的兒媳婦。」

「嗯。」王英文點頭。「我跟娘的想法一樣。若是你看上的，我倒是沒有意見，不過，很明顯，你討厭她，何必委屈自己。」

「是啊，五弟，事情還沒有到那種地步。再說，你想過沒有，就算是你願意，我們家以後未必就能過得好。那些大家族彎彎繞繞的多得很，一個不小心，像我們家這樣毫無背景的，下場依舊是那樣，何必呢？」

雖然這樣說有些自戀，可王英奇知道，他家這個五弟遲早是要出人頭地的。

「行了，我從小就跟你們說過，遇上事情，不要慌，只要想辦法解決就好；再困難，也要相信天無絕人之路。」夏雨霖笑著說。「剛才我們說的那些，都還只是我們心裡的猜想，得想辦法確認真假才是。」

月黑風高夜，殺人放火時。

為了避免被認出來，這晚，穿著一身黑衣出去的只有王英文和王英奇兄弟兩個。

由王英文帶路，他們很快就找到了紫蘇的房間，輕手輕腳地將她敲暈，然後用棉被裹上扛走。

黑漆漆的山洞被火光慢慢照亮，沒有半點憐香惜玉之心的王英文直接衝著紫蘇的臉潑了一碗涼水。

「啊！」

冰冷刺骨的水讓昏迷中的紫蘇清醒過來，看著陌生的環境，以及面前的兩個蒙面人，臉上的慌張一閃而過。「你們是誰？想做什麼？」

王英奇把早已經準備好的紙放到紫蘇的面前。「不做什麼，只是好奇，身為第二姑娘的貼身婢女，妳來富陽縣做什麼？」

紫蘇眼裡閃過一絲驚訝，又恢復平靜。「我不知道你們在說什麼。」

不愧是大戶人家出來的，若是普通的姑娘，面對這樣的場景，恐怕早就嚇暈過去了。面前的這位還能夠理智冷靜的應對，要不是他們看得仔細，估計也會被她哄過去。

但越是這樣，他們對那位第二姑娘就越是忌憚。

雖然自家的小姪女也有同樣的本事，可小姪女的單純，也讓他們擔心不已。單看她身邊的丫鬟就知道，第二姑娘顯然比自家小姪女厲害太多。

「妳別裝蒜，我既然說得出來，就自然有十足的把握。紫蘇姑娘，我勸妳還是識時務比較好。」王英文威脅道。

紫蘇看著兩人，笑得一臉不屑，完全沒有白日裡的楚楚可憐。「既然你們知道我是誰，就應該明白，我若是有個什麼好歹，你們也別想跑。」

「紫蘇姑娘，還是先擔心妳自己吧。」王英文笑著從懷裡掏出一個饅頭，放到她面前。「這是妳這兩天的伙食。兩天後我們再來，紫蘇姑娘若是想通了，就把妳的目的寫下來。」

「作夢。」紫蘇說著這話的時候，沒有一點害怕。

「沒關係，我們有的是時間，可以慢慢熬。」王英奇說完，拿出家裡鎖馬車的鐵鍊和鑰匙，把紫蘇的雙腳鎖上，再用鐵鍊套住，另一端綁在山洞裡的石柱上。

「我勸你們趕緊放了我，否則，後果不是你們能承受的！」紫蘇的話剛落下，山洞內的火光一下子就熄了，漆黑一片，什麼都看不見。

「紫蘇姑娘，提醒妳，最好不要大喊大叫。深山裡，野獸可不少，要是被吃了，可不能怪我們。」

說完這話，王英文兄弟兩人直接離開。

折騰這麼久，該回家睡覺了。

這一趟也不是一點收穫都沒有，至少小姪女說的，紫蘇是第二月的貼身丫鬟這件事情已經被證實了。

——未完，待續，請看文創風1259《我們一家不炮灰》2

週年慶 2024

素禾 著

溫馨色彩揮灑高手

5/7 出版

儘管年幼，卻比誰都更加堅忍不拔……
人生嘛，就是看誰能在惡劣的環境下奮戰不懈、尋找出路，
只要留著一口氣，定能等到撥雲見日的一天！

文創風 1255-1257《心有柒柒》全三冊

在「吃飽」跟「養一個來路不明又渾身是毛病」的人之間，
柒柒同時選擇了兩者，哪一邊都不打算落下。
先說啊，她可不是看上了慕羽崢過人的俊美外表，
而是深感亂世不易、生命可貴，何況她孤孤單單一個人，
就算他不是條可愛的小奶狗，多個家人也不錯嘛！
為了改善生活條件，柒柒典當母親的遺物、去醫館幹活賺錢，
然而慕羽崢此人的身分似乎有些蹊蹺，
先有追兵搜索，後有神秘的鄰居用心關照，
就在柒柒終於察覺到不對勁的時候，才發現……
她認了多年的「哥哥」，是傳說中手段狠辣的太子殿下！

2024 週年慶

白梨 著

手足齊心協力發家致富，
全家分工合作造生機

5/14
出版

穿成農村小丫頭，親爹受傷瘸腿，娘親越過越糊塗，
她只得自立自強為自家這一房打算，趁早分家免得被其他人拖累！
只是怎麼一切跟計畫的不一樣，各房還搶著照顧他們這一家？!

文創風 1258-1260

《我們一家不炮灰》

全三冊

明明是好好在睡覺，穿越這種事為什麼就輪到自己身上了？
穿成一個農村的六歲小丫頭就算了，偏偏親爹打獵傷了雙腿，
娘親懷著身孕又是個不濟事的，家裡還有一個任性無腦的極品奶奶；
最要命的是，她知道再過幾年，這一家子在故事裡就是炮灰配角，
再怎麼努力怕也是沒用，王晴嵐鬱悶得只想找死穿回去！
為了求生，她打算趁著爹爹受傷的情況，順勢提出分家，
但是……這個原本的極品奶奶怎麼不極品了？!
而且其他各房怎麼還搶著要照顧他們三房？!

為流浪貓狗加油 和貓寶貝 狗寶貝

廝守終生(一定要終生喔！)的幸福機會

對人來說，貓寶貝狗寶貝只是生活的一部分，但妳（你）對牠們來說，卻是生活的全部，領養前請一定要考慮清楚——

▲ 身經百戰的元氣男孩——仔仔

性　　別：男生
品　　種：狐狸犬
年　　紀：約3～5歲
個　　性：活潑、愛撒嬌、有脾氣
健康狀況：已結紮，已施打預防針，
　　　　　已治癒心絲蟲、下顎口腔腫瘤、膽沙
目前住所：台中市大里區

本期資料來源：梅森動物醫院

第355期 推薦寵物情人

『仔仔』的故事：

仔仔是一隻狐狸犬，在收容所時幾乎咬遍照護員，一開始想說應該是牠身體還不舒服，醫好後就可以送養了。為了接受治療，從收容所轉移陣地來到愛媽公司，也獲得妥善照顧，沒想到此舉導致公司全體同仁都得去打狂犬病和破傷風疫苗，仔仔的咬人毛病真是令人頭痛極了。

療程結束後，我們將仔仔送到訓練犬學校，期望矯正牠的行為，讓牠學會基本指令及不要咬人。如今總算進步到平時見了人已不會咬了，只有摸到肚子、腳會引起牠不安全感的敏感地帶，才會有想要攻擊的行為。

除此之外，目前仍住在學校裡接受訓練的仔仔，其實是個活潑、愛撒嬌的微笑天使，而且活動力很強，喜歡藉由散步和運動來放電。您也嚮往與狗狗相伴一起親近戶外嗎？不妨加Line ID：candy591112，聯繫鄭小姐安排一場戶外約會，赴約前請記得將自身電力蓄滿，免得被仔仔拖著跑啦！

認養資格：

1. 認養人一旦認養，須繳交半年期追蹤保證金，回報正常且確認無誤後，會歸還保證金。
2. 須同意簽認養寵物切結書。
3. 須同意送養人日後之追蹤探訪，對待仔仔不離不棄。

來信請說明：

a. 個人基本資料：姓名、性別、年齡、家庭狀況、職業與經濟來源等。
b. 想認養仔仔的理由。
c. 過去養寵物的經驗，及簡介一下您的飼養環境。
d. 若未來有結婚、懷孕、出國或搬家等計劃，將如何安置仔仔？

文創風
1258

我們一家不炮灰 1

國家圖書館出版品預行編目資料

我們一家不炮灰 / 白梨著. --
初版. -- 臺北市 : 狗屋出版社有限公司, 2024.05
冊 ; 公分. --（文創風 ; 1258-1260）
ISBN 978-986-509-521-5（第1冊 : 平裝）. --

857.7　　113004190

著作者	白梨
編輯	張蕙芸
校對	沈毓萍
發行所	狗屋出版社有限公司
地址	台北市104中山區龍江路71巷15號1樓
電話	02-2776-5889～0
發行字號	局版台業字845號
法律顧問	蕭雄淋律師
總經銷	知遠文化事業有限公司
電話	02-2664-8800
初版	2024年5月
國際書碼	ISBN-13　978-986-509-521-5

本著作物由北京晉江原創網絡科技有限公司授權出版

定價290元
狗屋劃撥帳號：19001626
網址：love.doghouse.com.tw　E-mail：love@doghouse.com.tw